藥師偵探事件簿

請保持社交的距離

牛小流——著

各家推薦

繼《藥師偵探事件簿：請聆聽藥盒的遺言》後，牛小流推出系列續集，再次描述藥劑師如何結合藥理和推理，破解失竊案和兇殺案。我一直覺得可以把推理元素植入馬來西亞藥劑師的日常，是非常敬佩的事情。藥劑師的我，總覺得醫療本身就是一種推理，從不同的癥狀開始檢測，慢慢推診出疾病，再從眾多藥物中選出治療方法，然後繼續觀察、調劑份量等步驟，或許我們習慣對病患進行推理，而牛小流深入觀察身邊人事，巧妙把藥理融入推理，讓讀者可以輕易「參與」藥師和警方如何破案，絕對值得一讀。

林建斌（馬來西亞藥劑師／專欄作家）

如同書中主角所說的：「謎團像疾病一樣，必須對症下藥。」牛小流巧妙地將藥理知識透過謎團來包裝，讓讀者除了享受解謎的樂趣外，對藥理學有進一步的認識。此外，作者嘗試破解大眾常見的藥理概念迷思，在解謎過程中，強調媒體識讀能力及科學探究精神，貼近十二年國教新課綱素養導向的知識建構方式，非常適合社會大眾以及學生族群閱讀。這是一本知識性與娛樂性兼具的「科普推理」作品，在作者筆下彷彿看到了另一位湯川學教授。

Lucien & Troy（「惡之根：你的犯罪研究日誌」podcast主持人）

「謎團像疾病一樣，必須對症下藥！」這是小說中主角偵探——便宜西藥房店長蘇隆毅的解謎名言，也一語道出這系列作品的最大特色。本作為藥師偵探事件簿系列第二集，依舊充份展現本身為專業藥劑師的作者牛小流，對於藥學知識的豐富與深入，並靈巧運用於各篇小說劇情及詭計佈局之中。作者將各種專業藥學內容，透過主角、配角與非專業角色間的對話討論，以淺顯易懂的方式傳遞給讀者相關知識，是一部除了傳統推理解謎樂趣外，更能寓教於樂、富有特色的優異推理系列作品！

秀霖（推理作家）

繼承前冊《藥師偵探》，這次依然是發生在西藥房的故事。然而每次閱讀，總是在作者的奇巧安排下覺得故事發生的時間點正是現行時空。即使主角身處在對台灣人而言相對陌生的馬來西亞，但他們依然使用著我們熟悉的語言、熟悉的話題、熟悉的唇槍舌戰，搭配時而點綴的大馬風情，在地書寫與專業的藥理學素養讓牛小流的故事總能體現有別於我們所熟悉的任何一部推理作品的絕妙韻味。

我想，輕鬆幽默的文字風格，卻能蘊藏著巨量但又不會讓人難以消化的藥學與公衛知識，毫無疑問，這正是僅屬於《藥師偵探》的子彈，是它最強大的魅力。

八千子（推理作家）

用平易近人的文字，帶領讀者進入藥師偵探的世界。字裡行間不時夾帶著一點幽默，讓人會心一笑。

《藥師偵探事件簿》裡運用大量的藥理學知識，來偵破一件件充滿謎團的案件。而作者本身更是藥師，為故事補充許多寫實的小細節，讀的時候常常跟著覺得長知識了。這是有別於其他小說非常特別的體驗。

這本書裡也寫入時事相關的東西，像是咳嗽藥水和口罩，標題更是時下當紅的「保持社交的距離」，讓故事更貼近我們的日常，也增添了更多閱讀樂趣。

海盜船上的花（牙醫師／推理作家）

目次

第一話：請注意咳嗽的禮儀

一提到馬來西亞，浮現在外國人腦海恐怕是橡膠、榴槤、石油等天然資源，進一步會聯想到的則是羽球健將李宗偉、著名歌星梁靜茹、王光良、戴佩妮等，關心時下新聞的可能會想到「鯨吞億萬」事件[1]，沒接觸過馬來西亞居民，難免以為那兒只有馬來人和蕉林椰雨。

這片土地上存在多元種族，在文化各異的衝突下產生的化學反應，偶有波折，歷久彌堅成了五彩斑斕的歷史色彩，而這次的故事舞臺就發生在馬來西亞某座小鎮的西藥房，本該是相處融洽的街道風景，一道衝破雲霄的咆哮聲就此吹散這片寧靜……

「妳們給我老實說，是誰把康寶靈弄丟？顧櫃檯顧到像妳們這麼廢材，我凱瑟琳活到五十歲還是第一次見識！」一身穿紫色制服，高大兇猛且頭髮蓬鬆酷似超級賽亞人的中年婦女，激動下將一堆印著店名的白色塑膠袋丟在地上，凌厲眼神狠狠瞪著縮在櫃檯一角的兩個女生，嚇得她們像躲殭屍般屏住氣息。（註：康寶靈是化名。）

[1] 《鯨吞億萬》（Billion Dollar Whale: The Man Who Fooled Wall Street, Hollywood, And The World），講述馬來西亞男子如何買通政要，設局掏空國家的事蹟。

兩女互望一陣子，支支吾吾，說不出完整的話，最後是同樣身穿紫色制服的印裔少女鼓起勇氣率先開砲：「阿凱，藥物不見固然是件大事，但話不要說得太過分，搞不好是商品賣完了，妳老懵懂沒發現而已！」

在旁穿著白袍的妙齡女子微微搖頭，俯身拾起散落一地的塑膠袋，整齊疊在收銀臺下的空間。她清楚記得今早玻璃架子上放著藍白色藥盒，如今不見了，讓她有些納悶。

「莎拉，別再說我老懵懂，我不懂比妳精明多少倍，先不說多少盒康寶靈，就連展示架上有多少罐補品我都知道，妳們這班講又不聽，聽又不做，做又做不好的廢材，這麼快就忘記了DHA補品失竊案[2]嗎？」名為阿凱的女店員越說越快，像是頭頂上快速迴轉的風扇，卻無法吹散熱氣，反而越加悶熱。

西藥房助理莎拉膚色黝黑，是印裔同胞，能說一口流利的華語、英語、馬來語和淡米爾語，深得顧客歡心，「妳還敢提之前那宗案件，每次發生類似事件，只會罵罵罵，最後還不是麻煩我們幫忙解決問題！」她近乎尖叫的聲音喊出與形象不符的話。

白袍女子在旁默默點頭，DHA補品失竊事件她還歷歷在目。DHA補品是孕婦保健品，其中圍繞在孕婦身上的一連串事件，震驚了她弱小的心靈，也從此與推理脫不了關係。

「凱瑟琳，妳在點什麼頭，不要以為和我同名就能裝傻，妳也是當事人，怎麼一點表示都沒？」

2　請參考《藥師偵探事件簿：請聆聽藥盒的遺言》第一話。

阿凱將矛頭指向白衣女子，女子原名為黃凱琳，第一天報到時自稱是「凱瑟琳」（Catherine），誰知和店裡原有的凱瑟琳（原名李秋蘭）撞名，為避免店員之間的混淆，上了年紀的就稱作「阿凱」，年輕的則是「阿琳」。

三人都是**便宜西藥房**的員工，莞爾的是店鋪以「便宜」為名，價格卻便宜不到哪裡去，這也是上門顧客不曾停歇的埋怨。

阿凱盯得阿琳不敢移動半分，她露出輕蔑的眼神，暗哼一聲，「一天沒拿到藥劑師執照，一天都還是菜鳥藥師，不，就算妳已經是註冊藥劑師，也不用想在我的面前耍花樣，就給我做好自己的本分。」

啊，阿琳多想大叫救命！她從來沒因職位看不起同事，也自知上不了殿堂，但接二連三遭到奚落，心裡有些鬱悶，休假兩個月歸來的她更顯惆悵，暗想自己真能勝任藥劑師的工作嗎？

「我不介意妳們繼續吵下去，只是妳們不在乎康寶靈的去向嗎？」在旁沉默已久的青年男子，輕輕地敲了敲桌子，爭吵得面紅耳赤的阿凱和莎拉也瞬間閉上嘴巴。

阿琳一副崇拜的神情望著男子，像是神經傳導物質多巴胺[3]湧向大腦的瞬間愉悅，沒錯，這就是她繼續留在這店的原因。這名年近三十，樣貌平庸得毫不起眼，宛如街邊匆匆擦肩的路人臉，讓人留不下任何深刻印象，是這間西藥房的店長——蘇隆毅。

鮮為人知的是，藥師身分的蘇店長擁有高超的推理能力，多次暗地協助警方破解案

[3] 多巴胺（Dopamine），影響人類思緒的腦內分泌物。

件，猶如身處混亂城市裡低調打擊罪案的黑夜騎士，人稱「藥師偵探」——多得有人在後加油添醋的吹捧，才會讓這樣的傳聞廣為流傳。

「告訴我，妳們什麼時候發現康寶靈不見？」蘇店長雙眼有意無意地張望整間店面。

兩女把視線移到阿凱身上，她鼻孔噴氣，像煮沸的開水呼呼作響，開始解釋：「今天我八點半就上班了，今天起得特別早就直接來上班，不意外我最早到，平時這幾個九點準時上班都難，更別說要他們早到，哼。打開後門進入店裡，這就惹火我了！廁所外通道好大片紅色葉柄的非洲葉，好心妳們撿起來啦！不用問就知道妳們根本沒打掃，我掃掉地上的垃圾灰塵，之後用抹布擦拭玻璃櫥窗，這就發現玻璃櫃窗裡的白藍色盒子不見了。」

「我很好奇，阿凱妳怎能記得有多少盒康寶靈，店面雖然不大，但少說也有幾百種藥物，不可能記住全部藥物的庫存量吧？」在旁的莎拉好奇插嘴。

「還不簡單，玻璃櫃窗開得這麼大，沒看到就是瞎了！叮嚀過妳們多少次，要隨手把藥物櫃窗關上，如果執法人員突擊檢查，就免不了中罰單。再說將商品收藏在櫃子的用意就是為了保安，坦蕩蕩開著，不就擺明要別人來偷！」阿凱大力拍桌子，神色凶悍。

兩女再度互望，表情緊張得像守在快要爆發的火山口，不出一聲。

「我點算櫃裡的藥物庫存，一些藥物平時沒注意數量就不打緊，但兩盒滿滿的康寶靈憑空消失，或許妳會說賣光了，但不可能，妳我清楚對面西藥房的售價便宜多了，稍微有腦的人都會到那邊買。就算像妳們兩個這麼沒腦的人來買，也不可能買這麼多。」

阿凱拿出記錄簿，翻開康寶靈出售記錄的一頁，上面只有寥寥幾條紅色字跡。根據「藥房倉庫管理守則」，紅筆用來記錄進貨記錄，而藍或黑筆則用來記錄出貨記錄，這意味著近期沒有出售的記錄。

「一開始抱著『搞不好是奇蹟』的想法，就去找出這本簿子，結果卻是根本就沒半個人買，妳說這下可以跑到那裡去？妳們最好別告訴我，妳們忘記記錄……」阿凱邊說邊將拳頭揑得咯咯作響，讓兩女頓時背脊一涼。

阿琳驚訝的是，阿凱竟也能說出頭頭是道的推論，看來在店長的影響下，看似頭腦簡單的員工也開始用腦辦事。她露出為難的表情，不斷思索最後一次看到康寶靈是什麼時候，想了好一會兒，還是放棄了。

「好不容易等到莎拉上班，質問她是怎麼一回事，她支支吾吾說不出話，說要等阿琳來到才解釋，我就馬上打給阿琳和店長，要你們來看是怎麼一回事！」

阿凱眼看莎拉無法交代清楚，就撥電話給店長和阿琳。電話裡的阿凱語氣急得像店鋪失火，結果原本進午班兩點的店長和阿琳，被迫提早上班。

「昨天我休假，蘇店長進早班，關店的自然就是妳們兩個，我給妳們三個選擇，一是把兩盒康寶靈給吐出來，二是找出藥物的下落，三就最簡單，直接從薪水扣！」阿凱的話像法官下判死刑般的苛刻，不留餘地。

兩女張大眼睛，倒吸一口氣，腦袋迅速計算康寶靈的價格，一盒有十排藥丸，一排十五令吉[4]，十排一百五十，兩盒三百！這相等於阿琳三天的薪水，銷售助理的莎拉收入沒阿琳這麼高，嚇得她臉色發青，幾乎快要暈在地上。

「哪是我們的錯！要怪就怪這家店沒有安裝監視器，有的話就能快速找出康寶靈的下落囉！」莎拉緊張之下開始瞎扯，殊不知又觸怒阿凱。

「妳不是不知道因為生意差所以才沒多餘資金，我也希望能安裝監視器，這樣就能拍下妳上班偷懶的證據，如果炒掉妳就立刻有錢安裝了，要嗎？」

莎拉像洩了氣的皮球，不再反抗。

「別鬧了，先把昨晚情況說一遍，我五點離開後有誰進店，特別是妳們分開休息的時段。」沉默已久的蘇店長終於開口。

「為什麼特別註明分開休息的時段？」莎拉好奇問道。

蘇店長微微點頭，「要拿收銀臺後的藥物不容易呢，唯一合理的解釋，是單獨顧店時同時間闖進太多顧客，來不及一一接應，才沒留意另一邊的動靜，讓他人有機可乘。」

阿琳點頭如搗蒜，默默附和蘇店長的推斷。

莎拉搔著後腦，慢條斯理地回答：「昨晚沒有特別多人啦……」莎拉瞬間意識到阿凱兇狠的眼光，像法庭裡受審的嫌疑犯如坐針氈，趕緊說下去，「如店長提到，我和

[4] 令吉，馬拉西亞貨幣名稱，新臺幣100元等同約15令吉。

阿琳分開休息，阿琳從六點半休息到七點，我從七點休息到七點半，比平時縮短了半小時，妳們都知道單獨顧店不易，我們只好配合彼此，店長覺得我們工作態度不錯的話，別忘記給我們獎勵……」

「東西不見了，還敢邀功！」阿凱的話狠狠地刺進莎拉耳膜裡。

——

莎拉開始解說那半小時的怪人怪事。

「阿琳離開的半小時，斷斷續續來了幾位顧客，不外乎買止痛藥、牛奶粉或喉糖，是有兩次同時間闖進好幾位顧客，讓我一時間忙不過來。第一次兩人進來，一位要買咳嗽藥水，一位要買安全套，而且是華人女子！沒想到女生也必須自備安全套，回想那女子樣貌不像本地人，搞不好是從海外來這謀生；買咳嗽藥水的土著[5]男子，一直盯著女子的胸脯，不懂是不是好色，才需要五罐藥水來定定驚。咳嗽藥水的藥櫃離收銀臺有一段距離，我不否認轉身去拿的時候，有人在我的視線盲點動手腳……

「第二次有三人，一位走到補品櫃子瀏覽產品，我上前詢問她找什麼。那是個大概四十歲的馬來女子，她說眼睛經常乾澀，在光線昏暗的環境看東西有些模糊，懷疑眼睛出了毛病。她也提到，皮膚也容易發乾，總之渾身都覺得不對勁，不懂哪裡出毛病，她提到不愛吃蔬果，不懂有什麼關聯啦。

[5] 馬來西亞土著（馬來語：Bumiputera），在《馬來西亞憲法》下指的是馬來西亞的馬來人，及沙巴和砂拉越的原住民族。

「我來不及消化她話裡的內容，兩名馬來男子闖進店裡，一位說要買咳嗽藥水，另一位說要驗血壓，我分身不及，因此叫他們等等，回頭繼續問女子還有什麼症狀，同時也不忘盯著這兩人，他倆看起來瘦小齷齪，一副不是正當人家的樣子。其中一位男子臉色不好看，鼻子紅腫，還在店裡打了噴嚏，驗好血壓後，說尿急借廁所就走進倉庫旁的廁所，我知道顧客不能借用廁所，但根本來不及阻止他就一溜煙走掉了！他出來後，我見他兩手空空，而倉庫裡的藥物都存放在密封箱子裡，相信他不可能短短一分鐘內開箱偷藥，事後我檢查倉庫也沒發現不對勁。

「我最後放棄介紹產品給馬來女子，因不確定她的病因是什麼，要她等候多一會兒就可以諮詢藥劑師，她說趕時間就匆匆離去。奇怪的是，明明看她和阿琳在門口碰面，卻沒有停下來的意思，也懶得理她。這就匆匆解決剩下的兩名顧客，一位買了傷風藥，另一位又買五罐咳嗽藥水——話說最近外面是不是有什麼未知疫情啊？」

阿凱站起來，臉頰微微抽動，好像有什麼話要說，店長卻伸手阻攔，她不忿坐下，莎拉摀住嘴巴，憂心是不是說錯什麼。

莎拉坐下，輪到阿琳說明，她眼看氣氛不對勁，戰戰兢兢得像森林裡受到驚嚇的兔子，顫抖著說道：「我吃飽回到西藥房，和馬來女顧客擦肩而過，應該是莎拉剛剛說眼睛有問題的那位，緊接著兩位馬來男子也離開店裡，手上拿著紙袋，看起來沒異樣，接著就換莎拉出去吃飯。

「我單獨顧店的半小時，有三位進來買藥的顧客，分別買了咳嗽藥水、便祕藥物和有機豆奶，只有一次同時闖進兩位顧客，兩人都是華裔男子，年齡介於二十到三十。其中一位箭步走到牛奶粉架子，問糖尿病病人適合吃什麼奶粉，我耐著心解釋，實則無法忍受他嘴裡的煙味，隱約還嗅到魚腥味，差一點作嘔……

「他得知價格後面露難色，說要考慮一下，把奶粉放回原位時不小心弄倒牛奶櫃子下的溼紙巾，卻因此發現溼紙巾有促銷，於是拿了四大包，往收銀臺走去。我整理好溼紙巾，就到收銀臺幫他結賬，用兩個紙袋裝好遞給他，然後就接待另一位顧客。他說腸胃有些不適，我拿幾包果子鹽給他時，留意到他臉上的痤瘡挺嚴重，本想介紹美容補品給他，他似乎不習慣有人盯著他的臉，就匆匆離去。沒多久，莎拉就回來了。」

蘇店長聽完兩女的說辭後，沉思好一會兒，緩緩吐出一句。

「妳們確認了待在收銀臺的顧客，手上或衣服沒有問題？兩盒康寶靈的體積不算小，大概兩個漢堡的大小，如果藏在衣服裡一定看得出。」

兩女再度互望，果斷搖搖頭。

「我明白了。」蘇店長似乎很有自信，三女倒不會太驚奇，見識過店長多次超群的推理能力，自然是見怪不怪。

蘇店長起身去廁所一趟，三女坐在原地，沉默如緩慢膨脹的氣球，逐漸塞滿空間不大的西藥房。

蘇店長擦了擦手，向高級助理發問：「解說之前，阿凱剛才是不是有話要說？」

「謝謝店長！我就不提莎拉讓顧客走進店裡廁所這件事，而是難得有顧客上門，竟然白白浪費推銷的大好機會！告訴妳們很多次，病人哪裡痛，就賣什麼補品給他，好比那位女顧客，擺明眼睛有問題，這情況妳不會聯想到眼睛補品嗎？」阿凱氣沖沖走到架子拿了橙色包裝的產品，推到兩女面前。

「不要狡辯說沒有經驗，產品包裝紙清清楚楚是眼睛圖案，不會連眼睛都不會分辨吧！還有，病人說皮膚乾燥，三歲小孩子都知道應該推薦保溼潤膚乳霜給她，我不懂妳在這家店到底學了什麼東西！」

莎拉自知理虧，靦腆笑笑，「一時間沒想到這麼多，都怪太多顧客呀……」

蘇店長點頭稱是，要三女坐下來，平息了一場大戰的開端，「阿凱說得沒錯，妳們好好記下。至於莎拉說的幾點，我有理由相信，病人是維生素缺乏症，阿凱手上這瓶藥丸是最好的選擇。」

阿琳拿起藥瓶一看，橙色的字眼寫著「維生素A」，明白店長接下來要說的話。

「『維生素』就是『維持生命的元素』，一旦攝取不足，身體就會發出警報，提醒我們要攝取更多的營養。我們無需特別攝取維生素，飲食均衡就不會有這些毛病，但這位女顧客不愛吃蔬果，她身體出毛病的原因可能是缺乏維生素A。」

莎拉聽得搖頭晃腦，在旁的阿琳飛快地在筆記本上記錄重點。

「相信阿琳也明白了，提到維生素A就會聯想到紅蘿蔔、南瓜、蘋果、香蕉等顏色鮮艷的蔬果，身體缺乏這元素，就可能引起視力問題，嚴重的話則會演變成夜盲症，這位女顧客提到昏暗環境下看不清，是夜盲症的症狀了。此外，缺乏維生素A形成皮膚乾燥，鼻咽喉也有發炎的危機。」

看著在旁得瑟的阿凱露出不屑的笑容，讓莎拉更沒勁。

「至於康寶靈的下落，如果與妳們無關，偷走藥物的人就是妳們剛剛提及的顧客。」

三女露出「果然如此」的樣子，莎拉搶先說：「我一開始就懷疑那上廁所的男子，好端端地怎會走去那，分明有鬼！不，買安全套的女子也很可疑，搞不好直接塞藥物進乳溝裡。」

「難不成是我接手的顧客？」阿琳摸著下巴，一臉苦惱。

「在此之前，妳們必須先知道康寶靈是什麼藥物，阿琳現在好歹也是半個藥劑師，妳來說說。」蘇店長冷不防將問題像球場上的足球直傳，傳到阿琳面前。

阿琳點頭，緊張地接下他的傳球，「康寶靈，是產自澳洲的抗敏藥物，每片藥丸含有五毫克的氯雷他定和一百二十毫克的硫酸偽麻黃鹼[6]，用以舒緩過敏鼻炎和感冒症狀。至於服用方式，成人每次一片，一天最多兩次。」

蘇店長點頭，發問：「康寶靈和普通傷風藥有什麼分別？」

[6] 氯雷他定（Loratadine），為抗組織胺（Antihistamine）。硫酸偽麻黃鹼（Pseudoephedrine Sulfate），為血管收縮劑。

「康寶靈多了偽麻黃鹼的成分，能收縮鼻腔的血管，減緩鼻塞的問題。」阿琳信心滿滿地回答。

在旁的莎拉忍不住插嘴，「哦……原來偷康寶靈的人就是那個上廁所的男子！看他傷風這麼嚴重，一定是他！」

蘇店長挑起眉毛，「莎拉別插嘴，阿琳說的不過是課本上的知識，一些隱藏信息是課本學不到的。」

阿琳本來有一定的信心，聽店長這麼一說，頓時有些洩氣。

「如阿琳說的，康寶靈是不錯的抗敏藥物，但有必要行竊嗎？就算一天吃兩粒，兩盒也能吃上一段時間，轉賣給他人不見得能賺多少錢。行竊者是傷風患者？妳們想想，一堆藥物存放在藥櫃裡，就抗敏藥物而言，就有十多種選擇，為什麼小偷偏偏選擇略顯笨重的康寶靈，而不是其他小包的抗敏藥物？得出的解釋是小偷知道這藥物的特別之處，專門為這藥物而來。

「這是有預謀的偷竊案。」

阿琳聽得一頭霧水，吞了吞口水，不安地發問：「店長知道犯人是誰？」

「謎團像疾病一樣，必須對症下藥。」這是蘇店長常說的話。

阿琳忍不住在想，今天的生意未免太差了，他們坐著聊了一整個早上，都沒半個顧客進來，這店還能生存下去嗎？難不成真的要換工作，但她對推理秀是無法抵抗呀！

——

蘇店長感受到三女熱切的眼神，暗嘆一聲，「先擱下偷康寶靈的理由，店員顧店的情況下，要順利偷走體積不小的東西是不容易。如果發生在博物館，在警方封鎖的情況下，沒有人能逃過警方的檢驗，除非失物仍然藏在館裡，或者犯人就是工作人員。」

阿凱的嘴巴張開，還來不及破口大罵，蘇店長伸手阻攔，繼續說：「我說的是一般情況。這裡沒檢驗的關卡，也沒人無時無刻檢查庫存，要下手的話也不會這麼明顯，一天拿一排藥片就能神不知鬼不覺，要不在訂貨單上動手腳也簡單多了。」

莎拉鬆了一口氣，調皮地向阿凱吐舌頭。

「下一個可能，失物還在店裡。先別激動，剛剛妳們吵得熱鬧，我仔細看了店裡情況，沒什麼異樣，如果亂放，一定會發現。犯人將賊贓藏在店裡，對他沒意義，下次進店難道又有信心避開店員的眼光，順利帶走藏好的東西？自然是得手後，馬上帶出店裡。

「從櫃檯往門口看去，客人走動是看得一清二楚，就算沒注意樣貌，身為店員，如果顧客手上拿著異物，就算忙碌，相信妳們也不會忽略這點——犯人不會選擇如此高風險的行竊方式。

「由此可見，犯人是光明正大地把康寶靈偷出去。」

阿琳嘴角微微抽搐，心想難不成自己真的瞎了眼，有人在自己的眼皮底下偷東西都沒看見？

「夭壽啦……該不會遇到迷魂黨？」阿凱口中冒出不得了的話，讓在場的兩女嚇得直哆嗦。

這幾年陸陸續續有不少「迷魂黨」騙取錢財的事件發生，據說只要接觸了他們的藥粉，意志便不再受自己控制，繼而順從他們無理的要求，損失慘重。

蘇店長搖頭，「中了迷魂的話，今天哪還有意識上班？如我一開始提及，犯人看準單獨顧店的時機，好幾個人同時進入，就能做到分散注意力的效果。要補充的是，在櫃檯等候的短短幾分鐘，犯人是如何確認目標藥物處於容易得手的狀態？藥物櫃窗上鎖是常識，也正好在收銀臺前，不可能進店後才決定如何下手。

「也就是說，他們提前派人查看店裡情況，單獨前來購買藥物的人有可能是犯人同黨，他們必須確認幾個事項。一，店裡人手足夠嗎？二，目標櫃窗是不是處於上鎖狀態？一旦確認，他們走出店門後就通知同黨下手。」

難怪那幾個顧客看起來鬼鬼祟祟，阿琳喃喃自語。

「從莎拉和阿琳的說辭，共有三組人是嫌疑犯，第一組是買安全套的女子和買咳嗽藥水的男子，第二組是眼睛乾澀的女子、量血壓上廁所的男子和買咳嗽藥水的男子，第三組是買溼紙巾的男子和買果子鹽的男子。」蘇店長終於進入正題。

「華人女子和馬來男子同時進店是煙霧彈，製造他們不可能結伴的錯覺？要注意的是，女子購買安全套不常見，不能一概而論，但和男子相識不是不可能。男子借意調開店員，讓女子在收銀臺前下手。這是第一個可能。

「眼睛乾澀的女子，纏著店員問個不停，讓另外兩個男子在店裡自由行動，加上走出店門忽視剛回來的藥劑師，有些可疑。或許上廁所的男子，悄悄帶著第四個人躲進倉庫裡，等到店門關上後，才從倉庫出來，藏好康寶靈，等到隔天乘著店裡人潮洶湧，悄悄從店裡溜出去。這是第二個可能。」

蘇店長的話把三女嚇得臉色一變，深怕櫃裡躲著人。

「當然，買咳嗽藥水的男子趁莎拉忙於招待眼睛乾澀的女子下手，買果子鹽的男子也可以趁阿琳忙於招待買淫紙巾的男子下手，這是第三和第四個可能。

「我剛剛到廁所一趟，順道查看倉庫裡有沒有人藏在裡面，本店沒幾個能藏人的空間，犯人進不了櫃內，無法趁亂離去，因為根本沒有多人的時段，像今早半個人都沒進來，犯人不餓死累死也會失禁吧。

「阿琳與眼睛乾澀的女子擦肩而過，我記得她提到拿著紙袋離開的男顧客，我想問阿琳，為什麼妳會提到『看起來沒異樣』？」

阿琳努力回想，語氣不確定，「唔……肉眼看不到塑膠袋裡的東西，但我還沒笨到認不出五罐藥水的形狀，所以看起來沒異樣囉。」

「阿琳已經把真相說出，」蘇店長看三女一副懵懂的樣子，像在菜市場迷了路的家庭煮夫，繼續說下去，「每次非要說得這麼白，真沒勁……好，去掉剛剛第二、第三的可能，就剩下第一和第四。來，哪位顧客比較不會引起妳們的注意？」

阿琳腦袋裡的齒輪快速轉動著，努力聯想店長的暗示和現有的線索，電光火石之間，她隱約看見了真相的輪廓。

「我知道了，犯人就是買溼紙巾和果子鹽的男顧客！」阿琳聲線顫抖，臉頰鼓動地像膨脹的氣球。

「能明白真是太好了，剩下部分交給妳吧。」蘇店長如釋重負。

兩女把視線轉向阿琳，阿琳吸了一口氣，開始解釋：「安全套和咳嗽藥水，就算放進袋裡，肉眼也能辨別和康寶靈的區別，但溼紙巾就不一樣，溼紙巾大小和康寶靈幾乎一樣，這麼一來能理解犯人買四大包的原因。四包溼紙巾塞不進塑膠袋，只能分開裝進兩個袋子，從外觀來看是看不出裡面裝的是兩包溼紙巾，還是兩盒康寶靈。」

「妳不是說男子一直待在牛奶架子前嗎？怎麼可能把手伸到這麼遠，偷收銀臺後面的藥物？」阿凱忍不住插嘴。

「分工合作就能做到。男子假意詢問牛奶粉的價格，實則目標是架子下的溼紙巾，將奶粉放回原位的時候故意弄倒溼紙巾，為收銀臺前的男子製造下手機會，只需伸手，就能打開沒上鎖的玻璃櫃窗，快速地把兩盒康寶靈拿下，這動作不用幾秒就完成。」

「聽起來沒錯，但哪有空檔把康寶靈塞進另一人的手裡？」阿凱皺了眉頭。

「剛剛店長給暗示了，這是有預謀的偷竊案，我一直在思考，這宗案件必須做好什麼準備，現在我才明白是提前準備便宜西藥房的白色塑膠袋。」阿琳指著放在收銀臺下的塑膠袋。

莎拉和阿凱同時「哦」了一聲，一副恍然大悟的樣子。

阿琳繼續說道：「男子見同黨成功纏住我，悄悄從口袋拿出白色塑膠袋，掛在櫃檯旁的死角，這樣就算我回到櫃檯也不會看見。等到溼紙巾堆倒時，他伸手從櫃窗取下康寶靈，塞進塑膠袋裡，外觀來看就和兩包溼紙巾在裡面沒兩樣。等到同黨帶著四包溼紙巾來到櫃檯付款，從我手中接過裝了溼紙巾的兩個袋子，轉身往門口走去。

「當我專心接待下一位顧客，顧客謊稱身體不舒服分散我的注意力，在這一瞬間同黨從死角牽走掛著的袋子，筆直走出店門。這計謀厲害之處在於，就算我轉身看他一眼，也難察覺他單手提著兩個袋子還是三個袋子。他們就這樣順利偷走了本店唯二的康寶靈。」阿琳拍了胸口，篤定地解說偷竊過程。

「我不理犯人怎樣偷掉康寶靈，總之是妳經手，那就太好了，妳等著扣薪水囉！」阿凱原本震怒的面孔突然變得開朗，在原地隨興搖擺起來。

「說得太好了，阿凱真是英明啊！」莎拉開心鼓掌，也跟著阿凱擺動。

「遇上這麼狡猾的顧客，誰顧店都會遭殃啊！」阿琳抗議。

「不想賠錢的話，那就把犯人給抓來，好心提醒妳，這種小無賴在大街遇上的話可是會和妳拚命……」阿凱表情嚴肅地靠近她，讓阿琳有些發毛。

「我是可以陪妳去報警啦……」在旁的莎拉好心安慰。

阿琳沮喪低下頭，蘇店長不理會她們，繼續在旁沉思，三人之間的騷動慢慢平息下來，留意到蘇店長鬱鬱寡歡，阿凱好奇地問：「店長，這不就解決案件了，還有什麼事讓你這麼苦惱？」

蘇店長若有所思地望向阿琳，說：「阿琳是不是提及涉嫌犯案的兩男，一人嘴裡有魚腥臭煙味，另一人有嚴重痤瘡？」阿琳微微點頭，店長繼續說下去，「他們身上有奇怪的香味，體型偏瘦小？」

蘇店長表情越發凝重，兩女不敢作亂，阿琳仔細回想，記憶拼圖在腦海一一拼湊，戰戰兢兢回答：「如店長說的一樣。」

蘇店長嘆了一口氣，像警匪片裡痛失線索的警探，撲克臉卻有著無法靠近的威嚴，過了好一會兒才開口。

「我有理由相信，犯人濫用康寶靈。」

「濫用？過敏藥吃多了，最慘不就只是疲倦嗎？」莎拉狐疑地問。

「康寶靈和一般過敏藥有什麼分別？難不成康寶靈裡的偽麻黃鹼成分……」阿琳的語氣有些不確定。

蘇店長點頭，指著桌子上的藥物進出記錄簿，「有沒有想過為什麼唯獨出售康寶靈需要記錄？」

兩女搖頭，唯獨阿凱一副眾人皆醉我獨醒的樣子，提高聲量說：「犯人偷康寶靈的目的是製毒吧！」

阿凱的話宛如化成手榴彈，轟炸兩女的感官世界，她們面面相覷，好一會兒都說不出一句話。

「製毒……也就是毒品？」莎拉支支吾吾。

「怎麼從來沒和我們說，早知道我就會多加看管……」阿琳面色變得慘白。

「這些衰東西，少一人知道就是好事，誰知道妳們暗地打什麼壞主意。」阿凱語氣不忿回答。阿琳不禁暗讚，阿凱雖然脾氣暴躁，但不愧是在西藥房工作了大半輩子。

蘇店長把話接下去，「偽麻黃鹼的化學結構和安非他命極為相似，不知道哪個擁有化學知識的黑道人士知曉這祕密，從偽麻黃鹼提煉毒品。於是，偽麻黃鹼受到越來越嚴格的出售管制，每筆購買必須記錄在簿，顧客也不能買太多，但有心人始終得到足夠貨源製毒，如我一直強調『不義之財不可取』。」

莎拉嘖嘖稱奇，好奇問道：「沒想到現在當毒販也要唸書。」

「倒不是，提煉方法比想像中的簡單，只要將含有偽麻黃鹼的藥物倒進燒杯裡，攪拌溶解，加水煮至沸騰幾次，沉澱在燒杯裡的就是純度極高的偽麻黃鹼了——妳們千萬不要打什麼歪主意。」蘇店長嚴厲地瞪了兩女一眼，有別於平時愛理不理的個性。

「順道一提，吸食冰毒的人嘴裡會有難聞腥味，冰毒煙氣留在口腔，一些人皮膚短時間內長出惡性痤瘡，其他症狀包括體重下降、身上有冰毒煙氣的香味、情緒異常亢奮等。嗯……吸毒的初期症狀很難診斷，阿琳提起的幾個症狀恰好和常見症狀吻合，才會聯想犯人偷取康寶靈是為了製毒。」

是毒還是藥，自古以來都沒有準確的解答，可以致命的毒藥，在緊急關頭卻能成為救命的靈丹，而平時熟悉的藥物，不正確的服用下卻會讓病情加劇，這一點讓阿琳感慨萬千，也再次體會當藥劑師的不容易。

「阿琳和莎拉待會得去警局報警，匯報這次的失竊案，不然執法單位來檢查，妳們就解釋不了。我先去外面辦事，下午才回來。」店長下了命令。

這時鈴鐺響了，他們匆匆結束討論，店長從後門離開，阿凱到廁所，本來值下午班的阿琳也只好提早上班，整頓好情緒後，和莎拉到櫃檯詢問顧客要買什麼。

「我要買五罐咳嗽藥水。」兩位土著男子異口同聲地說。

為什麼上門的顧客都買咳嗽藥水啊！

——

阿琳進店就嗅到一股愉悅的香氣，聞起來像清新薄荷味，心情不禁放鬆。像回應她的好心情，便宜西藥房經歷著前所未有的盛況，從中午開始陸陸續續進了好幾位顧客，人人都是滿載而歸，更奇怪的是，人人進門都幾乎說著一樣的話。

「我要買五罐咳嗽藥水。」

連續下來，男顧客進門，三女自動搬出五罐咳嗽藥水，連話都省下來。來者多是瘦小男子，眼神憔悴，皮膚黯淡，華巫印種族都有，如此澎湃的購買熱潮，很難不讓三女的腦袋想著一些有的沒的。

「為什麼他們都買五罐咳嗽藥水？」莎拉道出內心的疑惑。

「也不是每位都買五罐，也有買比較少的顧客。」阿琳皺著眉頭。

「有什麼好在意？能賺錢就對啦！要不是賣出大量咳嗽藥水，這幾天營業額幾乎是零！」阿凱一貫的嘴裡不饒人。

阿琳站在門口，不少人走進對面的專業西藥房，營業額蒸蒸日上，每個上門的顧客，都像是擂臺上的左勾拳右直拳，將便宜西藥房打得體無完膚。專業西藥房是連鎖分行，藥物訂購量是小店的幾十倍，成本價低了不少，才能壓低售價，你死我活的惡性競爭下，難怪顧客都到對面去光顧，就連阿琳的媽媽，也偷偷到對面的店購買醫藥產品——阿琳某天在家發現對面店的收據。

阿琳留意某男走進專業西藥房，很快走出來，越過馬路來到便宜西藥房門口，阿琳後退兩步，站在門旁，男子劈頭就是一句：「我要買咳嗽藥水。」

一位還不打緊，緊接著的第二、第三位，讓阿琳覺得不對勁，心想對面沒賣咳嗽藥水嗎？

這時店裡發生意想不到的狀況。

「真可怕，明明昨晚才填滿櫃檯的咳嗽藥水，竟然半天就賣完，整整一百罐，開玩笑！」莎拉指著所剩無幾的庫存，轉身向同事說明。

「顧客幾乎都要咳嗽藥水，賣完一千罐不是夢！能賣總好過變成倉底貨，廢話不多說，妳給我趕緊從倉庫搬出咳嗽藥水，待會顧客上門看到沒貨就唯你是問！」阿凱向莎拉疾言厲色。

莎拉像受處罰的孩子不情願地走進倉庫，沒多久就兩手空空倉促走出，以乾澀的嗓音說出：「妳們今天進過倉庫嗎？」

阿凱和阿琳對望，同時搖頭，阿凱突然想到什麼，拍了手掌一下，「店長今早不是進去一趟查看有沒有人躲在倉庫嗎？」

阿琳留意到莎拉神色有異，不安地問：「不會發生什麼壞事吧？」今早的康寶靈噩夢依然像魔咒一樣不斷在阿琳的腦海環繞。

莎拉點頭，也很快地搖頭，聲線顫抖地說：「妳們跟我來倉庫一趟。」

三女魚貫走進倉庫，這是長三米，寬四米，高五米的方形房間，房間四個角落都塞滿鐵製架子，而鐵架上放滿箱子。讓阿琳在意的是，房間中央木製托盤上空空如也，原本放著一些箱子，她一時想不起是什麼箱子，卻隱約有種不好的預感。

還是阿凱反應快，尖銳的聲音響起，「倉庫中央的咳嗽藥水盒子跑到哪去了？」

這句話像尖刺刺進阿琳的手指，全身有些麻木，不敢相信耳朵聽到的內容。

「這就是我叫妳們來的原因……我昨晚從這裡搬出一箱，明明記得還有十多箱，怎麼今天就沒了？」

這太糟糕了，三女在倉庫裡不斷翻查箱子，一開始抱著藏到別處的期望，直到把鐵架上的每個箱子都翻查了遍，才被迫接受一堆咳嗽藥水消失的噩耗，這堪比魔術師的極限逃生更讓人無法置信。

鈴鐺響了，阿凱趕緊招待顧客，留下阿琳和莎拉繼續在倉庫翻找，兩人面面相覷，腦海不斷往昨天畫面鑽進，單獨顧店時，有沒有顧客悄悄從倉庫搬走箱子，一想就知道不可能，兩盒康寶靈就算了，十多箱疊起來比阿琳還高的藥物，怎會看不見，就算要搬，一時三刻也不可能搬完。

兩女不放棄，趴在地上看有什麼蛛絲馬跡，莎拉觀察到地上乾燥，沒拖拉的痕跡，托盤也和平常沒什麼兩樣（就上面的東西不見了），阿琳在鐵架下發現約書籤大小的紙皮箱撕片，除此以外，倉庫就沒什麼可疑的地方。

完了，完了，莎拉腦海不斷響起這句話，阿琳腦袋的齒輪加速運轉，時間沙漏在她們沉重的呼吸中慢慢流逝，阿凱回到倉庫，看到兩女臉色蒼白的樣子，知道她們找不回箱子，嘆了一口氣，不再說苛刻的話。

「櫃檯庫存賣完囉，妳們找清楚了嗎？」阿凱臉色一臉凝重，收斂平時的戾氣。

兩女沮喪低頭，沉默了一會兒，莎拉像做錯事的孩子膽怯舉手，「阿凱，妳早上開店有看到什麼不對勁嗎？」

「和平時沒兩樣，我先打掃門面，還來不及打掃倉庫，沒多久莎拉就來了，之後阿琳和店長進門，早上斷斷續續來了幾位顧客，沒什麼特別啦。」阿凱的眼神越來越冰冷，盯著兩女好一陣子都不出聲，阿琳感受到阿凱內心的騷動，「是妳們兩個偷的話，就老實承認吧！我可以當作什麼事也沒發生。」

兩女嘴巴張大得可以把拳頭塞進去，一時說不出話來，最後終於出聲抗議。

「我沒做過，沒證據妳不要亂說！」莎拉激動得像生氣的猴子在原地跺腳，咬牙切齒地指著阿凱，「要偷我也不會偷這麼便宜的東西！」

「不是我偷的，我哪有這膽子……」阿琳臉頰發麻，不斷擺手，一副快要哭出來的模樣，萬萬沒想到一波未平，一波又起，一天內兩度被認作嫌犯，這樣的遭遇是前所未有的倒楣！

莎拉氣得連話都說不出口，而這時門口的鈴鐺又響了，阿凱從倉庫裡喊話，「抱歉，咳嗽藥水賣完了！」但是沒有聽到任何回應，三女好奇地走出倉庫一看，這才發現是熟人。

「倉庫裡的庫存沒了嗎？」蘇店長一臉茫然。

三女嘆了一口氣，老實說出現況。

蘇店長靠在椅子上，轉動手肘鬆鬆肩膀，以平靜的語調說：「難怪我剛剛到倉庫查看，覺得比平時空出一些位置，就擔心存貨不夠，沒想到一堆咳嗽藥水憑空消失了。」

「我們該怎麼辦？」莎拉不安問道。

「報警處理。」

蘇店長把店門鎖上，門口貼著休息告示。阿琳和莎拉到警局報案，經過一番交涉，警方決定調派人手到西藥房調查。

——

身穿海軍藍制服，頭戴貝雷帽，左手拇指套著銀戒，腳穿黑色皮革鞋子，胸前扣著銀質警盾和警民合作徽章，提著笨重的工作箱，戴著圓框眼鏡的新紮師兄出現在便宜西藥房。男子向四人敬禮，以響亮的聲音說出：「我是陳哈利曹長，隸屬刑事調查部的伍警探，奉命來調查西藥房的失竊案。」

阿凱推了阿琳和莎拉一把，示意要兩人向曹長解釋便宜西藥房的怪事，兩女暗嘆沒運，阿琳戰戰兢兢地向曹長介紹店員，「我是實習藥劑師黃凱琳，這位是銷售助理莎拉德薇，那位是高級助理李秋蘭，你身後的是店長蘇隆毅。」

阿琳和莎拉比手劃腳地把今天的事情一五一十地告訴了曹長。

「謝謝兩位的解釋，妳們的意思是，一天內發生兩宗失竊案嗎……」陳曹長語氣緩和，目光有意無意露出敵意，「這太巧合了，難道是同樣的人下手？」

兩女當頭棒喝，沒想過這可能，犯人不是她們單獨顧店時下手，而是關店後沒人在店才犯案，這麼一來早上洋洋灑灑的推理搞不好就作廢。阿琳暗呼僥倖，沒能證明康寶靈什麼時候失竊，她就不必負上賠錢的責任。

陳曹長眼看兩女沒反應，暗呼現在的年輕人都這麼沒禮貌嗎，從工作箱拿出手套，慢慢戴上，開始了調查行動。

「這是失竊地點嗎？」陳曹長腳步穩健地走向收銀臺的玻璃櫃窗，兩女默默跟隨在後。

「你們剛剛說失竊藥物是康……乃馨嗎？」陳曹長一邊拍照一邊發問，「確定櫃窗沒有其他東西不見？」

阿凱內心嘀咕：長官，不是康乃馨，是康寶靈！康乃馨是送給媽媽的感恩之花！

陳曹長陸續問了櫃窗上鎖的情況、鑰匙的存放位置、鑰匙持有者、顧客名單、顧店情況，莎拉逐一解釋，坦誠有時一時疏忽忘記鎖上，在旁的阿凱冷哼一聲，曹長不斷點頭，飛快地在筆記本記下，像不苟言笑的考官，氣氛變得越來越凝重。

「你們有沒有懷疑是誰下手？」陳曹長停下筆桿，環視四人的目光。

阿琳原想說出今早的推論，但看到店長毫無表示，也就忍住不說。細想店長不問世事，不會主動提出解決問題的意見，這讓阿琳憶起第一天工作時，店長給她的第一印象——隔壁鄰居家苟延殘喘的老黃狗。

「我們到倉庫看看。」

陳曹長在倉庫看了幾眼，隨口說了一句：「倉庫沒有想像中的多東西啊。」

三女苦笑，客源不多，出貨量不高，不用囤太多的貨物，小倉庫就行了，加上十多箱咳嗽藥水不見空出位子，也難怪警方有這樣的想法。

「李女士，這裡有股獨特的香氣，放了什麼香精嗎？」陳曹長隆隆鼻子，不斷查看。

阿凱皺了眉頭，心想店裡都沒放什麼芳香劑，大力搖頭。

「店裡有存放現金嗎？」

「有，每天店裡所得都存放在收銀臺下的保險箱，隔天由店長帶去銀行存款，我們也檢查了保險箱的現金，沒有遺失。」

犯人志不在現金，陳曹長沉思一會兒，語氣平和地問：「你們準確算過不見多少瓶咳嗽藥水嗎？」

莎拉和阿琳到警局報案時，阿凱已從電腦記錄找出上個月的訂單，整理出失物數量和詳情。

「一千罐U牌子的咳嗽藥水和一百罐D牌子的咳嗽藥水。」阿凱機械人般木然地念出白紙上的記錄。

「數量不少啊。」陳曹長挑起眉毛，「一間西藥房能儲存這麼多的咳嗽藥水嗎？」語氣聽來極不友善。

負責管理庫存的阿凱，往前踏一步，「長官，本店訂貨都依照正規的倉庫管理守則，確保庫存量維持在特定數量，最多三個月分量，最少一個月分量。咳嗽藥水是熱銷商品，假設一天賣十罐，那麼三個月接近一千罐，這數量是合理不過，長官不相信大可檢查我們的電腦系統。」

「一天賣十罐是不多啦。」陳曹長摸著下巴，點頭稱是，拾起地上的紙皮箱撕片，是阿琳拾起後放回原地的那片，呢喃道：「犯人掀開箱子確認藥物才動手。」聲量不高，但三女仍清楚聽見。

「誰能告訴我失竊的兩種咳嗽藥水有什麼分別？」

阿琳不懂被誰推前，僵硬地站在陳曹長面前，吐了吐舌頭，尷尬笑笑，摸著手肘說：「得從咳嗽狀況說起。咳嗽關係到呼吸管道，簡單來說，咳嗽是人體的保護機能，清除呼吸管道的異物，但頻密咳嗽會影響日常生活，就需要藥物的幫助。」

幾個月的實習期，讓阿琳成長不少，不再是當日的黃毛丫頭。

「咳嗽分成三種。一，痰咳，咳嗽時感覺痰在喉裡，這是感冒症狀。二，乾咳，咳嗽時沒咳出什麼，病因多是過敏或中央神經系統問題。三，哮吼，呼吸管道感染症，咳嗽聲類似狗吠聲，通常由病毒感染誘發。[7]

「U牌子咳嗽藥水，含有苯海拉明、氯化銨和檸檬酸鈉。苯海拉明是抗組胺藥，主要治療過敏症，氯化銨和檸檬酸鈉則有化痰效果。簡單來說，U牌子藥水適用於痰咳。

「D牌子咳嗽藥水，含有福爾可定，用以疏解普通感冒和支氣管刺激引起的咳嗽症狀，對乾咳非常有效。」[8]

阿琳解釋完畢，露出安心的笑容，陳曹長不習慣這麼一大串的醫學用詞，聽得有些混淆，但還是裝作聽懂，「嗯……我大致上明白了，那麼第三種咳嗽需要哪種藥物？」

「啊，我遺漏了，哮吼是不容小覷的疾病，西藥房會建議病人馬上留醫，耽誤治療的話後果堪憂。」阿琳臉上一熱，神態極為逗趣，繼續把話說下去。

陳曹長面不改色，內心覺得這藥劑師妹子挺可愛，專業解說也讓他留下深刻印象，他走出倉庫，專心打量西藥房的構造，就算整間店面粉刷一新，也可從建築風格看出走過斑駁歲月，還能看到屋頂漏水的痕跡。

前門是店鋪常見的捲簾門，捲起之後是玻璃門入口，採用鑰匙上鎖，沒有額外鎖頭。後門坐落在倉庫旁，是質料堅硬的木門，類似九十年代的球形門鎖，只能從內上鎖。他轉開木門，映入眼簾的是防盜用的鐵門，鐵枝間的空隙約是五毫米，防盜門掛著不鏽鋼大鎖頭。

[7] 咳嗽分成痰咳（Chesty Cough）、乾咳（Dry Cough）和哮吼（Whooping Cough）。

[8] 苯海拉明（Diphenhydramine）、氯化銨（Ammonium Chloride）、檸檬酸鈉（Sodium Citrate）、福爾可定（Pholcodine），為咳嗽藥水常見成分。

「妳，說說上鎖過程。」

莎拉點頭，戰戰兢兢回答：「本店九點半打烊，我會先關緊防盜門的鎖頭，然後關上木門並上鎖。再來用鑰匙上鎖前門的玻璃門，拉下捲簾門後再用鑰匙上鎖，就大功告成。」

「我有疑問，為什麼你們把鬆開的鎖頭隨意掛在防盜門上，不覺得這非常危險嗎？」陳曹長指著防盜門上的鎖頭，眼睛閃過一道光，像叢林裡埋伏的猛獸。

「這個嘛，大夥常從後門離開，因後門比較靠近停車場，不然就得從前門繞一大圈。阿凱每天早上也從後門進店，我也有樣學樣囉……不過別擔心，後門正好面向收銀臺，一旦有人靠近，我們都會發現。平時沒人經過後門，最重要是晚上關門方便，只需要輕輕一按就上鎖了。」莎拉的聲音越說越小聲，像生命受到威脅的獵物。

「嗯……那麼鑰匙平時存放在哪？」

莎拉猶豫一會兒，老實回答：「不一定，有時在抽屜，有時在收銀臺上，當天鑰匙就在收銀臺上，不過沒被偷走啦，晚上我還得用這串鑰匙鎖門……」莎拉從口袋拿出一大串鑰匙，少說也有二十支鑰匙，「今天就在我的口袋。」

這群人一點危機意識都沒有，難怪小偷會得手，陳曹長在心裡碎碎念。

陳曹長嚴密檢查前後門，沒發現可疑的地方，在店長的同意下，警方採集現場的指紋，店員也必須提供指紋。採集指紋的過程比想像中還要冗長，在旁四人等得不耐煩，正要發問之際，只見他拿著後門鎖頭，在日光燈下看了好久，碎碎念：「上面好像只有一個人的指紋。」

他腦海萌發雛形的想法，懷疑犯人另行安裝，和阿凱索取鑰匙，沒想到應聲打開。鎖頭的金屬表面沒沾上雜質污跡，撇開鎖梁上的磨損痕跡，看起來像新的，相比下來年久失修的木門更讓人堪憂，門框有碰撞痕跡，但不至於嚴重到無法關門。

陳曹長離開便宜西藥房時已是傍晚，三女鬆了一口氣，但想到案情還沒明朗，心情依舊像沉澱在燒杯裡的結晶般沉重。在旁的蘇店長卻心不在焉，對著奶粉架子暗地思索，似乎有什麼打算。

——

隔天，店裡依然籠罩在揮之不散的陰霾中，三女頂著黑眼圈上班，看起來疲憊不堪，像熬夜趕夜車的應考生，有別於平時的說個沒完沒了，顯得異常沉重，不願多說什麼。阿凱繼續點算店裡的庫存狀況，順道查看還有什麼貨品遺失，莎拉拿起抹布在門口不斷擦拭警方採集指紋留下的粉末，阿琳則負責處理訂單，和供應商討論物流的問題。

今天店長沒來上班，他臨時在通信群組說今天不來上班，也沒交代會去哪。阿琳看到信息，腦海閃過一絲疑惑，店長沒朋友也沒娛樂，完全沒有不上班的理由，難不成店長陷入麻煩漩渦，還和店裡的失竊案有關？

就算莎拉和阿凱不說，阿琳也清楚明白，大家都懷疑對方是犯人，現場看不出有大肆翻找的痕跡，最為關鍵的鎖頭都完好無缺，前後門也沒撬開的痕跡，說得上是完美犯罪——前提是鑰匙缺席。

「我要買五罐咳嗽藥水。」

又有一位進來買咳嗽藥水的顧客，阿琳無奈搖頭，顧客暗嘆一聲，隨口說連這間店也沒了，讓阿琳的好奇心燒得更為熾烈。

阿琳叫住顧客，鼓起勇氣發問：「這位顧客，為什麼你要買這麼多的咳嗽藥水？」男子突然臉色一變，急忙揮手就匆忙離去，阿琳看在眼裡只覺奇怪。

阿琳想起康寶靈的失竊案，根據店長的說法，犯人利用偽麻黃鹼製毒，那麼有人利用咳嗽藥水進行非法勾當嗎？她花時間瀏覽網上資料，逐一檢查咳嗽藥水的主要成分，如她向警方解釋，苯海拉明、氯化銨、檸檬酸鈉毫無可疑，沒濫用的傾向，也不像偽麻黃鹼與麻黃鹼的結構相似，通過簡易的化學轉化，製成俗稱「冰毒」的甲基苯丙胺[9]。

難不成，只是純粹的喉嚨不適？

「阿琳，妳真敢問顧客為什麼買咳嗽藥水，我現在就告訴妳，背後肯定有我們不知道的非法用途，老話一句『知人知面不知心』，就算每天面對面的人，轉身可能是妳不了解的王八蛋。」阿凱語帶譏諷，點起戰爭的狼煙。

[9] 甲基苯丙胺（Methamphetamine），為中樞神經系統興奮劑。

這一提觸怒了沉默已久的莎拉，無法遏制的怒火在她眼裡點燃起來，氣沖沖地問：「我到底哪裡犯著妳，現在已經交由警方調查，很快會水落石出，妳非要現在來吵架？」

阿凱冷哼一聲，不以為然地說：「我對警察辦事能力沒什麼信心，這麼大的案件才叫來一位員警，不就分明沒把案件看在眼裡嗎？負責警察應該和我想的一樣，犯人就是這間店的員工。」

阿琳心喊不妙，這場口舌大戰還是引爆了。

「呸，誰要偷這些不值錢的東西！」

阿凱拿起計算機，飛快地按了幾組數字，展示給兩女，「哪裡是便宜貨，少說也有一千罐藥水，一罐十塊的話，也有一萬塊了，現在這藥水特別熱門，賣上一倍的價錢也絕非不可能。這麼一來，不就構成合理的犯案理由。」

「我沒窮到需要偷東西的地步，連房車貸款都沒有，根本不需要花這麼多錢！」

「我看妳平時拿著的手機和包包不便宜吧？我一直好奇，以妳的薪水不可能有能力購買！我不是第一次懷疑妳暗地偷店裡產品去賣，哼，現在只有神才知道了。」阿凱的語氣越發刻薄。

「妳才是那個犯人吧！妳趁休假日犯案，製造不可能出現在店裡的假象，等到大半夜悄悄來到店裡，不就行了！」莎拉越說越激動，像潑婦罵街，「妳一把年紀不退休，體力漸感吃力吧，多幾年就沒能力工作，想趁有能力時撈些油水，不也是犯案動機嘛！」

「妳……妳……」阿凱喘氣發抖，眼裡閃爍無法遏止的怒火，平時阿凱經常大吵大鬧，但阿琳沒看過她生氣得說不出話。

「大家一人少一句，不要吵了，反正也是沒有結果啦……」阿琳鼓起勇氣做和事佬，卻被忽略在一旁。

「這間店的鑰匙一共有三支，一支我領著，一支妳領著，一支在店長手上，妳自己也逃不了嫌疑！」

阿凱深呼吸好幾回才穩住情緒，緊接回答：「哼，有心犯罪也可以複製鑰匙，接觸鑰匙的人都有嫌疑。」

阿凱的話立刻將矛頭轉向阿琳，但她不感意外。昨晚阿琳思索了一整晚，在沒破壞現場的情況下，有誰能做到天衣無縫的犯罪，儼然是沒有屍體的神奇密室。她雖沒看過多少推理小說，對於密室概念倒有所聞，鑰匙的持有人是首要考慮的因素，就不提持有的三個人，難道他們身旁有人知道鑰匙背後的意義，才暗地盜用或複製了多一支？

從這角度來看，獨居的蘇店長和阿凱沒有這風險，唯獨莎拉。她偶爾和阿琳提到家庭近況。阿琳清楚記得，莎拉爸爸上個月丟了超級市場的工作，至今還沒找到新工作，家庭擔子落在她身上，她有些後悔年頭買了新款手機，落得兩袋空空，阿琳可憐她的處境，偶爾也會請她吃午飯。

沒證據的懷疑就是無事生非，阿琳不敢多說，這時手機收到簡訊，她看了一眼，嘴角露出一抹淺淺的笑容。

阿琳六點下班，留下阿凱和莎拉顧店，離開前擔心兩人會鬧出什麼事端，但同一屋檐下應該沒有隔夜仇，也不想瞎操心，回家吃晚飯後，就到好久沒去的**好喝咖啡館**。

十五分鐘後，阿琳已經喝完卡布奇諾，聽見門口傳來清脆的風鈴聲，咖啡館裡也頻頻傳來騷動，便知來者是誰。

她進門的瞬間宛如從後鋪出亮眼玫瑰紅的地毯，引起全場矚目。凹凸有致的身材，一頭褐色大波浪鬈髮，一對修長誘人的美腿，身著祖母綠的連身短裙，正是八卦雜誌資深記者——伍鳳，姓名和香港藝人雷同，為避嫌自稱「菲尼斯」[10]，過去發表不少獨家報道，是業裡褒貶不一的超級記者。

伍鳳在阿琳身邊坐下來，不帶悔意地說：「不好意思，我遲到了，阿琳！」

阿琳忍不住向她翻了白眼，不滿道：「提早來有這麼難嗎？菲尼斯。」阿琳更不滿的是，人人都把目光落在這美女身上，明明自己也是洋溢著青春氣息的妙齡少女，但一直以來異性緣差到極點，連說得上話的男生都沒，不由自主嘆了一口氣。

「要認識男生，這還不簡單，首先妳必須……」伍鳳洞悉阿琳的心事，露出奇怪的笑容，「有料。」語鋒剛落，雙手以迅雷不及之勢抓向阿琳胸部，阿琳急忙揮手防禦，

[10] 菲尼斯，Phoenix 的音譯。

臉蛋紅得像燒焊中的熔鐵。

「菲尼斯，妳太過分了！」阿琳震驚得像遭雷劈，隨即好奇地問：「妳怎麼知道我腦袋在想什麼？」

「這還要問嗎？『十月芥菜起靡心』[11]，明眼人都看得出妳思春啦，最近有什麼對象嗎？」伍鳳露出不懷好意的笑容。

阿琳不滿噘嘴，「有對象的話，就不會有時間陪妳喝咖啡。廢話少說，找我肯定沒什麼好事，有什麼快說吧！」

「咯咯咯，就是喜歡凱瑟琳這麼爽快！妳店裡最近發生怪事吧？」伍鳳摸了摸下巴，發出香港電影裡壞人的招牌笑聲。

她每次都神奇地知道隱祕情報，這次明明不算公開消息，也沒記者上門採訪，沒想到仍逃不過她靈敏的嗅覺。但，阿琳也漸漸意識到，伍鳳可能有熟人在警局辦事。

阿琳考慮了一會兒，想到伍鳳難纏的個性，就算對她說謊也沒意義，於是無奈地把這幾天發生的怪事，包括康寶靈和咳嗽藥水的失竊案，一五一十地說給她聽。

「嗯……首先本小姐必須稱讚阿琳說話越來越有條理，讓我迅速掌握新聞背景，對於康寶靈一案，妳家店長已經蓋章證實那八九不離十，警察說可能是同一起的失竊案自然是屁話，妳認真給我說說那個警方的名字長相，有機會的話我去奚落他。」

伍鳳又有本事可以整治員警？阿琳懶得想她背後有誰撐腰，努力回想前來調查的警

[11] 十月芥菜起靡心，粵語，意為少男少女情竇初開。

察有什麼特徵，「啊……怎麼我腦袋一片空白，他自稱陳曹長，長得還可以，身高比我高……我形容不來了。」

「豬都比妳會形容多了！姓陳嗎？那還真的考倒本小姐了，警局裡我認識的警察，我都以甲乙丙丁來稱呼……」伍鳳似乎說了什麼不得了的話，想了一會兒繼續說下去：「我要開始發問囉！阿琳覺得犯人為什麼竊取這麼龐大數量的咳嗽藥水？」

「這也是我不明白的地方，和康寶靈不一樣，咳嗽藥水有多種活躍成分，但和毒品攀不上關係，我拚命在網路搜索，但一無所獲，唯一有關聯的是抗組胺藥的濫用，但不是什麼重大發現啦。」

「說來聽聽。」伍鳳一副興致勃勃的樣子。

「咳嗽藥水裡的苯海拉明是抗組胺藥，用於治療過敏症、感冒症狀和噁心，只要按照指示不會有問題。過敏症狀指傷風、皮膚發癢、眼睛紅腫、咳嗽、打噴嚏等常見症狀，多元功能讓大眾誤以為這是神丹。少數過敏反應由組胺引起的，好比蕁麻疹，更多皮膚毛病的病因還沒弄清楚，抗組胺藥不一定能起到什麼用途。」

伍鳳聽得有些懵，但還是點點頭，「這麼來說，持續服用抗組胺藥有什麼後果？」伍鳳推測這藥物一定不簡單。

「沒有後果。」

「果然不出我所料……」伍鳳露出驚訝的表情，「什麼，沒有後果？」

「瞧妳驚訝成這樣，不要以為所有藥物都是毒藥，抗組胺藥是非常安全的藥物，以苯海拉明為例子，甚至可以讓孕婦服用。硬要挑毛病的話，苯海拉明的副作用是容易疲倦，不建議服後駕駛，其他的副作用就不值一提了。」

「阿琳這不就提到重點嗎？讓本小姐好好想一想如何大做文章……妳剛剛提及，購買這藥物的人幾乎都是土著，身形瘦小，似乎從事粗活，工作疲憊的緣故讓他們晚上無法入眠，影響生活素質，有人服下咳嗽藥水發現能夠幫助入眠，於是一傳十十傳百，咳嗽藥水成了失眠良藥，他們就組團來西藥房入手咳嗽藥水！沒錯，搞不好現在有名為『五咳黨』的失眠患者協會，加入該黨的條件就是五罐咳嗽藥水！」伍鳳發揮記者加油添醋的功力，一派胡言地近乎讓人傻眼。

「就不提是不是有這樣的協會，治療失眠這點，我不是沒考慮過，納悶的是，為什麼到門的顧客大都是購買五罐咳嗽藥水？」

伍鳳拍了拍額頭，沒好氣地說：「答案不是顯而易見嗎？如果有能力，難道不會買一箱？」

阿琳一愣，點頭稱是。

「妳家店長沒有什麼表示嗎？」伍鳳一語道破阿琳內心的疑惑。

阿琳嘟嘴搖頭，明明康靈寶失竊，店長還耐心推敲案情，怎麼來到規模更為龐大的藥水失竊案，店長一句話都不說，難不成心裡也在懷疑店裡的人？

伍鳳看著陷入沉思的阿琳，若有所思地將咖啡一飲而盡，這才發現收到來自蘇店長的信息。她看完信息後，露出狡詐的笑容。

——

接下來兩天，蘇店長沒出現在店裡，便宜西藥房的氣氛變得越發凝重，像充氣到極限的氣球，輕輕一碰就會爆開，夾在阿凱和莎拉之間的阿琳更是連呼吸都覺難受。

「哎喲喂，店長連續幾天不在，難不成到國外旅行了？」阿琳伸伸懶腰，若無其事地拋出話題，試圖瓦解店裡不和諧的氣氛。

阿凱微微搖頭，語帶不忿，「店長為人嚴謹，做事有交代，出外旅遊的話，會在店裡月曆標上註記，我擔心他遭到麻煩，現在治安這麼差，獨居多少也有風險，我出門也不時遇到可疑人物，所幸每次都是虛驚一場。」

「撥電話給店長不就行了？」阿琳舉手提議。

阿凱冷哼一聲，「他連信息都已讀不回，妳還敢撥打他的電話嗎？」

阿琳摸著下巴點頭。

「要不我們打給店長的家人問問？」莎拉戰戰兢兢問道。

阿凱頭也不回地回應：「這裡有誰知道他家裡有誰？」

兩女同時搖頭。阿琳這才意識到，店長從沒談過私事，若非必要，連話也省下。阿琳沒幾個朋友，至少回家會找家人聊天，要是一整天沒找人聊聊，可是會悶出心病。

「可能一天不解決失竊案，店長便不會回來西藥房，」阿凱臉色越來越嚴峻，「他分明不想和小偷共處一室。」

阿琳輕輕嘆氣，清楚知道接下來的展開。

莎拉眼裡燃起無名怒火，化身成剛睡醒的母獅，瞬時亮起獠牙，「妳夠了喔，店長沒說什麼，妳在亂吠啥，非要逼我辭職對不對！」

「我沒說是妳，現在身有屎是不是？哦哦哦，這下真相大白，老娘現在就去報警！」阿凱在原地翩翩起舞起來，笨拙地擺動身體。

阿琳的頭感到一陣劇痛，眼見他們開始針鋒相對，陷入永無止境的爭吵漩渦，連阿琳都想辭職不幹，這時電話響起，阿琳跳起去接，電話那一頭傳來熟悉的聲音。

「請問是便宜西藥房嗎？」

「對，這裡是便宜西藥房，我是藥劑師阿琳，有什麼能幫到您嗎？」阿琳一時想不起聲音的主人是誰。

「這裡是警察局，請問蘇隆毅先生在嗎？」

阿琳震驚得像半截木頭站在那邊，終於想起說話者是誰。

「你是陳曹長對嗎？我家店長不在店裡好幾天了。」阿琳吞了唾液，故作鎮定地回答。

「這樣啊……能不能勞煩妳給我蘇先生的電話號碼？」

阿琳遲疑一會兒，還是乖乖地念出店長的電話號碼，阿凱和莎拉無視她，吵得非常激烈，阿琳忍不住在想，如果警方調查有什麼進展，不就能消除她們的糾紛，這就鼓起勇氣問道：「陳曹長，請問警方目前有發現嗎？」

電話另一頭沉默不做聲，阿琳心想該不會是問了不該問的事情，所幸沒多久陳曹長就回覆：「嗯，不方便多談，但有一些進展，詳情我會告知店長。」

阿琳領著電話筒呆呆地站在原地，沒想到這麼快就有結果，不知道是開心收尾，還是另一場毀滅的開始。她盯著兩女纏鬥的炙熱氛圍，與店裡的冷清形成強烈對比，彷彿目睹兩頭猛獸的生死搏鬥，戰況激烈。

蘇店長出現在警局時，已是下午三點，他到櫃檯告知和陳曹長約好碰面，在櫃檯人員的指引下，來到接待室門口。他轉動圓形鎖，裡面空無一人，他神色自若地坐在椅子上，打量接待室的裝潢，四壁粉刷成藍色，一張辦公桌，一盞桌燈，兩張椅子，儼然是警匪片裡的審問室，心裡暗想，警方不會把他當作嫌疑犯吧，這念頭還沒來得及萌芽，陳曹長就進房了。

「蘇隆毅先生，我是刑事調查部的陳曹長，希望你還記得我，聽說你這幾天沒上班，逼不得已才呼叫你的電話，要你前來一趟。」陳曹長臉上掛著爽朗的笑容，有著陽光男孩的活力。

「警方叫我前來，是有調查結果了？」蘇店長冷漠問道。

陳曹長為蘇店長的冷漠語氣感到不悅，暗呼一口氣，很快地調整心情，從文件檔拿出調查報告。

「上次到貴店調查後，警方陸續化驗證物，沒太大收穫，大門上的指紋過於混雜，倉庫裡沒有外人的指紋，只能推斷犯人戴著手套犯案，這下就棘手了。仔細看過前後門的狀況，並沒有入侵跡象，犯人沒弄翻商品，就只盜取咳嗽藥水，證明他們熟悉西藥房的構造，也就是說這是熟人犯案。」陳曹長看了蘇店長一眼，以為他會露出震驚的模樣，出乎意料的一點反應也沒，讓他意興闌珊。

「一旦理解是熟人犯案，進出西藥房的方法自然是鑰匙，那誰會擁有西藥房的鑰匙？根據我手上的資料，只有三人，分別是莎拉、李秋蘭和店長，警方不排除黃凱琳悄悄打造備用鑰匙，這幾天主要在調查四人的家庭背景和社交狀況。」

陳曹長理解蘇店長沒插嘴的打算，於是加快速度，繼續把報告讀下去。

「我聯繫其他區的警局，詢問最近有沒有西藥房發生失竊案，得到回應是有，都是在營業時段下手，便宜西藥房的案例算是第一宗。與此同時，我通過警局情報網發現有趣的資料，那就是莎拉爸爸上個月行為不當，遭到超級市場辭退。據我了解，她爸爸在超級市場擔任保安，誣陷某顧客是小偷，結果是誤會一場，顧客惱羞成怒下將超級市場告上法庭，超級市場逼於無奈下只好辭退他，以尋求和解。

「這也代表，莎拉一家陷入經濟拮据的狀況，她可能為了解決生活困境偷竊，也為受委屈的爸爸出口氣，暗中對抗這世道的不公平。」陳曹長口中說出驚人的推斷。

「說到這地步，沒證據就說不過去，沒錯，後門鎖頭只有一枚指紋，經過化驗，證實是莎拉的指紋，應該是她犯案時不小心留下。」

蘇店長依舊不吭一聲，陳曹長再也沉不住氣，提高聲量道：「這是警方目前的調查結果，有理由相信莎拉就是嫌犯，現在想要問店長該公了還是私了。」

「當然是公了。」

陳曹長正要說下去，蘇店長伸手打斷他的話，「我在意的是，警方走在正確的調查軌道上嗎？」

陳曹長聽出挑釁意味，斂起嘴角的笑容，板起面孔回應：「你以為自己是偵探嗎？」

蘇店長皺了皺眉頭，似乎不喜歡這稱呼，「我沒這意思，只是這失竊案太完美，我想過犯人會不會就是店裡三人，或三人皆是。但，細心想想就知道這不可能。」

陳曹長露出輕蔑的笑容，「蘇先生該不會相信他們的為人吧？看你這麼理性，很難想像會說出這麼感性的話。」

「陳曹長這麼說就有些不對，沒有人是百分百的理性或感性，我們展現出來的個性無非是比例的分別，從這角度來看，有著不理性也不感性的人，取個比例的平衡點，我挺嚮往這樣的生活方式。當然刻意的話，那就沒意義，過於深究雕刻自己的個性，是執迷不悟。」蘇店長的話讓陳曹長有些吃驚，像課堂上無法招架學生提問的教授。

「網路不是流行這句話嗎？幸福是建立在理性基礎上的感性，單純的感性僅是短暫的快樂，且總是一晃即逝。」

陳曹長搖頭，「我沒蘇先生這麼浪漫，我們還是直接進入案件核心吧。」

「我正說著，理性和感性互相扶助。我相信她們三人的本性，這是感性的例子；這三人這幾年來沒在店裡幹壞事，這是理性的例子。」陳曹長正要開口，蘇店長伸手阻止，「還有更關鍵的一點，犯人為什麼盜取大量的咳嗽藥水，只要明白這點，就知道三人不是犯人。」

陳曹長嘴角一歪，不滿地回應：「我知道你要說咳嗽藥水不值錢，但這麼大的數量，少說也值幾萬塊，這麼大的金額，有誰不心動？蘇先生你沒必要替自己的下屬掩飾了。」

「我無意替她們掩飾，只是想澄清，有必要盜取這麼龐大的數量嗎？如山高的箱子，不可能一人搬完，需要時間與幫手，他人撞見的機率隨之提高。既然要行竊，為什麼不選擇貴重輕便的藥物？」

這疑惑也曾在陳曹長的腦海浮現，但他很快地告訴自己問題不大。

「以氯吡格雷[12]為例子，這是價格不菲的抗凝血藥物，適用於近期發作的中風、心肌梗塞和確診外周動脈硬化的患者。單單一盒二十八顆就接近一百塊的售價，一百盒不也有著一萬塊的價值？一百盒只不過是輕便的箱子，相比之下，藥水的重量就足以叫人崩潰。

「再說，盜取藥物隔天哪會上班，警方一旦查出證據，或我暗地裡裝了隱藏電眼，這不就曝光了嗎？還不如平時偷拿一盒藥物，讓人懷疑電腦系統出錯，或直接修改訂單和進貨記錄，既能避開耳目，又不必擔心曝光，每個月的薪水也穩穩進賬。」

陳曹長一不小心就聽得入神，意識到蘇店長漸漸主導這場討論，匆忙反駁：「蘇先生說的幾點有理，但請不要忘記後門鎖頭不就有著莎拉指紋嗎？這是最好的證據！」

蘇店長搖頭，「陳曹長，這鎖頭恰好證明三位店員的清白。鎖頭上不可能只有一人的指紋，因為每人輪流上鎖，這麼一看，犯人已經仔細擦過鎖頭，才放回原位。隔天阿凱獨自開店，沒多久莎拉上班，看到後門還沒開，就幫忙解鎖，她的指紋留在鎖頭上純粹是偶然，本來該是阿凱打開，與她無關。

「為什麼我說鎖頭恰好證明她們的清白？如果犯人真是她們，也沒必要把鎖頭上的指紋擦掉，盡可能保持原有狀況，不就多了客觀證據證明自身清白。我再說一次，執著鎖頭指紋是沒意義的。」

陳曹長不安地吞了口唾液，蘇店長將自己的調查結果批評得一文不值，讓他大感沒

12 氯吡格雷（Clopidogrel），用於心肌梗塞等疾病。

面子，這才明白蘇店長今天的來意，不是聆聽調查報告，而是來搗亂。

「蘇先生……你該不會是知道犯人是誰吧？」陳曹長小心翼翼地問道。

「稍微想一下就知道是誰，謎團像疾病一樣，必須對症下藥。」蘇店長如是說。

——

蘇店長沒預兆地說出破案宣言，像懸掛氣球爆破的瞬間，曹長聽在耳裡，只覺刺耳。

「將謎團形容成疾病，我還是第一次聽，但比屎尿屁好多了，好，我就聽聽蘇先生有什麼高見。」陳曹長露出輕蔑的笑容。

「簡單來說，這案件不該由陳曹長來辦。」蘇店長說出不得了的結論。

陳曹長眼裡迸射出憤怒的火花，不忿道：「我不意外大眾對警方辦事能力有意見，但沒想到德高望重的店長也說出這種不道德的話。」

「陳曹長別急著下定論，」蘇店長不理會陳曹長語氣的尖酸刻薄，開始解說，「要解說藥水失竊案，得從康寶靈失竊案說起。」

陳曹長深呼吸，穩住情緒，一頁頁翻閱文件，不滿地斜視蘇店長。

「警方必須知道康寶靈和藥水失竊案牽涉到兩組犯人，分別看待的話，看似複雜的謎團就能像解開花俏繩結般一一解除。」

陳曹長一怔，有店員提起可能兩組人下手，但他很快總結為單一案件，也不覺得對調查有影響。

「陳曹長那天提問店裡顧客流量，應該發現店裡有幾段時間員工是單獨顧店，這給了犯人下手的大好機會……」蘇店長把康寶靈失竊案解釋一遍。

「哼，不錯的想法，但沒證據，只不過是你的猜測。」

「請曹長耐心聽下去，從這案例來看，犯人偷取康寶靈是為了製毒，而另一組犯人偷取這麼大數量的咳嗽藥水，是不是有特別原因？」

陳曹長冷哼一聲，「那，特別原因是什麼？」

「請容許我留到最後才說明，」蘇店長無視陳曹長的提問，「我們回到西藥房構造和當天顧客的流量。我仍然堅持犯人是趁店裡人手不足時下手，不懂警方有沒有記錄那天顧客的進出狀況，特別是員工單獨顧店的時段？」

要你教我如何辦事？陳曹長碎碎念，取出莎拉和阿琳的口供，照著念出來：「根據莎拉和黃凱琳的說辭，有三組人在他們單獨顧店時進出，第一組是買安全套的女子和買咳嗽藥水的男子，第二組是眼睛乾澀的女子、量血壓上廁所的男子和買咳嗽藥水的男子，第三組是買溼紙巾的男子和買果子鹽的男子。前面兩組是莎拉經手，剩下一組則是黃凱琳經手。」

陳曹長看了蘇店長一眼，「從這三組人馬來看，莎拉至少擁有兩次可以明目張膽偷走藥物的機會，只要謊稱有人進出店面，就能從容把藥物偷走，或者讓同黨在黃凱琳不在的時段搬運藥物。」

「不知情者會以為陳曹長和莎拉有深仇大恨。」蘇店長依舊木無表情，「可惜這是錯誤的詮釋，其他店員隨時都會回店，除非兩人也是一夥。這麼一來兩人顧店的班次就是行竊的好日子，不需要等到這一天，也沒必要挑在自己值班的日子下手。

「犯人到底在什麼時候下手？這麼龐大的失竊量，不難想像是在晚上下手，警方得到任何鄰近商店的情報嗎？」

陳曹長點頭，讀出這幾天的調查報告，「便宜西藥房同一排店面有**破鐵鞋店**、**玫瑰金飾店**和**流浪音樂行**。我問過店家當天晚上有什麼動靜，破鐵鞋店和玫瑰金飾店八點左右就關門，唯獨流浪音樂行老闆大半夜還在趕音樂製作，他說一整晚沒聽到可疑的聲音，隱約記得半夜三點有車子經過後巷。沒什麼有價值的情報。」

「我不這麼想，沒聽到可疑的聲音，不就代表犯人闖進西藥房的方法是不會發出巨響？有車子經過後巷，正好證明犯人是通過後門進入西藥房，也可以排除通過天花板進入店裡的可能。」蘇店長反駁陳曹長的說法。

提到天花板，陳曹長讀過江戶川亂步的《天花板上的漫步者》，講述某男子發現天花板上的空間可以偷窺同一屋檐下的一舉一動，就沉迷於偷窺當中，最後延伸出無法挽回的罪孽……可惜天花板這假設陳曹長老早推翻，現今建築風格和鄰居隔開，相比下隔壁金飾店可是比西藥房更為矜貴。

「不驚動隔壁的情況下開門，前後門也沒撬開痕跡，唯一的辦法是鑰匙，這也是陳曹長鎖定自家店員犯案的原因。那麼有沒有可能是犯人暗地裡拷貝西藥房的鑰匙，這點有待斟酌，要在不被發現的情況下辦到，可沒《貓鼠遊戲》電影裡演的那麼容易[13]。」

「或許是店員身邊的人幹的好事，即有人趁他們不注意時複製另一把鑰匙？」陳曹長不死心追問。

「這想法不錯。我和阿凱都是獨居，阿琳沒店裡的鑰匙，那麼嫌疑自然落在莎拉身邊的人。」蘇店長瞥了陳曹長一眼，「但想想就不對，盜竊這麼一大筆數量的藥物，店員哪會不被懷疑，很難想像有人刻意陷害家人朋友。」

「好，我接受店員和案件無關的說法，有三組人在他們單獨顧店時進出，或許有人趁店員分心時把鑰匙換掉，或用黏土製造鑰匙的模印？」陳曹長沉著應對。

蘇店長從口袋拿出鑰匙串，以平靜而堅決的語氣說：「陳曹長，你能在十秒內辨認出哪一把鑰匙是鎖頭鑰匙嗎？這邊少說也有二十枝鑰匙，不用太驚訝，西藥房的藥物櫃窗必須上鎖，鑰匙數量自然多得嚇人。就算犯人出手神速，也很難拿起鑰匙串時不驚動店員。」蘇店長搖了鑰匙串，發出像風鈴一樣清脆的響聲。

陳曹長的臉色越來越難看，不懂如何反駁蘇店長的推測。

蘇店長聳聳肩，攤出雙手，「假設不需要鑰匙就能打開門呢？」

[13] 《貓鼠遊戲》（Catch Me If You Can），美國傳記犯罪電影。

陳曹長腦袋不斷運轉，到底有什麼方法可以入侵西藥房，難不成有隱藏地道？

「前門是捲簾門和玻璃門，使用鑰匙上鎖，沒有額外鎖頭。後門是球形門鎖的木門，只能從裡面上鎖，防盜門掛著不鏽鋼大鎖頭，不使用鑰匙進入，除非把門給拆下！」陳曹長越說越激動，下意識拍了桌子。

蘇店長站起來，禮貌鞠躬，「辦法是有，這間接待室的門鎖和西藥房後門差不多款式，我這就示範給你看，我站在房外，你從裡面反鎖。」蘇店長起身走出房間，陳曹長不明就裡，也就聽話將門鎖上。

正當陳曹長猜想他有什麼動作時，清脆的「卡嚓」聲響起，木門應聲打開，陳曹長錯愕地看著蘇店長走進接待室。

蘇店長向陳曹長點頭，「瞧，我這不就順利進來了？陳曹長可以稍微注意門鎖的款式，是九十年代開始流行的球形門鎖，要打開這樣的門，只需塑膠卡片，像信用卡或會員卡這樣的質地……」他揮動著一張皺掉的卡片，「將卡片滑入門框和門的鎖定側之間，將螺栓完全退出框架，繼續保持在螺栓和孔之間的位置，門就會打開。」

「哼，還以為是什麼好方法，不過是小把戲，這種技巧在現代門的作用越來越少了，如果設置鎖舌，這技巧就沒辦法行得通。」陳曹長的臉漲得通紅，眼珠子瞪得溜圓。

「沒錯，但在這間接待室和本店至少行得通，也不會留下明顯痕跡。」

「好，當作犯人真的用這方法打開木門，那麼防盜門上的鎖頭又怎樣拆除？別告訴我又是開鎖師傅的伎倆！」陳曹長鼻子噴了一口大氣，忿忿不平。

蘇店長不賣關子，直接解答，「犯人非常大膽，犯案方法跳脫一般認知，仔細想想，卻不是那麼了不起的詭計。」蘇店長平靜地說，「那就是把鎖頭破壞。」

陳曹長聞言後一臉茫然，趕緊找出後門鎖頭的照片，「別開玩笑了，有可能做到嗎？我看過鎖頭，確認可以如常使用，總不會神通廣大地把鎖頭拆了吧！」

「看起來沒問題的鎖頭，其實有人動過手腳，我相信犯人使用了黏著劑。」蘇店長洞悉陳曹長的疑惑，緊接著說下去，「考慮到犯案手法和現場狀況，犯案道具是乙酸甲酯黏著劑[14]，是市場常見的黏著劑，能暫時黏合金屬或塑料。」

陳曹長伸手打斷他的話，「我對黏著劑的背景沒興趣，只想知道黏著劑在這案件中起了什麼作用？」

蘇店長微微點頭，「犯人來店裡幾次，發現防盜門上的鎖頭，平時只是掛在門上，並沒有鎖上，這鎖頭款式不難找，貿然要剪開卻辦不到，特別是掛在店裡內側的鎖頭，防盜門鐵枝之間的縫隙勉強讓手可以伸進去用鑰匙打開，但無法使用切割道具破壞鎖頭。於是，萌發在鎖頭動手腳的念頭。

「犯人下手的最好時機，就是店員單獨顧店的空檔，也就是陳曹長剛才提及的三組人馬。沒錯，犯人是無緣無故走去廁所的男子，趁亂走到廁所旁的後門，將藏在口袋的

[14] 乙酸甲酯（Methyl Acetate），可用作溶纖劑、噴漆溶劑等用途。

黏著劑擠壓在鎖孔裡，就匆匆離去。黏著劑在鎖孔裡慢慢凝固，阻隔鎖梁與鎖芯準確合上，假如鎖頭沒能合上，通常鎖梁會自動彈上，但鎖孔裡的黏著劑把鎖梁黏住，形成上鎖的假象。」

陳曹長倒吸一口氣，他以為犯人在鑰匙動手腳，沒想到鎖頭也行。

「一旦理解這點，就知道犯人如何犯案。店員關門前，順手將鎖頭按上完成上鎖程序，之後把木門從內側上鎖，第二天用鑰匙打開鎖頭，一旦發現鎖頭壞了或黏合痕跡，就開始懷疑有什麼不對勁。犯人必須在西藥房隔天營業前犯案，所以只能在當晚下手，他們大半夜躡手躡腳來到西藥房後門，使用卡片打開木門圓形鎖，大力拔開黏合的鎖頭，成功闖入西藥房後，急忙搬遷如山高的商品，離開西藥房前掛上鎖頭就大功告成。」

「哼，店長不會忘了鎖頭裡的黏著劑，難不成你要告訴我自然消失？」陳曹長不放過任何可以駁回的機會，務必要讓自信滿滿的蘇店長出糗。

沒想到蘇店長迅速解答，「沒錯，黏著劑還好好待在鎖孔，要如何去掉黏著劑才是詭計核心，嚴格上來說是化學習題，大部分黏著劑都有分解方式，使用正確的溶解液就能輕鬆去掉。犯人將鎖頭浸泡在某種溶解液，讓鎖孔裡的黏著劑快速溶解，或許還加熱以提高溶解的效率，沒想到順道將鎖頭表面的污垢盡數溶解，鎖頭表面才會乾淨無垢。」

陳曹長忍不住點頭，暗想難怪鎖頭看起來像新的一樣。

「當長官說鎖頭只有莎拉的指紋，我就懷疑犯人不是有意擦拭鎖頭上的指紋，而是鎖頭上的指紋無意間消失了。」蘇店長看出陳曹長眼神裡的懷疑，指向鼻子，「不懂陳曹長有沒有發現西藥房裡散發著一股薄荷氣味，明明店裡沒有任何芳香劑，一開始我也沒放在心上，慢慢想到在鎖頭不留痕跡地動手腳，黏著劑和溶解劑是絕佳組合，而眾多溶解劑裡擁有薄荷氣味的就是丙酮[15]。丙酮擁有不少工業用途，清潔功能更是一流，能去掉頑固油漬和指紋。丙酮容易揮發，經過加熱更讓許多丙酮氣體散布在空氣中，犯人沒察覺到這一點就匆忙離去，也成了他們最大的敗筆。確認是丙酮後，我很快鎖定犯人使用的黏著劑以乙酸甲酯為主。」

陳曹長不服氣地舉手，「我還是很難相信黏著劑這麼容易清除。我仔細檢查過鎖頭，並沒有你說的黏著劑痕跡，不多不少也該有黏在鎖孔裡的絲狀殘餘吧！」

蘇店長木然點頭，「沒錯，乙酸甲酯黏著劑的缺點是拉絲嚴重，但可以克服。將95%的純度酒精與黏著劑調和，就能做出不容易拉絲的黏著劑，也就是所謂的『酒精膠』。這麼一來就更少黏著劑會留在鎖孔裡，用丙酮清除就事半功倍。」

陳曹長猶豫了好一會兒，不懂要不要接受蘇店長的推斷，蘇店長眼看氣氛僵持不下，繼續說，「沒錯，到目前為止，我沒有任何證據支持這說法，也理解陳曹長堅持店員是犯人的推斷，要印證我的說法，最簡單的方法就是拿鎖頭去化驗，但這也要看警方

[15] 丙酮（Acetone），可用作卸除指甲油、稀釋劑、有機溶劑等用途。

要不要辦。有鑑於此，這幾天我到外頭稍做調查，看有什麼意外收穫。」

「我聽你家店員說，你這幾天都沒上班，原來是為了調查？蘇先生你應該對警方多一些信心。」陳曹長語氣吐露出不滿，像一觸即發的火山爆發。

「我要到哪裡是我的自由，再說我到步的地方都是你們沒興趣的地方，我不過到了幾間西藥房問話。」

「這時候還有心情做生意？」

「曹長可能不理解西藥房的運作，每間西藥房的立場幾乎都是對立，我以顧客的身分打聽一些消息。」蘇店長停頓一下，「那就是咳嗽藥水的庫存狀況。」

怎麼又回到咳嗽藥水的課題，陳曹長好奇問道：「那，他們怎麼說？」

「出乎意料，每間西藥房都說沒庫存，從上個月就沒收到新貨，好一些時間沒賣給顧客，很多人突然對咳嗽藥水趨之若鶩，供少於求的情況下，庫存很快賣光光。本店還有一些庫存，恰好不小心訂錯數目，以為賣不完結果這下也沒了。顧客知道本店還有存貨後，消息迅速傳開，掀起搶購熱潮，有者看到越來越多人搶購，擔心很快就售罄，也沒足夠的現金買完十多箱的藥物，就萌發偷竊的念頭。」

「蘇店長，我不懂，為什麼他們買這麼多咳嗽藥水？」

「我一開始也不清楚，直到想起阿凱說過，曾經在廁所外掃到非洲葉，心裡就毛毛的，疑是犯人半夜進店時不小心留下，從口袋拿出鎖頭的瞬間，無意中落下葉子，燈光昏暗下沒察覺到。我通過某位媒體人聯繫到植物學家，要他幫忙驗證葉子的來歷。他一眼就認出葉子的種類，說是名為哥冬的葉子。」[16]

陳曹長表情變得嚴峻，像聽見什麼驚天霹靂的事情。

「哥冬是生在東南亞的熱帶樹木，葉子味道苦澀，有者將之加工成香煙、口香糖、食物、膠囊來服用，在我國最為流行的食用方式是製成哥冬水飲用。」

「我對這植物不大熟悉……飲用後有什麼效果？」陳曹長露出淺淺的苦笑。

「在馬來社會，哥冬葉是傳統草藥。植物學家說，鄉民習慣靠喝哥冬葉水提神，一天沒喝就提不起勁，他們也相信哥冬水能治療腹瀉、頭痛等毛病，但，至今沒有科學研究證明哥冬葉的真正功效。相反，隨著哥冬葉逐漸滲透更多的國家，服食的人數上升，有關當局也漸漸重視哥冬葉的潛在危害。

「美國食品藥物管理局（FDA）分析出哥冬含有的常見化合物，對人體的影響就跟鴉片類藥物一樣，這也意味著哥冬是會成癮的。世界反興奮劑機構（WADA）還沒將哥冬列入管製藥品，但在馬來西亞，卻受到『一九五二年危險毒品法令』的嚴格管制。」

「我理解哥冬葉的危害，但還是不明白和西藥房失竊案有什麼關聯？」陳曹長皺起眉頭。

「嗯，現代人使用哥冬葉的方式不像老一輩馬來人那樣，飲用不加任何添加物的哥

[16] 哥冬或卡痛（Kratom，學名：Mitragyna Speciosa），資料源自：報導者《是毒還是藥？當卡痛葉可能被禁，我們少了這些討論》，王立柔報導。

冬葉水來治病。現在他們會在哥冬水裡添加非法成分，喝下這些加料哥冬葉水後很容易染上毒癮。」

陳曹長像被人敲了腦袋一下，緊張得連話都說不清楚，「這……下……我明白了，那個非法成分該不會就是咳嗽藥水吧？」

蘇店長微微點頭。

陳曹長抓抓頭，疑惑問道：「不對啊，你家店員清楚說過，咳嗽藥水裡沒導致上癮的成分，為什麼這些癮君子選擇咳嗽藥水作為添加成分？」

「這個嘛，只要把哥冬看做是藥物，與咳嗽藥水使用就有著交互作用。沒錯，哥冬是鴉片類藥物，而鴉片類藥物必須避開抗憂鬱藥物、偏頭痛藥物、抗組織胺或酒精，一旦同時服用就會有加倍效果。

「咳嗽藥水含有抗組織胺，具有中樞神經抑制效果，與同有這項功能的鴉片類藥物服下，就會產生加倍的亢奮快感，讓人沉溺在夢幻國度之中，毒癮也就越陷越深。

「我一開始說這案件不該由陳曹長來辦，」陳曹長聽蘇店長這麼說有些動搖，沒想到下一句就讓他錯愕，「是因為這不屬刑事調查部的範圍，該由毒品罪案調查部接手。」

蘇先生原來不是要我難堪啊——陳曹長對蘇店長的印象稍微改觀。

「我明白你的意思，既然咳嗽藥水失竊案牽涉到毒品，那麼我會將手頭上的情報轉告毒品罪案調查部。」

「還有康寶靈。」蘇店長好意提醒。

陳曹長點頭，在紙上多加一筆。

解說整宗案件後，蘇店長沒起身離開的意思，這不尋常的舉動，陳曹長看在眼裡，心裡在想蘇店長該不會是心疼幾萬塊的損失吧，問道：「蘇先生還有什麼補充嗎？」

蘇店長語氣有些急促，有別於一貫的淡定，「我必須澄清，沒有冒犯警方的意思，但失竊案調查必須加緊速度，分分鐘會涉及人命。」

難得看見蘇店長沉不住氣的樣子，陳曹長滿頭問號，耐心聽下去。

「失竊的咳嗽藥水有兩種，第一種是U牌子，活躍成分是苯海拉明，也就是我剛剛提及的抗組織胺，這牌子的咳嗽藥水是癮君子的心頭好，沒想到他們連唯一一箱的D牌子咳嗽藥水也偷走。」蘇店長暗嘆一口氣，「D牌子咳嗽藥水含有福爾可定，有著極為見效的止咳效果，但也是鴉片類藥物。如果與同是鴉片類藥物的哥冬葉服用，會造成劑量過高，過度抑制中樞神經，可能引起呼吸停止的副作用。」

「這不就代表很大可能會死？」陳曹長這才理解問題有多嚴重。

蘇店長從口袋拿出白紙，「只能勞煩警方儘快緝拿這班不知死活的人，為了方便警方辦事，我向植物學家詢問附近哪裡有耕種哥冬葉，他寫下幾個地址給我，現在我交給你，但願在鬧出人命前找到他們。」

陳曹長恭恭敬敬接下，心裡倒是在想，還真是諷刺啊，失主反而擔心小偷的健康安危，也對蘇店長的高尚品德和推理能力感到欽佩。

陳曹長送蘇店長離開會客室後，馬上向上司匯報，在上司許可下，他趕緊到毒品罪案調查部轉交資料。

毒品罪案調查部的警探知道事情的來龍去脈後，發出一聲哀怨，像聽到什麼噩耗，陳曹長好奇一問，警探才無奈解釋：「沒想到哥冬葉東山再起了！要命的是，我們根本拿園主沒轍！政府多次提及會在國會尋求通過『一九五二年危險毒品法令』，對付哥冬樹種植業者。只要這些哥冬樹種植業者有意改種其他農作物，就算有關修正案已通過，政府還是會給他們一些期限，政府相關機構包括農業局也將給予協助——到目前為止，仍然沒有法律上的改革。」

警探的心情，陳曹長是感同身受的，這世界上多的是鑽法律漏洞的奸詐小人，身為執法人員的他們無法狠下心無視法律，才會讓這世界的不公繼續蔓延。

「我們也只能公事公辦。」

——

蘇店長離開警局，想起已經幾天沒到西藥房露面，就順路到店裡一趟，推開門，與三位噘起嘴唇的員工打了照面。

「歡迎光臨……店長你終於出現啦！」站在門口的莎拉原地跳了一下，眼裡藏不住喜悅。

「看到我有這麼開心嗎？」蘇店長問了一句，沒想到三女很有默契地笑了。

「當然開心啊，店長能回來就太好了。」阿琳擦著眼角，語氣吐露深深的委屈。

「我們多怕店長身上發生不好的事情。」平時說話不饒人的阿凱也罕有地說出這麼感性的話，讓蘇店長起雞皮疙瘩。

蘇店長歪著頭想想，她們原來擔心自己這幾天去哪了，事先沒告訴她們是自己不對。他慢慢走進櫃檯，像沒事地說，「這幾天有事外出，也剛剛到警察局一趟。」

三女同時「哦」了一聲，莎拉緊張問道：「難不成店長知道犯人是誰？」

三女眼裡的好奇心，像燒得緋紅的煤炭，蘇店長一一看在眼裡，「你們有興趣知道犯人是誰？」

「當然！」

「那我就長話短說了，首先從後門鎖頭開始說起……」

蘇店長花了一些時間才解釋得一清二楚，鄭重道：「後門鎖頭以後不准這樣掛著，不要懶惰上鎖。」

三女自知理虧，連連點頭，阿琳沒能說出口的是，一開始工作對鎖頭的處置方式也心存懷疑，但既然大家都這麼辦，才跟大家的做法。阿凱似乎知道是自己疏忽，也沒什麼不滿。莎拉向阿凱展示勝利的手勢，宣洩這幾天的晦氣，不安的氣氛在兩人之間再度燃起狼煙。

「店長，你真的不要考慮安裝監視器嗎？失竊率這麼高，鄰近小偷一定把我們西藥房給小看了！」莎拉恢復過往的直爽個性，道出內心已久的困惑。

「這麼巧，我正想著。」三女嘴巴張大得像蘋果一樣，準備站起來歡呼，沒想到蘇店長下一句就撲滅她們的熱情，「資金不足的情況下，只能在扣薪裝修和保持原狀選其一。」

「當然是保持原狀！」三女異口同聲道。

阿琳倒覺得西藥房不需要監視器，不是怕扣薪，而是有什麼問題的話，店長動動腦筋就能迎刃而解，平白增添高科技設備，不就再也無法見識店長的推理秀？想想下就有些寂寞了。

第二話：請慎防安瓿的殺意

黃昏民歌餐廳裡燈光陰暗，空氣瀰漫著讓人想跳舞的香味，顧客零零散散地坐在餐廳一角，舞臺中央的男子在聚光燈下彈琴，沉默的鋼琴師不理會觀眾席斷斷續續的呢喃聲，一心一意彈奏爵士鋼琴樂，大門打開時，銀色的月光映入眼角餘光，像隱形的悲傷如影隨形。

伍鳳身穿如夕陽金黃色光芒的晚裝，踏進餐廳的剎那，立即惹來陣陣騷動。她似乎早已習慣成為目光聚焦點，大搖大擺走向吧臺，對酒保暗送秋波，酒保隨即靦腆地遞上一杯名為「黃色房間的祕密」[17]的橘黃色飲料。伍鳳飲下後，雙頰泛起少女羞澀的番茄紅，獨自陶醉在味蕾上爆發的黃色風暴。

在旁的阿琳丈八金剛摸不著腦袋，看著伍鳳犯花痴的臉，不懂如何應對，默默喝了面前的柳橙汁。

「菲尼斯，沒其他事我要走了，今天難得店長為了出席朋友喜宴提早關店，以為能

[17] 《黃色房間的秘密》（The Mystery of the Yellow Room），經典密室推理著作。

夠在家追看韓劇，沒想到最後和妳在這耗費時間，我明天一早還要上班……」

「阿琳，難道妳忘記我們一起走過的日子，有妳有我有情有生有死有義……」伍鳳忘我演繹經典名曲，唱得過分投入，連舞臺中央的鋼琴師也配合地伴奏，隔壁男子的目光落在伍鳳身上，在旁的阿琳尷尬地將頭貼在吧臺桌上。

「算我怕妳，妳可以坐下來冷靜些嗎？」阿琳碎碎念，卻拿她沒轍。

「現在快晚上十點，我真的無法待太久，妳不是說有什麼要緊事要找我商量嗎？再不說我就直接返家，不然明天上班又會遲到。託妳的鴻福我上個月遲到三天，老闆幾乎要給我黃卡了……再不給我快點說，管妳裸奔還是跳鋼管舞，我都不會多看一眼果斷衝出去。」阿琳狠狠瞪了她一眼。

「阿琳好學不學，竟然學妳家店長說話這麼不客氣……說到店長，我精神就來了。好吧，我大概和妳說說我手頭上的案件，準備好洗耳恭聽了嗎？」

阿琳多次協助伍鳳調查，伍鳳久而久之也習慣叫她提供意見，儼然成了調查二人組。她從手提袋裡拿出雜誌，翻到日前撰寫的毒殺命案報道，遞給阿琳過目，並向她解釋這宗事件。

「簡單來說，本市住宅區B發生離奇命案……」

名為李金財的男子死在上鎖的房間廁所裡，身形臃腫的他酷似某輪胎公司吉祥物，現為陶瓷廠的生產線主任。警方到步後，發現死者一頭倒栽進馬桶裡，活像有人狠狠把死者的頭壓進馬桶將他溺斃。根據女主人的說法，今早起床後，到死者房間要叫醒他，卻發現床上空無一人，而房裡廁所緊緊鎖上，多次呼喚死者的名字卻沒回應。

她意識到不對勁，昨晚死者回家時醉醺醺的，擔憂他在廁所裡發生了意外。廁所恰好是塑料摺疊拉門，鎖頭是往上推的塑料扣鎖，只能從裡側上鎖，她一介弱女子無法撞開門，只好跑到保安處尋求幫忙。在保安協助下撞開門，才發現死者遺體。

「一開始警方懷疑是嘔吐窒息的意外案件，」伍鳳意識到阿琳空泛的眼神，趕緊說，「但死者身上和案發現場驗出砒霜，一旦涉及這毒藥，就不得了。」

這字眼引起阿琳的注意，忍不住挑起眉毛，提到砒霜，不就是無人不曉的經典毒藥嗎？

阿琳露出驚奇的表情，也很快地平息下來，「和西藥房扯不上關係呀……我有什麼能幫的？」

「妳對砒霜的了解有多少？砒霜算是藥物，對吧？」

阿琳用手指敲了敲額頭，在腦海裡打撈課堂上遺失的記憶碎片，「是的，砒霜的化學名稱是砷[18]，有不少商業用途，好比除草劑和殺蟲劑，沒記錯的話也有醫療作用，我沒想到這年頭還有人用砷毒害他人咧。」

「阿琳妳有所不知！砒霜自古以來都是熱門毒藥，中毒症狀不明顯，都誤以為是其他毛病，法國古代很多惡人用砒霜毒殺有錢的親戚繼承遺產，也叫『繼承粉末』；在中

[18] 砷（Arsenic），含有劇毒，擁有工業和醫藥用途。

國更是常見，君主若要賜死臣子，十之八九就是使用砒霜。老總看這案件崛起，吩咐我一定要追蹤這案件，順便介紹最近大熱的宮廷電影，搭上這股熱潮，將時事娛樂一網打盡！」

浮現在阿琳腦海的是周星馳電影《九品芝麻官》裡的經典臺詞，「這裡有鍋糖水，一斤砒霜，全倒進去，去你媽的，比芝麻糊還糊，這種東西還會有人肯喝嗎？」，忍不住笑了出來。

意識到伍鳳投來狐疑的眼神，斂起笑意，若無其事地問道：「警方目前有嫌犯了嗎？」

伍鳳猛然點頭，「目前兩位，第一發現者，也就是房子女主人的身分有些尷尬，是死者的情婦。紀芬恬，三十三歲，在私人醫院任職醫護人員。根據她的說法，李金財幫她解決前夫留下的債務，心懷感激下以身相許，自此每星期六和他在公寓幽會。

「她說，死者當晚和朋友到海鮮酒樓聚餐，回家時間是晚上十點四十五分左右，喝得爛醉，一進門便跌坐在門口，攙扶他進房後，就回自己房間，嘿嘿，阿琳有發現可疑的地方嗎？他們竟然分房！偷情哪會分房溫存，警方直接提起這點，她直說和死者沒肉體關係，只是紅顏知己，誰會相信！」

伍鳳嗤之以鼻，阿琳看在眼裡，反而好奇，難道男女之間真的沒有純潔的情誼嗎？

「問及死者最近有何異樣時，她提到李金財自從身體出了毛病，就不曾喝酒抽煙，這幾個月在這裡過夜，卻煙酒不離手，她猜測是和太太關係不佳才性情大變。」

「案發第一發現者不就是兇手嗎？」

「這點警方也懷疑，但保安作證，廁所確實從裡面鎖上，警方也檢查掉在地上的塑料扣鎖，沒有動過手腳的痕跡，毀壞程度不大，仍可繼續使用。」

該不會是密室殺人吧？阿琳想起早前店裡發生的失竊事件。

「第二位是李金財的太太張婉妮，她對死者的不忠心裡有數，為此沒少過爭吵，近期關係更是陷入冰點。警方細問下，才知道他們之間的矛盾源於結婚多年沒有孩子，她也坦承近年和死者沒有行房。」

「什麼新番？」阿琳好奇追問。

伍鳳臉色有些尷尬，不理會她，繼續說下去，「問及哪裡不對勁時，她提到死者三個月前開始變得古怪，身上經常有煙酒味，過往出外應酬都煙酒不沾，肚腩也變得比較小了，疑是做了抽脂手術——她懷疑死者是為了狐狸精而改變。

「警方懷疑兩者。她們都有機會給死者下毒，只是確實的下毒方式還沒找到，目前警方傾向是李太太下毒的假設。原因有幾個，死者身患幾種慢性疾病，平時由太太打理藥物，在藥物下毒是輕而易舉。李太太甚少外出，卻在案發當天安排緊湊的行程，擺明有心撇掉殺人嫌疑。李太太的媽媽最近因急性脊髓白血病送醫，牽涉數額不小的醫藥費，知道丈夫外頭有女人，難免顧慮丈夫不把錢留給自己，只能在無法挽回前痛下毒手，將丈夫的遺產納入自己名下，就能解決燃眉之急。」

阿琳默默點頭，反覆咀嚼伍鳳的話，既然懷疑是毒殺，哪裡還需要不在場證明，反正兇手也無法預知致命時間——除非兇手有信心會在特定時間生效，這麼一來，李太太的嫌疑就隨之攀升。

伍鳳突然想到什麼，從公事包拿出紙張，遞給阿琳，她接下一看是藥單，伍鳳還細心地寫下藥物用途，值得嘉許。

美托洛爾（Metoprolol）100毫克，一天兩次（飯後）
×治療高血壓的藥物。
坦索羅辛（Tamsulosin）0.4毫克，一天一次（晚）
×治療男性「前列腺肥大」的藥物。
呋塞米（Furosemide）40毫克，一天一次（白天）
×治療高血壓的藥物。
耐適恩錠（Esomeprazole）40毫克，一天一次（飯前）
×治療胃痛的藥物。
氫氯噻嗪（Hydrochlorothiaze）50毫克，一天一次（白天）
×治療高血壓的藥物。

萘普生（Naproxen）550毫克，一天兩次（飯後）
×治療偏頭疼的藥物。
阿托伐他汀（Atorvastatin）40毫克，一天一次（晚）
×降血脂藥物。
因速來達胰島素（Insulatard）50單位，一天一次（晚）
×治療糖尿病的藥物。
愛速基因人體胰島素（Actrapid）50單位，一天三次（飯前）
×治療糖尿病的藥物。

「死者身上帶有藥盒，裡面放著一些藥物，還有兩支胰島素注射器【圖1】。」伍鳳快速翻閱筆記本，「死者隨身藥盒裡的藥丸與藥單一致。胰島素有兩種，分別是黃色和綠色，每個筆芯有著3毫升容量，即300單位的胰島素，經過驗算，黃色胰島素剩下288單位，青色胰島素剩下98單位……」

阿琳機械似地收下紙張，看了一眼，一時間也看不出什麼問題。

「我好奇的是怎麼會有兩種胰島素。」

阿琳點頭，「這兩種胰島素的功效不一，黃色是短效型胰島素，飯前半小時注射；

胰島素注射器的構造

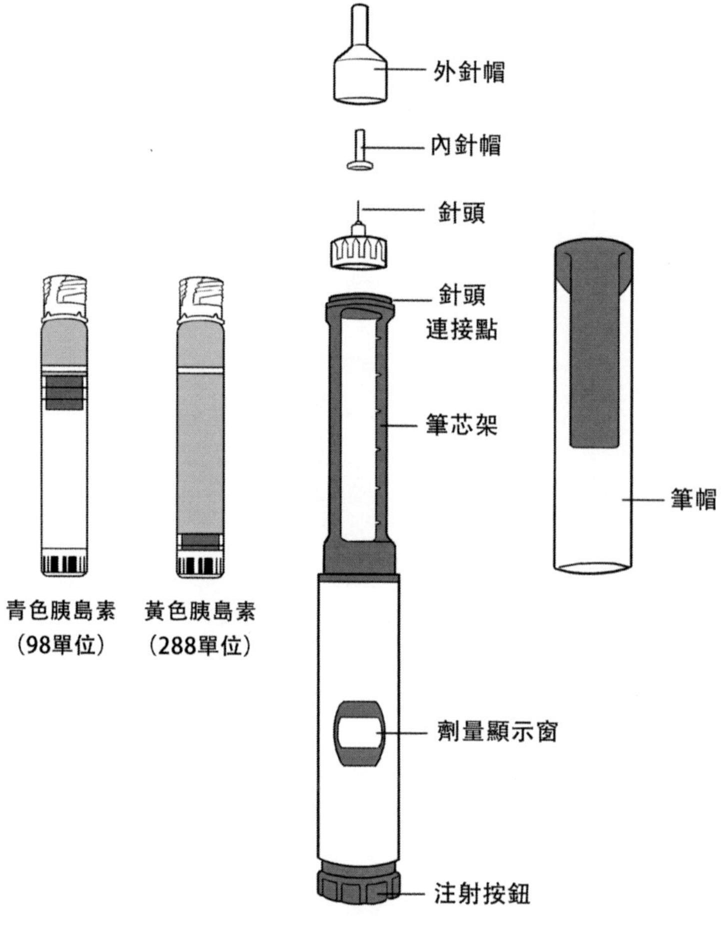

圖1：胰島素注射器的構造圖

青色是中效型胰島素，是臨睡前一小時注射的。」[19]

伍鳳似懂非懂點頭，阿琳打了呵欠，看了手錶一眼，「故事聽完了，那麼我們該回去囉。」

伍鳳回頭，指著某個方向，用淒厲的聲音祈求，「拜託阿琳多等一下，我想知道餐廳角落的女子在等著誰。」

阿琳順著她的手指望向餐廳一角，發現紫衣小姐獨自坐著，無人相伴的她，有意無意地擦擦眉毛，像在小心翼翼地修飾妝容，從外貌判斷該是三十歲左右。

「坐在這裡一整晚，阿琳還不了解來這兒的目的嗎？」

「命案？和這間餐廳有什麼關係？」

「李金財老婆就是角落裡的女人。」酒保抹著杯子，插嘴道。

伍鳳向酒保拋了媚眼，酒保臉上一熱，「李金財夫婦是本店熟客，但一年前開始便不再見其夫婦光臨，直到一個月前李太太再次蒞臨本店，且每星期六晚上八點都會在這張桌子與某男會面，一直坐到晚上十二點才回去。」

這下連阿琳也聽出裡頭的懸疑味。

「那位男子長得怎樣？」伍鳳拿出記事本開始進入記者模式。

酒保仔細想了一會兒，語氣不確定地說：「我不擅長描述，妳們這麼想知道，我就盡可能滿足妳們的好奇心吧！這位男子戴著黑框眼鏡，常穿長袖襯衫黑色長褲，偶爾會

[19] 胰島素（Insulin）是從胰臟分泌降低血糖的荷爾蒙，不同胰島素有著不同功效，而李金財使用的胰島素有兩種。一，愛速基因人體胰島素（Actrapid），筆芯顏色為黃色，短效型胰島素，注射後三十分鐘起作用，維持二至三小時，藥效可維持三至六小時。二，因速來達胰島素（Insulatard），筆芯顏色為青色，是中效型胰島素，注射後二至四小時開始作用，維持四至十小時高峰，藥效可維持十至十六小時。

帶上白袍，文質彬彬不多話，年齡大約是三十歲。」

「白袍……莫非是醫生？我的媽呀，搞不好醫生涉嫌這宗毒殺案，沒準這兩個人有姦情，難怪李太太能有如此完美的犯罪計畫，這下恐怕遇上有史以來最狡猾的罪犯！」阿琳顯得有些驚慌。

「我就好奇砒霜怎麼可能這麼容易到手，看來是這醫生從醫院偷出並交到她手上，再傳授她毒殺計畫，好一對姦夫淫婦。」伍鳳把拳頭捏得青筋暴現。

「話別說得這麼難聽，免得後悔。」酒保手上擦拭杯子的動作不曾停下，好言相勸，可惜兩位顧客沒將他的話聽進去。

「慢著，現在都這麼晚了，酒保先生不是說他們都是約好八點碰面嗎？莫非男子爽約？」阿琳發現不對勁。

「剛才我們九點抵達這裡，李太太還沒來，接近九點四十五分才姍姍來遲，由此看出他們今天換了會面時間，可能等多一下就會看到姦夫到來了。」伍鳳看了手錶一眼，「嫌犯提供的不在場證明，我必須親自驗證，紀芬恬人在現場，而李太太稱，案發時和朋友在餐廳聚餐，我到步問了酒保，才得知她每星期六都會出現在這。」

阿琳瞥了伍鳳一眼，豎起大拇指。

正當她們喋喋不休時，某男走進餐廳，筆直走向角落裡的位子，在酒保的提醒下，兩人才停止吵鬧，將目光落在他們大罵的姦夫淫婦。

沒想到這一看，看傻了眼。

「凱瑟琳，我有看錯嗎？」伍鳳的嗓子有些渾濁。

「菲尼斯都這麼說了，那應該不是幻覺了。」阿琳一臉黑人問號。

「我就說了嘛，話別說得那麼難聽，因為妳們都認識這位男子。」酒保將擦乾淨的杯子放回置物櫃，默默搖頭。

「糟糕，這下我知道為什麼他們今天的會面時間要從晚上八點改去十點。」

「因為男子剛從朋友的喜宴回來……」

來者不是他人，正是他們再熟悉不過的，便宜西藥房的店長蘇隆毅。

——

便宜西藥房仍然上演數十年如一日的戲碼——門可羅雀的淒慘店況，反之對面專業西藥房是人潮絡繹不絕的盛況，資深店員走出店門，毫不避忌地觀看對面店家發生什麼大事，仔細一看認出店門掛著「店長不在亂亂賣會員優惠日」的布條，這也意味著消費者都是沖著大拋售而來，對面這家出名昂貴不減價的西藥房自然被打壓到無法透氣。

阿琳打了呵欠，昨晚的跟蹤行動到晚上十二點，伍鳳事後轉發情報給她，她看到凌晨兩點才睡去，今天又趕著九點上班，平時必須睡夠十小時的她哪裡夠睡，反之昨晚的跟蹤對象今天下午才上班，這才發現蘇店長這個月開始，星期日都是進下午班，原來星期六晚上佳人有約。

店裡是無人光顧的落魄局面，正好給了阿琳整理思緒的時間，她拿著掃帚不斷在店裡遊走，將灰塵髮屑掃成一堆，也在腦海將謎團堆積在一角，到底蘇店長和李太太有著什麼關係？蘇店長平時對周遭事不聞不問，連店裡生意慘澹也毫不在意，不知情者還以為他開店是為了洗黑錢——這些話無論如何都不能讓其他人聽見。

蘇店長昨天和李太太會面，穿得端莊優雅，聯想到是剛從喜宴回來就不難理解，只是剛出席喜宴還安排其他約會，似乎過於活躍。認識蘇店長的人就知道這是天方夜譚，蘇店長寧可延長會面時間也不取消約會，讓阿琳起了疑心。

阿琳回想昨晚的情景，蘇店長的樣子比平時溫和，是她不曾看過的一面，兩人年紀相若，但李太太是有夫之婦，兩人有一腿的話，不就是傳說中的婚外情？近來藝人外遇事件鬧得滿城風雨，難不成這次給阿琳當一次目擊證人？蘇店長沒女朋友的原因難道是戀上李太太……阿琳越想越頭疼，昨晚伍鳳看起來大受打擊，不知情者還以為她遭遇重大事故……該不會是對蘇店長動情吧？

顧客走進西藥房響起的風鈴聲，打斷阿琳的思緒，她整頓心情，微笑走前招待。

「歡迎光臨，我能幫上什麼嗎？」阿琳一貫的禮貌開場白，待她好不容易認清來者是誰，錯愕呆在當場，像有人在她心房開了一槍。

「我要找店長。」穿著灰色外套的婦人，微笑表示，卻散發無法親近的氣息。

這人正是李太太，昨天的跟蹤目標竟來到店裡，早知道別搞什麼跟蹤！

阿琳深呼吸，快速更換心情，微笑答道：「今天蘇店長十二點才上班，等多一會兒應該就會看見他。」

「原來如此，這也難怪，昨天太晚歸了，要不是今早發現手機留在他的車上，也不想這麼早起身，沒手機還真不習慣。」李太太打了呵欠，語態慵懶。

阿琳聽在耳裡，只覺刺耳，李太太似乎暗示自己不是等閒人物，他們兩人昨晚談得興高采烈，絲毫不覺時間流逝。阿琳從不知曉天煞孤星的蘇店長原來這麼健談，對眼前女子與店長的關係更為好奇。

「店長還沒來，那麼我稍微逛逛，說起來你們的生意還真不怎麼樣啊。」李太太望向對面的專業西藥房，一句話戳中店員的死穴。

阿琳臉上一熱，本想撕破臉說不滿意就到對面買，想到對方是店長的朋友才忍下，對她更沒好感可言。

「對了，你們店裡有沒有出售胰島素？」

阿琳睜大眼睛，像叢林裡發現獵物的野獸，果斷點頭，「有啊！顧客妳真有眼光，胰島素不是每間西藥行都有出售，很多人嫌這藥物很難保存就不下訂，但店長救人心切才收了一些存貨。」

這藥價錢昂貴，患者幾乎都需要到政府醫院排隊領取，不願花費在外購買，加上需要儲存在冰箱，在藥房囤了幾個月往往都沒能賣出一盒。

「可以給我看看你們有什麼牌子嗎？」

在阿琳的帶領下，李太太來到倉庫對面的小房間，裡面有醫用冷藏櫃，李太太自行打開櫃門，拿了一盒細讀，「因速來達胰島素……就是這，太幸運了！既然店裡有售這藥物，不懂我家的存貨能否便宜賣給貴店？」

靠腰……阿琳想起昨天藥單裡有同樣藥物，看來這太太打算變賣丈夫留下的藥物，內心瞬間有一百隻草泥馬奔騰。阿琳努力壓抑不拿起椅子往她頭上敲去的衝動，只能尷尬回笑，幸運的是蘇店長這時到了。

阿琳看到救星，直接拋下李太太，快步走向店長前匯報：「店長，有朋友找你，還有事情要請教你。」阿琳故意加重語氣，意圖讓對方出糗。

蘇店長探頭一看，「什麼風把婉妮吹來，有東西想買嗎？」

「沒什麼要買，不過逛逛……」李太太的語氣極為不自然，下意識地擦了眉毛，「對了，我的手機昨天不小心遺漏在隆毅的車裡，特地來這一趟，希望沒有打擾到你。」

蘇店長應了一聲，從口袋拿出玫瑰金外殼的手機，「對，我剛剛開車時就發現這手機，那就物歸原主了，放心我沒偷看裡面的內容。」店長嘴角微微上揚。

李太太拿到手機後就悻悻然離去，阿琳在後向她扮鬼臉，巴不得趕她出去，沒想到蘇店長撞見這一幕。

「阿琳妳對這位顧客有什麼不滿？現在就說出來。」蘇店長面無表情地提問，平時他對店員的服務態度是沒什麼意見。

阿琳聽出店長語氣的不滿，「還不是這太太諸多挑剔。」阿琳一臉不悅，像小孩子發脾氣。

「好，就不說今天的事情，妳和伍鳳昨晚為什麼跟蹤她？」

阿琳驚訝得像原子彈在頭頂炸開，原來昨晚的行蹤早已敗露，但仔細一想，凡是雙目健全的人很難不注意到民歌餐廳裡的顧客，畢竟店裡沒幾張桌子……她停頓好一會兒才開口：「我必須聲明，我和跟蹤扯不上關係，是伍鳳約我出門聚聚，沒想到是調查行蹤，我推辭不掉就幫忙她，倒沒做什麼偵探差事，不過聊幾句。」

「聽妳的說法，似乎很常去酒吧？」蘇店長眯著眼睛，語氣有些嚴肅。

當然……昨晚是第一次，阿琳沒勇氣說出口，嘟嘴不答，臉頰鼓漲得像氣球一樣。

蘇店長輕輕敲了桌子，像木槌撞上洪鐘的聲音，鄭重道：「我不知道妳們調查什麼，但我事先說明，她和妳們的調查扯不上關係。」

「店長語氣這麼堅定……你知道我們調查的案件是什麼？」阿琳盯著蘇店長的眼睛，嗓子乾澀。

蘇店長遲疑了一會兒，暗嘆一聲，「扯上婉妮，不，李太太的案件，自然是她丈夫的命案。」

「既然你知道是這宗案件，自然知道她是主要嫌疑犯啊！」阿琳越說越激動。

「我說她不是就不是。」蘇店長瞪了阿琳一眼，「妳看人的眼光什麼時候比我好？以後不要在我面前提起這件事，專心做好分內事，努力思考如何提高營業額，而不是和伍鳳玩偵探遊戲。」蘇店長不打算繼續說下去，轉身一屁股坐上收銀臺前的椅子。

阿琳不忿，狠狠拋下一句，「我現在就去吃午飯！」頭也不回地走出便宜西藥房。

「這丫頭今天發什麼神經，我第一次看她發這麼大脾氣，店長你和她有什麼牙齒印？」在旁的阿凱看著阿琳怒髮衝天的身影，忍不住發問。

蘇店長不理會阿凱的提問，繼續手頭上的工作，在旁的莎拉插嘴：「這還不簡單，女人的問題不是生理期來了，就是生理期沒來。」

阿凱冷笑一聲，「那麼妳多半是一年三百六十五天都是生理期。」

兩人瞬間又陷入你死我活的罵戰，吵雜聲充斥著西藥房的小小空間，蘇店長不理會她們，轉去處理藥物訂單，表面上敲著鍵盤，實則想著阿琳的話，李太太是不是利用了自己。蘇店長嘴角一陣苦澀，伸手掏出錢包，從暗格挖出陳年照片，是蘇店長和李太太幾年前的合照，兩人的樣貌並沒有多大變化，如今距離卻像隔著一道銀河，笑容也隨著歲月洗滌漸漸泛黃，宛如向日葵枯萎的落寞。

——

張婉妮睜開迷濛雙眼，輕輕按摩眉毛，花了一些時間才適應窗外照射進來的陽光，光影虛幻之際，彷彿看見李金財在陽臺上伸懶腰，這是他每天的慣例舉動，如今再也無法看見。

有那麼一瞬間，她想開口呼喚他的名字，但很快意識到，他已經不在人世，而且是經由她親手埋葬。如果他現在出現在她面前，反而會讓她抓狂。她沒想過自己如此絕情，不斷呢喃是丈夫無情在先，才走到今天這一步，明明只想和心愛的人廝守到老，卻連這麼渺小的願望也不能實現。

「李太太，李金財生前沒立下遺囑，在父母雙亡又沒其他家屬的情況下，資產全部歸妳所擁有。」律師說的內容，都在張婉妮的預料之中。

李金財過世一個月後，張婉妮順利繼承李金財生前的資產和保險金，沒出現像港劇裡情婦爭產的大混戰，她以為情婦會使手段瓜分李金財的遺產，不料對方卻毫無動靜，甚至連律師都不曉得情婦的存在，讓張婉妮一度懷疑自己神經過敏，將莫須有的罪名強加在李金財身上。

可是，李金財確實死在情婦家裡，張婉妮再怎麼自圓其說，也不得不信服鐵一般的事實。沒關係，她無法擁有的男人，也不會將其託付給其他女人，她一毛錢也不會分給這女人。就算她帶著私生子來到面前，她也會狠心驅趕他們。

張婉妮以為警方會以謀殺罪名起訴情婦，這一石二鳥的詭計耗費她不少心思，但偵查結果顯示是意外，無人遭受懷疑，連調查也草草結束。一個好端端的人就這樣死去，明明是他殺，竟然能瞞騙警方的眼睛，她倒是替本地治安感到擔憂——儘管這不是殺人犯該有的念頭。

無論如何，目的已經順利完成，負心漢再也不會讓她心碎，世上再也沒有事物會讓她傷心。

回想起陷入瓶頸的那些日子，完美犯罪不是一天就能想出的計畫，她看過以鑑識科為題材的歐美連續劇，也讀了不少日本推理小說，發現這年頭的鑑識技術一日千裡，現代證物檢驗，足以秒殺天底下的名偵探，在科學面前，證據就是真相。戲劇難免誇大科技的厲害，雖本地還是無法達到如此高端技術的水平，張婉妮卻不敢小看警察的偵查能力，這區的警探可是大家公認的破案王，想到這一點，她得更加小心——事實證明，本地警方無能到讓人笑話。

文學系出身的她，多年沒接觸數理科系，對藥物知識更是一無所知，她仍選擇以毒殺作為殺人方式，是因為懦弱。一想到親手將匕首刺入丈夫胸口，刀刃緩緩埋進胸膛時的咔咔作響，血液隨之湧現，像畫家將紅色顏料以前衛狂野畫風的方式塗滿純白畫紙，呈現毀天滅地的視覺衝擊——她深知自己這輩子將無法忘記這畫面，因她根本沒勇氣親眼看見丈夫在自己眼前死去，她自嘲自己是懦弱的殺人犯，注定一輩子扛著罪孽，抬不起頭做人。

她在網上找不到有用的資訊，才到書店逛一趟，發現相比起網路上的一些資訊，書籍來得更為可信——她尋找能將他人致死的毒藥。

她找到心頭好，付款後就匆匆離去，踏出書局，發現外頭正下著綿綿細雨，空氣瀰漫著潮溼氣息。張婉妮將書本放進手提袋，打開隨身攜帶的摺疊式雨傘，快步走到斑馬線前，有些做賊心虛，不時留心是否有人跟蹤他，這時發現馬路對面有一視線落在自己身上，讓她大為不安。

那男子身穿白袍，撐著雨傘，她眯眼看了對方一眼，覺得身影有些熟悉，正當她隱約認出對方的身分，那人已經撐著雨傘，踩過斑馬線上的水窪，緩緩走到她面前。

這段路不長，張婉妮腦海裡快速播放著若干年前雨天撐傘的回憶，明明是甜蜜的過去，現在怎麼感覺那麼苦澀，一不小心就酸了鼻尖。

「沒想到會在這兒遇見婉妮。」他撐著雨傘，一臉木然，眼神深邃，是張很有雨天氣息的臉。

「好久不見，隆毅。」

張婉妮苦笑，下意識地低頭擦眉毛，沒想到會在這麼糟糕的情況下遇見舊情人，對方如果知道自己正想殺人，一定會諷刺當初沒選擇他是個錯誤，她也不想落到如今的狼狽不堪，時光若能倒退，她也許……

蘇隆毅提議到黃昏民歌餐廳吃晚餐，張婉妮知道地點後忍不住笑出聲來，他好奇問這有什麼好笑，張婉妮笑說，這餐廳是她和丈夫的約會地點，現在竟然成為她和別的男人約會的地方。

蘇隆毅很快意識到她話中的含義，提議換去其他地點，張婉妮搖頭，說就在那吃吧，反正沒人會在乎，也不必擔憂誰會知道。

「隆毅，這五年你過得好嗎？」

「過得不好也不壞，不確定婉妮知不知道，我開了一間西藥房，但生意說不上太好。」蘇隆毅表情放鬆，臉帶笑意，只有在張婉妮面前，他才能夠坦率地表達內心隱藏的情感。

張婉妮沉醉在過往的記憶碎片，聽到蘇隆毅開了西藥房後，內心泛起一陣漣漪，暗自責備自己當初如果繼續這段戀情，現在已經是店長夫人。她看著蘇隆毅放在椅子上的白袍，腦海頓時浮現可怕的念頭，這念頭來得太快，讓她緊張得呼吸有些急促，於是藉口到洗手間去，扭開水龍頭，試圖用冷水讓自己狂跳的心扉冷靜下來。

隆毅是藥劑師，決定要下毒的話，找專家來問，不就是最好的選擇嗎？

不行！絕對不行！怎能讓他人牽扯到自己的罪行，更何況那人是隆毅？雖說如此，但她也沒信心能順利進行計畫，於是慢慢說服自己，只是問些醫藥常識，對方不會發現的，就算知道也不可能懷疑她。

張婉妮走出洗手間，看到蘇隆毅正將她的手提袋放到位子上，抬頭見到自己，便微笑道：「剛剛妳的手提袋掉在地上，我幫忙拾起來，放心我沒動裡面的東西。」

張婉妮聽後，嘴角微微揚起，他還是那個隆毅。

他們聊起彼此的近況，蘇隆毅說起創辦西藥房的難處，張婉妮說自己嫁人後就沒工作了，但張婉妮的心思不在聊天，而是等待適當時機向蘇隆毅詢問下毒方式，可是總不能平白無故地問別人這些問題啊，張婉妮煩躁地用手指擦了擦眉毛。

「妳母親最近還好嗎？」

一說到媽媽，張婉妮心情沉到谷底去了，她將媽媽患病的事情一五一十說給蘇隆毅聽，他聽後頻頻點頭，詢問治療細節，她努力想想，把繞口的藥名緩緩說出。

「三氧化二砷？」蘇隆毅臉色凝重，倒抽了一口氣。

「對，對，對，就是這……看你一副緊張兮兮的表情，不會是什麼禁藥吧？」張婉妮好奇問道。

蘇隆毅遲疑了一會兒，不敵張婉妮的哀求，才把這藥物背景和藥效仔細說一遍，張婉妮聞言，驚訝得說不出話。

蘇隆毅不願多說，反問她的丈夫有什麼健康問題，張婉妮如實說出丈夫的三高症狀[20]，蘇隆毅聞言後，露出憐惜的表情。

[20] 三高症狀，高血脂、高血壓、高血糖的總稱。

「三高不容小覷，特別是高血糖經常遭到忽略，病患覺得不過是血糖稍微高一些，對日常運作沒大礙，卻不知道將其放置不理的話，身體的免疫系統將會降低，血管疾病風險隨之提升，傷口痊癒得更慢，亦會更易感染細菌，病情不受控制的話還須截肢保命。」

「我也知道糖尿病的傷害有多大，但是丈夫一開始拒絕注射胰島素，說注射後這輩子不能擺脫針管，勸他好久才願意注射。」張婉妮臉上挾帶一抹淺淺的無奈。

蘇隆毅默默點頭，「我不意外，不少人都誤解胰島素的副作用，實則比起口服藥物有更好功效，對身體負擔較少，胰島素本來就是體內的荷爾蒙。注射胰島素時要留意注射劑量，如果病人不適，可以自行調整劑量，當然需要檢驗血糖才能查出血糖過高或過低。」

張婉妮思索著，蘇隆毅在旁默默等待回應，她擦著眉頭，鼓起勇氣問道：「隆毅，每個注射劑量是多少？」

張婉妮對數字向來不靈光，蘇隆毅想起過往陪她完成數學題的畫面，她笑問沒有比較簡單的方法嗎，蘇隆毅總是眼帶笑意，耐心解釋每個計算步驟。

蘇隆毅想得入神，張婉妮好奇地在他面前揮手，他回過神，語氣平和地說：「妳當作一單位是一毫克好了。」

這場對話在極為愉悅的氣氛下結束，兩人離開餐廳後仍意猶未盡。張婉妮笑說，要不每個星期六到這吃晚餐聚聚，蘇隆毅同意了。

他不應該同意的，蘇隆毅事後才這麼覺得。

——

張婉妮到訪後幾天，便宜西藥房裡充斥著讓人坐立不安的沉默，蘇店長板著面孔敲鍵盤，不愛做和事佬的阿凱忍不住找他談談，問他是不是得罪阿琳，如果是性騷擾，她會用拖鞋大力敲他的頭，怎麼飢不擇食到這地步。蘇店長冷漠搖頭，阿凱才鬆一口氣，勸他不是大問題的話，好好握個手就當作沒事發生，她知道阿琳和蠻不講理的莎拉不一樣，這次生氣不是鬧小姐脾氣，就算荷爾蒙失調，也不敢貿然和老闆過意不去吧。

蘇店長敷衍點頭，要生性孤僻的他貿然和別人握手言和甚為彆扭，有什麼不滿只是藏在心中，儘可能避免和他人接觸，這樣的他竟然開了服務大眾的社區西藥房，說得上是他這輩子最勇敢的決定。

阿琳今天進下午班，蘇店長避開和阿琳交集的尷尬，他午休空檔時到**好吃茶餐室**，進門就看到伍鳳和阿琳坐在角落的位子，多得男顧客的視線停在伍鳳的乳溝上，才掩飾了他的動靜，他碎碎念不過一條線有什麼好看，稍微環繞一圈，無奈發現整間店唯一空出來的位子，是她們身後的桌子。

蘇店長暗嘆一口氣，在空位坐下來，對了，這位子唯一的缺點是能聽到隔壁座的談話。

蘇店長不用多想就知道她們聊什麼，肯定是李金財命案的調查進度，兩個吃飽沒事做的傢伙，看太多誇大其詞的偵探故事，儘是做些妨礙司法公正的事情，每次還要把自己拖下蹚渾水，這次他是案件關係人，不能像過往裝傻，只能硬著頭皮聆聽。

但，他比任何人都深信張婉妮是無辜的。

「阿琳妳現在和蘇隆毅鬧翻了，天啊，這下不就無法找到真相，本小姐怎麼那麼命苦！」伍鳳拿著菜單大力敲打自己，叫得聲嘶力竭。

「菲尼斯，有什麼好傷腦筋，有我在嘛。」阿琳大力地拍了胸脯。

「我沒心情調侃你不起眼的胸脯……這案件再不偵破，不只是獨家報道告吹，警方也無法順利破案，死者最終死不瞑目。」伍鳳一臉凝重，像兵士踏上末日戰場的最後告白。

「瞧你一本正經地胡說八道……沒想過妳也有人性！」

「哼，事態嚴重不要亂！現在快幫忙整理真相，辦不到我只好找蘇隆毅幫忙。」

「不要！」阿琳堅決拒絕，「我才不想給店長小看！」

可惜蘇店長就坐在隔壁座，一字不漏地聽著她們的對話。

伍鳳想到什麼，從文件夾拿出密密麻麻的列印紙，「本小姐拿到最新的驗屍報告，內容仔細到我下輩子也看不懂，但還是硬著頭皮做了筆記。死亡時間是凌晨十二點到一點之間，死者肝臟有發炎症狀，檢驗出砷的成分，法醫懷疑死者可能長期接觸砒霜。」

「我以為是急性砷中毒？」阿琳驚奇道。

伍鳳皺了眉頭，「沒錯，服下致死分量的砷會急性砷中毒，除了能在血液中檢驗出來，分解並滲透進入肝臟後也會殘留一些。法證鑒定的嘔吐物成分中，含有高濃度的砷元素，讓砷中毒的說法更加可信，至於是急性還是慢性致死，法醫仍然斟酌。值得一提的是，嘔吐物裡的三氧化二砷不含其他化學成分，相信不是殺蟲劑、除草劑等合成化學物。」

阿琳微微點頭，砷的中毒量是5毫克至50毫克，致死量是100毫克至200毫克，但也有人服入3公克砒霜而不死，這一點確實棘手。

「打岔一下，搞不好是偽裝成嘔吐窒息的勒殺案？或者在其他地方溺死，最後悄悄把死者運進廁所。」

「問得非常好，根據驗屍報告，死者頸項沒有勒痕，法醫解剖死者的肺部和呼吸管道，確認有嘔吐的痕跡，抽樣檢驗和馬桶嘔吐物沒兩樣。就算在別的地方溺死，兇手也沒有那能耐把嘔吐物灌進死者的肺部和呼吸管道吧！」

伍鳳正經八百地說出噁心齷齪的話，阿琳頓時喉嚨一癢，狠狠瞪了她一眼。

「本小姐不懂藥理，都能猜出有人經常在食物裡下毒，長年累積下來成了引爆的催命符，這麼一來兇手是誰，不是顯而易見嗎？」

兇手只能是她嗎？阿琳欲言又止，順手翻閱伍鳳的資料檔案，隨手翻到案發現場的布局，簡易擺設宛如新居入伙，客廳的碎花壁紙色調怪陰沉，掛著一幅遠古森林的油畫。廚房有高級烹調設備，卻不見調味品，冰箱裡面只有甜品和牛奶，由此可見屋子主人沒下廚的習慣。冰箱門上貼著不同國家的紀念金屬磁片，猜測屋子主人常到國外出遊。

屋子有三間大房和一間工人房，只有兩房住人，抽屜裡的物件，多是女性用品如藥妝品、衛生用具。工人房廢棄一段時間，連門鎖也壞了，依靠金屬扣門鎖從內側關門。

伍鳳打起精神，建議說：「我們嘗試整理手頭上的情報，看能不能理出頭緒……」

伍鳳在白紙上畫出錯綜複雜的人物關係圖，也列出李金財命案的嫌疑犯：

1. 張婉妮，李金財的太太
2. 紀芬恬，李金財的情婦，案發現場第一發現者
3. 盧興隆，晶瑩陶瓷製作廠廠長，李金財的上司
4. 羅輝煌，晶瑩陶瓷製作廠營銷部主任
5. 林旺，旺來海鮮酒樓老闆
6. 蘇隆毅，便宜西藥房店長，李太太的舊情人
7. 李金財，自殺或意外身亡

阿琳看了列表，皺了眉頭，「我不吐槽蘇店長為何出現在名單上，只是連死者也是嫌疑犯，這是什麼鬼？」

「阿琳別緊張，查案本該就要列出所有可能。」伍鳳罕有地沉著應對，讓阿琳感到好奇。

「菲尼斯，妳這次好像……特別認真？」

伍鳳一怔，笑出聲來，高八度的笑聲像歌劇女高音的魔音，「有什麼不一樣嗎？和平時沒兩樣啦，如果真有什麼不一樣，或許是案件和蘇隆毅扯上關係吧，現在只能依賴我們為他洗脫嫌疑。」

「我明白妳的感受！我生氣蘇店長不是他偏袒李太太，而是怕他遭人利用卻不自知，且還在維護對方，真是被人賣了還在幫別人算錢！這口氣我嚥不下，像店長這麼善良的人吃虧了都不知道！」阿琳的眼裡閃著一股無法遏制的怒火。

蘇店長靠在雅座沙發上，呼出一口氣，有些動容。

「好，那我們開始討論吧！這張名單裡張婉妮確實最有嫌疑，丈夫外頭有女人，任憑哪個女人都無法接受，且她媽在醫院求醫，為了得到更多的錢醫治媽媽，李太太這時候下手殺害李金財是情理之中。你看，現在她不就獨擁丈夫的遺產嘛。」伍鳳翻閱筆記本，在旁的阿琳和躲在隔壁座的蘇店長專心聆聽。

「紀芬恬，私人醫院的醫護人員，前夫揹上一大筆債，李金財為她擺平，就以身相許……這麼一看，紀小姐反而是最沒有嫌疑的那位，沒理由和自己的救命恩人過意不去。

「其他人要說得上有什麼殺人動機，真是考驗我的聯想能力了……盧廠長和李金財曾經大吵一頓，其他同事也提起他死前幾個月性情大變，考慮到情婦和太太的供詞，李金財那幾個月是不是發生了什麼大事？」

阿琳在旁點頭稱是。

「最有問題的是營銷部主任羅輝煌，生前和他鬧得這麼不愉快，兩人關係不可能突然變得友好到可以去吃海鮮，聽說李金財還暗地裡賣熱門公司的持有股份給他，兩人結伴到酒樓吃飯為了慶祝轉讓，昨天我們到酒樓實地考察，不就聽到很有趣的東西嘛……」

——

伍鳳和阿琳出現在旺來海鮮酒樓，這裡是李金財最後一次用餐的地點。由於可能是毒殺案，因此李金財生前吃下什麼食物，就顯得重要無比，加上臨死前的大量嘔吐，不排除食物中毒的可能，因食物中毒失救而死的案例也多不勝數。

名為林旺的老闆，見記者突然登門造訪，一開始強硬拒絕，伍鳳威脅不說實話就亂寫一通，他只好乖乖就範。

「聽說以前這裡曾發生食物中毒事件？」

「呃……是沒錯，但旺來海鮮酒樓在衛生管理方面可是非常小心，每小時都會抹地和清洗廁所，廚房也無時無刻保持清潔，俺不明白為什麼會有這樣的事情發生，見那女顧客長得挺好看，工作背景也清清白白，不像來找碴，或許吃到不合她腸胃的海鮮才有如此誤會。」林旺急忙反駁。

阿琳微微點頭，現代人大驚小怪不是沒見識過，對酒樓老闆的說法也就接納。

「老闆可以說說李金財的飲食習慣嗎？」

林旺火速拿出菜單給兩女過目，「不說妳不知，李主任可是吃遍天下海鮮的美食家，什麼海鮮種類都吃，牡蠣、螃蟹、龍蝦、八爪魚、海參、海膽、鰻魚、烏賊等等，統統都吃進他的大肚腩，本店招牌菜『孫悟空大鬧龍宮』有剛才說的海鮮，搭配熬製三天三夜的千顆蝦殼冬炎湯底，絕對原汁原味，再怎麼挑剔的食客對這湯底都沒異議，這也是李主任每次必點的招牌湯底。

「吃海鮮配上黑狗啤酒，就是絕配！」林旺停頓一會兒，「俺想到一些怪事，李主任前些日子是滴酒不沾，這幾個月卻開始有喝酒的習慣，至於這次的光顧，俺記得他和同行的男子喝了將近一打啤酒。」

事後林旺帶兩女去看監視器記錄，畫面裡李金財一口接一口地飽食海鮮，不時和藍衣男子小聲說大聲笑，杯子裡的啤酒很快見底，又很快地填滿，正當他們以為兩人會永無止境地吃喝下去，藍衣男子忽然從口袋拿出罐子，倒出藥丸放進嘴巴，李金財看到後向他討來吃，只見藍衣男子把藥罐遞給他，李金財從藥罐取出一粒放進嘴裡咀嚼，再喝一口啤酒吞下，之後便將藥罐還給藍衣男子。

兩女同時挺直背脊，似乎目睹下毒的關鍵一幕，畫面裡的兩人吞下藥丸後沒什麼大礙，還是一副大吃大喝的姿態，這樣的畫面持續了十分鐘，期間兩人不斷擦拭汗水，藍衣男子離開位子往廁所方向走去，沒多久就回到位子上。五分鐘後，李金財也離開位子，他拎起手提袋走去廁所的方向，十分鐘後才和某侍應生離開廁所。

「咦，為什麼李金財要帶著環保袋到廁所？男生不會帶環保袋出門吧？」伍鳳發現不對勁的地方。

「會很奇怪嗎？可能他隨身攜帶水壺，俺出門也是這樣。」

「那也不會帶環保袋到廁所，你在外頭吃飯吃到一半也不會帶水壺進廁所吧？除非裡面有一些貴重的東西或必需品，就好比女生進廁所會攜帶特別東西，男生的話我是想不出有什麼好帶的。」伍鳳搖頭反駁。

兩人繼續吃香喝辣，期間李金財又上了兩次廁所，一小時後兩人才離開酒樓，時間是晚上十點十分。

「有他們在的畫面，到這裡就結束了，請問記者小姐還想知道什麼嗎？」林旺恭恭敬敬地提問。

「林老闆，酒樓空調不夠冷嗎？怎麼李金財和藍衣男子不斷擦汗？」阿琳說出內心的困惑。

林旺為難地抓抓頭，「這位小妹這麼說俺也覺得奇怪，李主任公認無辣不歡，每次要求地獄級別的辣度都能面不改色喝完湯汁，一滴汗都不會從額頭冒出來。空調狀況不用多慮，好歹本店也算高檔餐廳，通常只有顧客要求空調調小一些，絕對無人投訴不夠冷！」

阿琳這時還真想提出調高空調溫度的要求。

「慢著，李金財過於頻密地上廁所，至少三次，林老闆是不是在食物中下了不可告人的東西？」伍鳳皺了眉頭。

林旺驚訝得像有人大力敲了他的頭頂，急忙反駁，「冤枉啊，記者小姐，俺怎會做出傷天害理的事情？李主任喝多啤酒才會頻尿，酒精能利尿，不是大家都知道的事情嗎？」

兩女機械般點頭。

事後伍鳳要求與李金財擦肩而過的侍應生會面。

侍應生認真想了好一會兒，「那時廁所沒有其他人啦，非常安靜，他進去時，我聽到馬桶墊放下的聲音，以為他吃壞肚子，怎知卻沒聽見稀裡啪啦的聲音，總不可能是坐爽吧？之後聽到東西掉進垃圾桶的聲音，有兩次，第一次是玻璃聲，第二次是比較微弱的金屬聲，之後就從廁所走出來，我也就隨著他走出廁所。」

兩女不覺得侍應生掌握什麼線索，向酒樓老闆告辭離去。

後來伍鳳查知藍衣男子是死者同事，晶瑩陶瓷製作廠的營銷部主任羅輝煌，案件似乎迎來重大突破。

「阿琳懷疑羅輝煌遞給李金財的藥丸是毒藥？他已否認啦，說是維他命C藥丸，而且是最高劑量一公克的緩釋配方，是國外知名的牌子。他辯稱每次吃飯都會服一顆，李金財順手和他討了一粒，他就給了——監視器記錄證明這說法可信，況且羅輝煌無法預測李金財和他討藥丸啊！」

「給別人吃藥的方法非常多，不提常見例子，好比直接加在食物飲料，只要在對方面前服下，並誇讚藥丸功效，熱心邀他試一試，多半人都不會拒絕吧？」

伍鳳一時間無法反駁，蘇隆毅也覺得阿琳的邏輯說得通，暗呼她的推理能力大有長進。

「我以這推測為基礎，反覆想了幾天，終於想出異想天開的殺人方法。」阿琳露出自信的笑容。

異想天開的殺人手法？讓蘇店長好奇了，從阿琳口中說出，就是無法讓人信服。

——

阿琳清清喉嚨，開始解說，「案件最大謎團是死因，看起來是醉酒嘔吐窒息，隨著現場驗出砒霜成分，案件就變得越發複雜，如果能追蹤砒霜的痕跡，就能找到下毒的源頭和下毒者的身分。」

伍鳳看著眼前小女生，曾經一蹶不振的她，沒想到短短時日已蛻變成自信滿滿的專業人士，應驗那句「士別三日，當刮目相待」。

「幾乎人人都有下毒的機會，毒殺難在毒發時撇掉自身嫌疑，好比晚上發生命案，嫌疑犯自然是當天和死者接觸的人，或從死者胃部檢驗是否含有毒素。」阿琳指著名單。

「名單上的嫌疑犯都是煙幕彈嗎？」伍鳳眉頭緊蹙，語氣不確定地說。

「沒錯，真兇有信心就算死者當天死亡，警方也無法查到他的身上，如果兇手也在嫌疑犯名單裡，那麼調查團隊將會陷入大大大難題。」

有嫌疑，沒嫌疑，伍鳳這下給阿琳搞混，蘇店長隱約覺得阿琳會有驚人之舉。

「我第一時間想到緩釋膠囊。」

「歡喜叫狼？」伍鳳有聽沒懂，說出不得了的話。

「什麼叫狼！我指的是延緩釋放的膠囊配方[21]，控釋給藥的藥芯組合物。簡單來

[21] 延緩釋放的膠囊配方（Sustained-Release Formulation），用於延緩藥物在體內的釋放，達到藥效延長的作用。

說，讓藥丸吞進肚子後不會馬上溶解，而是逐步釋放藥物，讓身體的血液藥量長時間達到藥效，例如維他命C、胃痛藥丸、糖尿病藥丸等都有這樣的配方。」

「妳的意思是？」伍鳳對理科知識始終沒轍。

「假設兇手把毒藥加進藥丸，搭配延緩釋放的膠囊配方，不就能遠距離下毒，而不讓他人起疑嗎？」

伍鳳眼裡閃過遲到的智慧之光，「我明白了，兇手就是蘇隆毅，這複雜技術沒幾人辦到，只有專業藥劑師才能做到，而張婉妮最熟悉的藥劑師非蘇隆毅莫屬，他為了完成舊情人的要求，製造了宛如計時炸彈的膠囊。」

蘇店長老早想走人，聽到她們提及自己，還是忍著坐著聽阿琳的推理。

「很可惜，這技術無法辦到，除非蘇店長擁有實驗室。」阿琳搖頭。

「看來蘇隆毅偷偷建了實驗室，有好好研究的必要。」伍鳳迅速在筆記本上寫下。

蘇店長心裡暗罵，伍鳳你到底有多想我是殺人兇手。

「店長哪會有實驗室，有的話我們不可能不知道，延緩釋放膠囊的假設不成立，倒是給了我突破口，即真兇讓砒霜在李金財體內產生出來。」

「阿琳是不是看太多超級英雄電影，憑空生毒比武俠電影裡的隔山打牛還要離奇！」

「菲尼斯之前轉給我的情報，提到帶殼糙米比白米含有更多砷，讓我好奇砷似乎無處不在，也開始研究李金財的當日行程，看他到過什麼地方，有沒有接觸砷卻不察覺，最終得出結論，他生前的最後一餐是關鍵。」

「最後一餐不就在旺來海鮮酒樓？不要告訴我，這老闆敢在自家店下毒，這殺人代價太高了吧！」伍鳳想到自己曾在那邊用餐，頓時臉色大變。

「我猜測，這正是李金財中毒的源頭。」阿琳的話像尖銳釘子一擊釘在伍鳳心上。

蘇店長沉吟片刻，明白阿琳接下來的推斷。

伍鳳愣了一會兒，遲疑開口，「火鍋裡下毒藥？」

阿琳搖頭，輕輕在紙上敲了一下，「米飯含有砷的成分，實則海鮮也有，好比牡蠣、螃蟹、龍蝦、八爪魚、海參、海膽等等，這些海鮮含砷不多，但近年水源污染問題讓海鮮體內的砷元素大幅提升，人類種下的因這下要自食其果。旺來海鮮酒樓的招牌菜不僅有不同種類的海鮮，還有著號稱『熬製三天三夜的千顆蝦殼冬炎湯底』，這火鍋稱得上是毒鍋了。」

「海鮮含砷的說法我能理解，但這麼多人吃海鮮鍋都沒事，就只有李金財中招，似乎有些弔詭哦。」伍鳳搖手反駁。

阿琳說得口乾，喝了一口奶茶，「接下來的部分比較複雜，菲尼斯不明白就舉手打斷我吧。蝦所含的砷成分是五氧化二砷，對人體無害，只是海鮮殘留在身體時，一旦碰上某種東西，有可能轉變成有毒的三氧化二砷，也就是我們熟悉的砒霜。」

伍鳳舉手打岔，好奇問道：「怎麼可能有東西是死者所有，而其他人沒有？」

「有的，那就是維他命C。」

伍鳳聞言後有些錯愕，支支吾吾說不出話，她知道維他命C是什麼，但無法將這與砒霜一起聯想。

阿琳拿手機找出相關報道，一一說給伍鳳聽。

「荷蘭科學家發現蝦青素會導致海鮮熟透後呈現紅色狀態，同時蝦青素也能讓五氧化二砷保持動態平衡，但眾所周知維他命C能抗氧，大量攝取維他命C會破壞五氧化二砷的動態平衡，導致五氧化二砷還原成三氧化二砷，繼而造成砒霜中毒。[22]

「不久前，我讀到臺灣女士暴斃的新聞，死因推測是晚餐吃了大量的蝦，且同時服用大量的維生素C。專家指出，大量海鮮和大量維生素C一同服下，會導致砒霜中毒。」[23]

伍鳳接下印本，閱畢後臉色凝重，「我不否認挺靠譜，但別忘記，和李金財吃飯的羅輝煌也服下維他命C，身體卻一點毛病也沒，監視器可是清楚錄下兩人大吃大喝的畫面，如果桌上的海鮮火鍋有毒，那麼羅輝煌也會中毒吧？我知道羅輝煌遞給李金財藏有毒藥的藥罐，可是那是羅輝煌遞給李金財藥罐，而不是從裡面挑出藥丸給李金財。」

「如果罐裡剩下一顆藥丸，不就行得通嗎？羅輝煌帶著空罐回家，添加額外的維他命C藥丸，等候警方登門造訪，就營造藥罐滿滿的錯覺了。」阿琳淺淺一笑。

[22] 蝦青素（Astaxanthin），五氧化二砷（Arsenic Pentoxide），三氧化二砷（Arsenic Trioxide）。

[23] 源自華視新聞網《吃蝦又吃維他命C，女誤食砒霜亡》，房業涵和李鴻傑報導。

伍鳳冷笑一聲，「李金財從羅輝煌手中接下藥罐，取出藥丸再將藥罐還給羅輝煌，而不是開口詢問要否丟棄，不就說明藥罐還有藥丸？別告訴我藥罐裡剩下的都是毒藥丸，我不覺得有兇手會冒這麼大的風險，隨身攜帶毒藥出街，遭到搜身不是三言兩語可以擺脫。」

「就算藥丸一樣，服用方式不一，也有著完全不同的效果。」阿琳準備充足，毫不受伍鳳質問而手忙腳亂，淡定回應，「緩釋藥丸必須直接吞下，不能咀嚼咬碎，關鍵在於表層。這是逐步融化的溶膜設計，目的是讓藥量逐步釋放，讓藥效持續一段時間，不像普通藥丸達到高峰期就衰退。羅輝煌清楚藥丸特質，不會大口咀嚼，唯市面上的維他命C多是咀嚼片，不排除死者接下藥丸就大口咀嚼，維他命C滲進血液，血液藥量上升到危險濃度，將五氧化二砷轉換成三氧化二砷——也就是『砷中毒』。」

阿琳的推理看似無懈可擊，伍鳳看了阿琳一眼，沮喪認輸，「嗯……阿琳這次開大招了，我接受你的說法。這麼一來這案件純屬意外，死者巧合服下高劑量維他命C和攝取大量海鮮，才會中毒身亡。」

「這倒不一定。」阿琳繼續講解，「假設羅輝煌知道這餐館的海鮮火鍋是高濃度蝦殼湯，偶然讀到海鮮和維他命C的聯繫，藉機和李金財到餐館大吃大喝，看準時機將維他命C藥丸給他……」

伍鳳吞了口水，語氣不確定地說：「我越聽越是不對勁，當做羅輝煌設計這場毒殺案，但不可能計算到李金財會咀嚼藥丸啊！」

「像這樣就行了。」阿琳挪動臉部肌肉，像咀嚼口香糖，「妳想像一下，我把藥罐遞給妳，妳見我咀嚼藥丸，很大可能會依樣畫葫蘆把藥丸咬碎。沒錯，羅輝煌把藥丸放進口中，不急著吞下，把藥丸藏在口腔某處，挪動嘴唇像咀嚼一樣，不就能引誘李金財上鉤嗎？」

「那麼兇手不就是……」伍鳳臉色凝重，對阿琳的推理信了七成。

侍應生眼看蘇隆毅坐了良久，卻沒點餐的打算，正要往前詢問，沒想到蘇隆毅這時站起來了。

「兇手不是羅輝煌。」突然冒出的低沉男聲讓兩女大吃一驚，定睛一看，更為吃驚，原來是蘇店長沉不住氣，跳出來制止他們進一步的討論。

「蘇隆毅，你不知道偷聽別人很沒品嗎？」伍鳳故作淡定，實則驚慌失措，默默回想有沒有說蘇隆毅的壞話。

「妳們說得這麼大聲，這裡有誰沒聽到。話說在前頭，我沒有實驗室。」蘇店長回答伍鳳剛剛的提問。

伍鳳不好意思地乾笑，沒想到蘇店長幾乎把她們的對話都聽完了。

「蘇店長，你……不是應該在西藥房嗎？」阿琳緊張之下，話都說不清楚。

「阿琳妳還敢和我提起西藥房，不看現在幾點了。」蘇店長冷冷瞪了她一眼。

阿琳看了茶餐室時鐘，是下午兩點鐘，而她上班時間是下午一點三十分，足足遲了半小時。

「糟糕……我火速去西藥房上班，菲尼斯，我們晚上才繼續聊。」阿琳起身準備衝出茶餐室。

伍鳳拉住阿琳，不讓她逃走，「阿琳，妳怎麼可以停在這節骨眼！」

「阿琳坐下，我發信息給阿凱說我們去衛生局辦事，優先解決妳們口中的『砒霜命案』。」蘇店長拉出椅子坐下，伍鳳阿琳互望一眼，不知道現在是演哪齣戲。

蘇店長往椅背一靠，「我不否認，阿琳的假設不錯，結合科學理論和現實考量，國外確有類似海鮮中毒事件的傳聞，但長久以來卻沒人敢下定論，海鮮不能和維他命C一同服用——因此食物導致砒霜中毒近乎不可能。」

伍鳳沒想到蘇店長這麼快推翻阿琳的推理，阿琳也聽得汗顏。

「沒錯，海鮮含有砷的成分，而維他命C能將無害的有機砷轉換成有毒的無機砷，稍微動動腦筋，就覺得這假設不大對勁，像不切實際的推理小說大於科學現象，林林總總的不確定因素和專業知識的匱乏，才演變成真假難辨的流言。」

「蘇店長，兇手正是捉住這理論的漏洞，只需在背後輕輕一推，就能將目標置於死地。」阿琳堅持立場，別於平時一面倒地支持蘇店長。

蘇店長毫不退讓，以平穩、深沉的語氣說道：「要達到砒霜中毒，必須服下大量海鮮和高劑量維他命C，而大量海鮮指多少分量？以蝦類為例，必須吃下兩百隻以上草蝦，並服下大量維他命C才辦到，我反問妳們，普通人能吃這麼多嗎？」

伍鳳果斷搖頭。

「阿琳，妳上過化學課，應該知道實驗樣本必須純淨，加上實驗室高端儀器的配合，催化劑等化學成分，才能完成化學實驗。五氧化二砷轉換成三氧化二砷的過程，難道只需靠消化過程就能成功？」

「那……使用千顆蝦殼熬煮成的海鮮濃湯，不就集合高砷量，就集結了所需條件啊！」阿琳急忙說出其他證據。

「哼，阿琳不懂商場險惡，號稱『千顆蝦殼熬成的湯底』，難道就煮一碗湯？當然是一大鍋。再說，商家自封名號聽聽就算，可能湯底一點蝦殼成分都沒，是人造味精調出來，我嘗過這餐廳的招牌湯底，毫無疑問味精成分高過蝦味。」蘇店長無情地摧毀阿琳最後的堡壘。

「那……」

「再說，妳知道為什麼高劑量維他命C以緩釋配方發行嗎？因為身體吸收的速度慢過維他命C從身體排出的速度。高劑量維他命C會引起腹瀉，吃進去的海鮮不就很快地從體內排出，這平衡終究難以達成——高劑量維他命C搭配海鮮吃，並不會引起砒霜中毒。」蘇店長解釋完畢。

阿琳絞盡腦汁想出的維他命C理論最終無功而返，三人陷入尷尬的沉默，尤其是阿琳和蘇店長，更有意避開眼神交流，最後還是伍鳳看不過眼，出聲道：

「蘇隆毅，你還沒說清楚，為什麼偷聽我們討論案情，你平時不會這麼多管閒事喲。」

蘇隆毅技巧地悶哼一聲，「妳們最後也會找我幫忙，我不過省略幾個步驟。」

「你睜眼說瞎話，搞不好你有意干涉我們的調查行動，將調查方向引進死胡同，目的是包庇某人！」伍鳳戟指指向蘇店長，差點戳在他身上。

「我不和妳開玩笑，再說一次，張婉妮不是殺人兇手。」蘇店長提高聲量，語氣嚴厲，散發出無法靠近的魄力。

伍鳳冷笑一聲，「一句話就能盡除張婉妮的嫌疑嗎？在你眼裡，想必是認為我們拚命把罪名套在張婉妮身上，但你有沒有想過，阿琳竭盡所能找出真相，是要幫你證明張婉妮的清白？」

蘇店長一怔，看了阿琳一眼，阿琳意識到他投來的視線，賭氣地把頭撇開。

「我不過想知道真相，其他我一概不在乎。」阿琳一臉彆扭。

自己沒說清楚才引起誤會，蘇店長才恍然大悟，想了一會兒，語氣緩和地說，「待時機成熟，我自然會告訴各位。」

蘇店長語氣冷靜，但伍鳳看出蘇店長眼裡的認真，勉強接受他的說法，起身往收銀臺的方向走去，回頭望了留在原地的兩人，「你們還等什麼，解決了還不回去西藥房上班？」

阿琳和蘇店長相望不語，嘴角輕輕上揚，很久都沒看到彼此的笑容了，但沒想到接下來的訪客又再掀起另一波浪潮。

——

「歡迎光臨，想要找什麼嗎？」阿琳禮貌向顧客問好。

穿著筆挺西裝的男子，露出潔白牙齒，大聲說：「我是來找麻煩的。」

「來找麻煩」是什麼鬼開場白，難不成是久仰店長的推理迷？阿琳白了一眼，轉身喊道：「店長，有人來找你！」

蘇店長從位子站起，打量來者一眼，優雅地揮揮手：「有何貴幹？」

「你就是傳說中的藥師偵探嗎？」男子的中文有些跑調。

「我不是，你可以走了。」

男子冷笑一聲，從口袋取出警察證件，說出一口流利的粵語：「恐怕不能如你所願，我係本區重案組嘅伍龍警探。我依家懷疑你同一宗謀殺案有關，請你跟我返去協助調查。依家唔係事必要你講，你有權保持緘默，但係你所講嘅將會成為呈堂證供！」

三女聞言，不可置信，蘇店長無緣無故與謀殺案扯上關係，店長哪裡像殺人犯，充其量脾氣比較古怪，警察不會沒證據就來這撒野吧？

三女竊竊細語，蘇店長面不改色回了一句，「請教長官幾個問題。一，我與什麼命案扯上關係？二，有什麼證據顯示我有殺人嫌疑？三，請問長官有逮捕令嗎？」

三女暗罵店長說話不客氣，得罪警方沒好日子過，沒想到伍警探的話讓他們更加傻眼。

「本警探沒所謂的逮捕令，就連搜查令也沒。」伍警探大言不慚地說出讓人摸不著腦袋的話，他似乎感受到旁人疑惑的視線，繼續說道：「我是本區警局重案組組長——伍龍警探，相信你們都聽過我的名號，破案王這名字不是鬧著玩哦。話先說清楚，今天不接受拍照邀簽名，如果你堅持想要和我合照，請耐心等我處理完手上工作，才慢慢滿足你的要求。」

三女冷漠地看著伍警探，根本沒合照和討簽名的念頭，阿琳在後小聲詢問：「阿凱，這警探很有名嗎？是不是白撞哦！」

阿凱小心翼翼地回答：「我反而好奇妳們竟沒聽過他的名號，這警探出名辦事糊塗，是不折不扣的烏龍警探，找上門來都不是好事。」

阿琳和莎拉強忍著笑，不讓自己笑出聲音來。

伍警探看蘇店長不理不睬，大感沒癮，彷彿要宣傳什麼地清清喉嚨，「你是店長？整間店就你是男的，應該沒錯。店長先生，你認識李金財嗎？」

「不認識。」蘇店長的回答讓警察碰了一鼻子灰。

「怎麼會不認識，李金財是你老相好的丈夫！蘇先生你不要想在本警探面前說謊，該聽過妨礙司法公正吧？」

莎拉和阿凱聽到「老相好」這字眼就瞪大眼睛，唯獨阿琳早就知道，而蘇店長聽到這句似乎有些生氣。

「量你也沒證據證明我認識他，如果你好聲好氣，我大可幫忙解答長官的疑惑，否則免談。」蘇店長拋下的狠話，狠狠扇了伍龍警探巴掌。

「既然這樣……本警探想請教蘇先生，是否認識張婉妮小姐？」伍警探碰壁後臉上一熱，像課堂上罰站的學生，說話語氣也稍微收斂。

「她是我多年不見的朋友。」

「根據本警探手頭上的情報，你和她關係匪淺……」

「她是我的前女友，但五年前分手後就沒碰面了，最近才開始每星期見一次面。」蘇店長坦率承認。

三女同時發出驚呼聲。

「本警探欣賞你的誠實，但你不覺得這足以構成殺害張婉妮丈夫的動機嗎？」伍警探找出蘇店長言語上的空隙，開始進攻。

「我倒想請問長官，難道每對情侶分手後都想著謀害對方的現任伴侶嗎？」蘇店長反問道。

「這倒不是。」伍警探一怔，「不提這，如我剛剛提到，你是傳說中的藥師偵探嗎？」

「不是。」

伍警探再碰一鼻子灰，嗆得他差一點說不出話，「你就繼續死鴨子嘴硬，難得本警探來這邊出巡，要不要順便協助調查……」

「不想。」

伍警探臉色越發難看，像幾天沒上大號，身為專業人士的他迅速變臉，「好，不勉強你，那我可以在你店裡逛逛嗎？」

蘇店長點頭，阿凱帶領伍警探在店裡逛了一圈，阿琳一夥心知肚明，伍警探手上沒搜查令，無法證明蘇店長涉案，遂以逛逛為由，查看西藥房有什麼疑點。

莎拉和阿琳低聲交談。

「阿琳我問妳，警察這麼一找，會不會找出害死人的違禁品？我對藥物沒太多認識，有時朋友問到我也回答不來，好像在連續劇看到西藥房有賣老鼠藥？」

阿琳心想，你朋友買毒藥想毒死誰啊？

「莎拉看的影集估計年代久遠，現在哪有西藥房賣老鼠藥？要買老鼠藥的人也沒幾個啦。」阿琳記得老鼠藥正是砒霜，如此敏感的情況，就不說出來。

「我以為西藥房會有一劑必殺的藥物。」

阿琳瞥了她一眼，「聽妳這樣問，我反而替妳擔心，妳最近應該沒什麼煩惱吧……西藥房沒毒性強烈的藥物，但藥物過量對身體有害無益，病人服藥過量，就必須入院求救，醫院才有檢測血液藥物濃度的藥劑師[24]囉。」

伍警探慢條斯理地在西藥房移動，像廉價且動作緩慢的掃地機器人，阿凱不耐煩地打了個呵欠，兩人走進倉庫對面的小房間，在伍警探指示下，阿凱打開藥用冷藏櫃，任由伍警探觀察內容物。

「大嬸，西藥房冷藏櫃通常儲藏什麼藥物？」伍警探一邊觀察一邊發問。

阿凱聽到這稱呼有些生氣，語氣不悅，「只有胰島素啦，有時我也會把果汁放進裡面凍一凍。」

伍警探似乎發現什麼，從外套口袋內抽出一次性塑膠手套戴上，從冷藏櫃拿出盛裝藥液的小型玻璃容器，「這瓶安瓿是什麼藥物？」

「欸，這藥物啊……我沒看過，是什麼時候放在這咧？」阿凱湊近看了一會兒，搖頭表示。

「三氧化二砷……10毫升……10毫克……」伍警探左手玩弄著安瓿，右手取出手機搜索這藥物的用途，好不容易查清藥物資料，臉色變得紅潤，像便祕幾天的腸胃終於舒暢，轉身大步走向門口的收銀臺，小心翼翼地將安瓿放進收銀臺上的購物塑料袋子。

[24] 治療藥物檢測（Therapeutic Drug Monitoring），檢測藥物濃度以確保藥效和預防中毒。

三女大感不安。

「蘇先生，有事請教你，請問你知道這是什麼藥物嗎？我在冷藏櫃發現這，似乎是有趣的藥物。」伍警探皮笑肉不笑，散發生人勿近的威嚴，把安瓿遞向蘇店長面前。

蘇店長接下一看，認出什麼藥物，瞬間了解安瓿與這案的關聯，也了解自己無可避免地陷入嫌疑漩渦。

「我知道長官想著什麼，也清楚知道這是什麼藥物，但我不知道為什麼會出現在這。」

伍警探眼神閃過一道光，似乎發現蘇店長言語的破綻，「總不能憑空出現吧，這安瓿分明是你毒殺李金財的藥物！」

在旁的三女一時無法理解伍警探說的話。在莎拉和阿凱慫恿下，阿琳戰戰兢兢地舉起手。

「長官，你是不是有什麼誤會，店長不是那種人，而且本店沒出售毒藥。」

「哼，蘇先生，和你家可愛小店員說說這是怎樣的藥物。」

蘇店長依舊一貫的冷淡語氣，「用來治癒血癌的藥物。」

「什麼成分？」伍警探暗笑打岔。

「嗯……」蘇店長遲疑一會兒，「三氧化二砷。」

阿琳這時才恍然大悟。

「也就是大眾熟悉的砒霜。」

伍警探學李小龍般擦擦鼻子，興奮地在原地踏步，「我必須把蘇先生帶回警局，有什麼要說，留拜山時才說吧。」

阿琳膽怯地再舉起手，楚楚可憐地說：「長官，這藥物不是本店的，一定是誤會，我們怎敢在店內存放毒藥？就算真是毒藥，不可能會放在冷藏櫃等警察來發現，分明是別人放在這嫁禍店長……」

電光火石之間，她想起李太太到店找蘇店長的插曲，頓時明白她拜訪的目的，「天啊，我知道了，李太太曾來這找蘇店長，也打開過冷藏櫃，一定是她放的！長官請你明辨是非，店長就算性格乖僻，沒幾個能說話的朋友，做事死板不會變通，連在店裝監視器的錢都要從員工薪水扣除，但他絕對不是你想像的那種人！」

在後的兩女心道，這是哪門子的挺人方式！

「阿琳，謝謝妳願意為我說話，但我沒有特別開心。」蘇店長一貫的冷漠，外加少許無奈。

伍警探咳了一聲，「小妹妹，人心難測，說不準妳家店長犯案後良心過意不去，等著妳們找出證據指控他下毒殺人，這也是殺人犯慣有的心理狀態。」伍警探依然堅持自己的想法。

阿琳詞窮難辨，在旁兩女也沒站出來說話的意思，當事人更是放棄抗辯的樣子。

「蘇先生，請你跟本警探到警局協助調查。」伍警探感受後方熱切的祈求眼光，醒目地說：「只要他是清白的，協助調查後就能回來，不必擔心，除非妳們對他沒信心。」

阿琳暗自期望這烏龍警探不會糊裡糊塗地把蘇店長定罪。

「店鋪交給妳們了。」蘇店長向三女交代業務後，就隨著伍警探離開西藥房。

阿琳盯著店長的背影，心裡浮現不好的預感，心想該不會是最後一次看見蘇店長吧？

——沒想到，隔天蘇店長就回到店裡，還帶來讓阿琳震撼的消息，那就是李金財命案的真相。

——

飄香茶坊裡瀰漫著芬芳馥郁的花香，與潺潺流水般療癒的水晶音樂形成絕配，時光在這裡彷彿也慢下了腳步，這氛圍非常適合傾述無人知曉的心事，同時也讓人想化作一隻貓慵懶地躺在沙發角落。茶坊角落坐著三人：視線無處安放的年輕少女、眼睛瞪大得像卡通人物的妖艷女郎、眼色冷漠不帶生氣的高瘦男子，三人在菊花香的牽引下坐在同一張桌位，茶杯裡浮著紫色花瓣，但沒人有要喝的意思。

蘇店長隔天回到西藥房，三女好奇他在警局的遭遇，看他毫髮無損，和平時一樣不多話，猜想這案件多半和他沒什麼關係，警方帶他回警局不過是循例問話。

阿琳拿著掃帚在角落揮動，默默思索蘇店長在警局的遭遇，猜測伍警探多半查出蘇店長和案件沒關聯。冷藏櫃裡的安瓿分明是李太太嫁禍店長，如果警方說蘇店長提供毒藥給李太太……想到這，阿琳又不確定蘇店長是否清白，蘇店長早些日子寧可生意慘澹，也不出售劣等商品，足以印證他體內的藥師魂不允許他做出傷天害理的事情。

阿琳胡思亂想之際，伍鳳找上門，她氣急敗壞地衝進收銀臺，劈頭就是一句，「蘇隆毅，你知道是誰殺害李金財對不對？快給我答案，等你救命啊！」

阿琳看了蘇店長一眼，他彷彿沒這回事般忽略伍鳳，繼續手頭上的點貨工作。

「蘇隆毅，你不念我們相愛一場，也不該忘記過去經歷的風風雨雨！」伍鳳衝到他面前，繼續指指點點，隨口說出不得了的事情。

「妳哪條神經接歪了？第一，我們沒有相愛過；第二，不用一直拿過去威脅我。」蘇店長用眼角餘光睨她一眼，「既然妳知道我知情，那應該知道我將一切告知警方，妳如往常般從警局線人獲取第一手消息不就成了？」

伍鳳沮喪低頭，像久未逢雨的乾癟稻穗，「這次情況比較特殊……我剛收到警方明天要召開記者招待會的聲明，說會在明天中午交代李金財命案的真相，我拚命撥電話給我的線人，結果對方沒開手機，看來正展開機密行動，或有意避開媒體的追蹤，現在媒體圈努力打聽警方的動向，誰能打聽到明天記者招待會的內容，誰就能成為這場媒體大戰的勝利者！」

蘇店長不理她，繼續敲打鍵盤。

「我昨晚和阿琳閒聊，她提到警方帶走你，本來我想著要怎麼把你救出去，沒想到第二天你就回來了，接著幾乎停止調查的警方突然發出抓到兇手的聲明，稍微有腦筋的人都猜到是蘇隆毅你暗中幫了警方一把！求求你大開金口，既然說了一遍，也可以再說一遍啊！」

蘇店長轉頭望了阿琳，「阿琳，我一般不干涉別人的私生活，但不得不囉嗦一句，結交朋友時眼睛要擦亮些。」在旁的阿琳點頭如搗蒜。

「伍鳳妳在這裡死纏爛打只會給我添麻煩，哪還有顧客敢上門，給我等到店鋪打烊才來吧。」

如今他們三人坐在飄香茶坊，討論李金財命案。

「想知道什麼快點問，說完我就回家。」

「用屁股都猜到我們想問什麼，快告訴我李金財命案的真相！」伍鳳激動拍了桌子，怨聲載道。

蘇店長沉吟一會兒，「該面對的終究要面對，做好心理準備的話，我就開始了。」他指著杯子裡的花瓣，「妳們知道紫色菊花是什麼種類的花嗎？」

兩女很有默契地搖頭，顯然不是愛花人士。

「紫色菊花的名字是輪鋒菊，也叫松蟲草，花語是『寡婦的悲哀』，恰好就是這宗案件的真相了。」蘇店長說出耐人尋味的話，讓兩女聽得更加懵懂，雖然她們想問為什麼藥劑師對花類這麼了解。

「抱歉打斷，紫色菊花的花語是『寡婦的悲哀』……不會是指，犯人是寡婦吧？」伍鳳好奇問道。

某身影迅速在阿琳的腦海飛掠，正是李太太張婉妮，而「寡婦」這字眼，讓阿琳聯想到黑寡婦毒蜘蛛，最毒婦人心翻臉不是人，入世不深的她也有所聽聞，只是顧及蘇店長的感受就忍住不說。

蘇店長不理會兩人臉上的訝異，開始解說。

「伍警探將我帶到警局，給我看了一堆化驗報告、現場證物、嫌疑犯口供等等和案件相關的證物，陳述一遍圍繞李金財命案的事情，我才意識到，警方想透過我挖掘案情真相，這點還真是託了伍鳳的福啊。」蘇店長罕有地提高音量，伍鳳裝出吃驚的模樣，阿琳眯著眼睛看著他們兩人之間奇怪的氣氛。

蘇店長瞪著伍鳳，「我都忘記是妳暗中替我宣傳，才有『藥師偵探』這莫名其妙的名號套在我的頭上。」

伍鳳心虛笑笑，沒接下他的話。

蘇店長輕輕敲了桌子，「伍警探說這案件最大的嫌疑犯是李太太，他知道我不是犯人，只是懷疑放在西藥房的毒藥歸李太太所有，為了從我口中套出更多李太太的事，告訴了我一件有趣的事情。」

有趣的事情？這讓阿琳好奇了。

「李太太的媽媽目前在醫院求醫，診斷是急性脊髓白血病，情況不樂觀，目前正接受藥物治療，猜猜看是什麼藥物？」

伍鳳向阿琳拋媚眼，阿琳尷尬一笑，用食指戳著自己的腦袋，嘴裡儘是呢喃不清：「真糟糕，我不曾在醫院實習，怎會知道治癌藥物，好歹我是高材生，讓我好好想想……」

蘇店長似笑非笑，似乎另有所指，電光火石之間，伍鳳明白蘇店長問題的本質。

「不會是在西藥房找到的安瓿吧？」伍鳳用近乎尖叫的聲音喊出來。

蘇店長微微點頭，「李太太的媽媽所注射的藥物怎麼會出現在西藥房？」伍鳳狐疑問道。

說時遲那時快，真相拼圖迅速在阿琳的腦海拼湊出來。

「恐怕是警方調查讓她倍感壓力，把心一橫，將剩餘的毒藥留在西藥房，讓警方把焦點轉到店長身上，二來利用店長對她的舊情，為自己脫罪。」阿琳脫口說出自己的猜測，在旁的伍鳳邊聽邊擔憂蘇店長不懂會否大受打擊。

怎知蘇店長竟面不改色，讚同地點點頭，似乎聽到與自己無關的事情，「伍鳳，妳研究過砒霜的資料，應該知道砒霜的不少用途，包括醫療用途。一直以來砒霜是公認的毒藥，在中醫世界卻醫治了不少病況，梅毒便是其中一種。藥與毒的界限自古以來都模糊不清，其中最知名的例子便是『反應停事件』。」

阿琳知道伍鳳一定又在胡思亂想，幫忙解說，「蘇店長說的是『反應停』藥物，學名是沙利度胺[25]，這藥物有鎮靜催眠作用，還能顯著抑制妊娠反應。在課堂上聽過這藥的歷史，五十年代時賣得非常好，直到六十年代初，服用沙利度胺的孕婦致使萬多個新生兒出現海豹肢症的畸形症狀，遂對反應停的安全產生懷疑，最後這藥物遭全面下架和停售，藥廠也因此賠上一大筆錢。」

「阿琳說得沒錯，但妳知道沙利度胺如今已經重新推出市場了嗎？」

阿琳錯愕地搖頭表示不懂，蘇店長接下去說：「經過研究，科學家發現沙利度胺對於人免疫系統有調節作用，可以治療紅斑狼瘡，也相信對特定癌症有著醫療效果，曾經的毒藥，如今卻是能夠救人一命的良藥，妳們從這例子得到什麼啟示？」

水能載舟，也能覆舟，這是浮現在阿琳腦海的句子。

話可以亂說，藥不能亂吞，這是浮現在伍鳳腦海的句子。

蘇店長眼看她們沒回應，繼續下一階段的解說。

——

[25] 沙利度胺（Thalidomide），曾用於抗妊娠嘔吐反應，現用於免疫調節及抗炎作用。

「砒霜，也稱作『愚者之毒』，過往是每戶人家都有的老鼠藥，也曾經用作護膚品，演變到今天有著各種各樣的用途，從工業到醫療用途，都能看到砒霜的蹤跡……」

「我有問題，為什麼砒霜外號是『愚者之毒』？聽起來好像是笨蛋才會中招啊，哈哈哈哈！」這別稱莫名其妙地戳中伍鳳的笑點，笑得無法自拔，在旁的阿琳抓著伍鳳的肩膀，要她別笑倒。

蘇店長無視伍鳳的笑場，正經八百地解釋：「砒霜稱為『愚者之毒』，皆因它很容易露餡，從死者毛髮和指甲便能輕易檢驗出成分，這年頭沒幾個人會用這藥下毒，腦子少根筋才會使用。這次也是驗屍報告清楚寫著，死者毛髮和指甲檢驗出砒霜，才會懷疑是砒霜毒殺事件。

「警方在西藥房找到安瓿，將我帶回警局，與此同時也分派員警到醫院詢問，打聽到是治癌藥物，繼而查詢病患名單，查出李太太的媽媽也在名單上，點算庫存後發現少了三瓶三氧化二砷。」

「分明是李太太幹的好事，虧你還能理直氣壯地為她撐腰。」伍鳳不屑地插嘴道。

蘇店長不回應伍鳳，繼續說明，「你們已得到所有情報，經過合理的邏輯推演，應該能推斷出李金財命案的真相和兇手，我也沒繼續說下去的必要。」

兩女互望一眼，很有默契地大喊：「完全猜不透啊！」

蘇店長暗嘆一聲，「李太太涉嫌盜取安瓿，加上她不自然的說辭和充分的殺人動機，警方幾乎將李太太鎖定為真兇，只是下毒方式目前還沒想到。」

蘇店長隨手指向隔壁桌的煎蛋，「警方傾向李太太將毒藥下在食物裡，某本歐美推理小說有將砷加進歐姆蛋的情節，這詭計妙在充分利用砷的耐受特質，但警方無法確認的是，李太太如何確保先生不會死在家裡。死者服下毒藥後很有可能當場身亡，犯案嫌疑人當即無所遁形；但正因為死者不是死在李太太家裡，才會讓案情陷入迷霧之中。」

「果然案件關鍵是遠距離投毒方式，怎麼辦？我竟然有些小興奮……」伍鳳摩拳擦掌，像等候偶像登上歌臺的小粉絲。

「投毒方式太多了，有警方提及的在食物下毒，也可能在暗器或門把抹上毒藥……要解開李太太的下毒方式，必須弄清楚李金財生前的最後動向。」

「這我可以回答，」伍鳳快速翻開筆記本，「李金財案發當天睡到十點才起來，吃了早餐就出門到辦公室和羅輝煌簽署股票轉讓書，完成商談後結伴到旺來海鮮酒樓吃大餐，晚上十點四十五分回到情婦的住處，隔天發現陳屍在廁所。」

「那，伍鳳覺得李太太怎樣投毒？」

伍鳳果斷搖頭。

「是有個辦法能讓李金財在特定時間服下毒藥，就像惡魔的耳語一樣，阿琳還沒想到嗎？」蘇店長看了阿琳一眼，眼神流露出失望。

怎麼無端端問起我了？阿琳碎碎念，聯想蘇店長不說廢話，一定有什麼是自己知道而伍鳳不知道，那不就是醫藥知識嗎？

「莫非在死者的藥物中下毒？我明白了，在特定時間服下藥物，避開在家毒發身亡的風險……」阿琳的聲線激動得有些顫抖。

蘇店長輕輕敲了桌子，打斷阿琳的發言，「要知道兇手的投毒方式，必須釐清幾個小謎團。一，李金財在旺來海鮮酒樓滿身大汗，無辣不歡的他竟然罕有地無法忍受辣；二，為什麼李金財過於頻密地上廁所？三，為什麼李金財帶著紅色環保袋進廁所，裡面裝著什麼重要東西？我說到這麼明顯，妳們也該醒覺吧？」

兩女互望一眼，有默契地搖頭。

蘇店長呼了一口氣，要伍鳳找出死者的藥物列表。伍鳳從文件夾找出一張紙，送到他面前，內容如下：

美托洛爾100毫克，一天兩次（飯後）
坦索羅辛0.4毫克，一天一次（晚）
呋塞米40毫克，一天一次（白天）
耐適恩錠40毫克，一天一次（飯前）
氫氯噻嗪50毫克，一天一次（白天）
萘普生550毫克，一天兩次（飯後）

阿托伐他汀40毫克，一天一次（晚）
因速來達胰島素50單位，一天一次（晚）
愛速基因人體胰島素50單位，一天三次（飯前）

阿琳盯著藥單默默思索，處方箋藏著什麼祕密？

「藥單上有兩種利尿劑，通常都是白天服用，晚上服用會頻尿，所以不建議晚上服用，然而晚餐時段不會受到早上的利尿劑影響。死者過於頻尿，難道是其他原因導致……慢著，頻尿多汗好像在哪裡聽過。」阿琳喃喃自語好一陣子，眼前閃過一道智慧之光，「我知道了，沒想到還有這樣的投毒方式，這是多麼可怕的點子啊！」在旁的蘇店長認同地點頭。

「阿琳，妳們兩人不要再眉來眼去，快告訴我李太太是怎麼下毒！」伍鳳緊張兮兮地大力抓著阿琳的手肘，像大力搖晃船槳的漁夫。

阿琳暗罵幾聲，匆匆梳理撥亂的頭髮，手忙腳亂地說：「一開始困擾我的是，三氧化二砷明明是注射藥物，哪能和藥丸膠囊扯上關係，藥水倒有可能，隨著蘇店長給的提示，我才意識到最可行的方法就是注射毒藥進胰島素藥瓶裡，死者注射胰島素時，也就注射三氧化二砷進身體。」

伍鳳有聽沒懂，呆滯地望著阿琳，她繼續解說，「李金財頻尿多汗，考量到他身體的毛病，多半是糖尿病的影響，沒錯，血糖過高的情況下將會衍生『3P』問題。」

「『3P』？沒想到會從阿琳口中聽到這麼沒水準的話。」伍鳳腦海浮現出兒童不宜的酒店奇譚。

「我不知道你說什麼啦，『3P』是多尿、多喝和多食[26]，還有異常出汗的情況，正是李金財出現的症狀。環保袋裡的物件也呼之欲出，當然就是胰島素注射器！黃色胰島素必須在飯前半小時注射，他一時忘記，直到身體出現高血糖症狀，才急忙去廁所注射。」

伍鳳努力消化糖尿病的知識，雙眼空泛無神，像考試不及格的應考生。

「順道一提，綠色胰島素是臨睡前一小時注射的，而黃色胰島素是飯前半小時注射，一天必須注射三次，這意味著李太太在胰島素藥瓶添加毒藥的機率比較高……咦，好像有些不對勁，菲尼斯，警方在死者身上找到裝有毒藥的藥瓶嗎？」阿琳說到一半就搖擺不定，懷疑自己的說辭。

伍鳳檢查資料後搖頭。

阿琳托著下巴說：「真奇怪！如果死者身上找不到裝有毒藥的藥瓶，死者注射毒藥後，那藥瓶跑哪去了？死者不可能自行善後，莫非在座的羅輝煌或旺來海鮮酒樓的員工收了李太太的好處，成為幫兇？」

蘇店長伸手打斷阿琳的胡思亂想，「這宗案件沒有幫兇，就算不在死者身旁，也有

[26] 3P 是統稱，指多尿（Polyuria）、多喝（Polydipsia）和多食（Polyphagia）。

辦法處理藥瓶，這裡有兩個提示。一，死者身上留下的胰島素藥瓶；二，侍應生說李金財走進廁所隔間後，聽到東西掉進垃圾桶的聲音，第一次是玻璃聲，第二次是比較微弱的金屬聲。」蘇店長再拋出兩個提示。

伍鳳翻查死者藥物的資料，得出以下資訊：「遺體隔間內有兩瓶胰島素，分別是黃色和綠色，筆芯各有300單位的胰島素，黃色胰島素剩下288單位，青色胰島素剩下98單位……這是蘇隆毅口中的提示嗎？」

阿琳見蘇店長微微點頭，就開始往胰島素藥瓶的方向思考。

「結合兩個提示的話，不難猜出侍應生聽到的玻璃聲是胰島素藥瓶掉在垃圾桶的聲音，金屬聲自然就是針頭了，兇手如何掌控死者將筆芯丟棄的時機……天啊，用完不就是丟棄的最佳時機！」阿琳思索一會兒，終於明白蘇店長的提示。

伍鳳呆呆看著激動得無法自已的阿琳。

「死者身上的黃色胰島素藥瓶剩下288單位，死者每次的注射劑量是50單位，而每瓶是300單位，不過用了區區12單位，意味死者注射一半將上一瓶胰島素用光，才開了新的一瓶，更仔細的說法是，這瓶新的胰島素用了12單位，那麼上一瓶胰島素至少注射了38單位進入身體，也就是38單位的砒霜。」

蘇店長嘴角微微上揚，「阿琳能推斷到這算不錯，要補充的是，早餐和午餐時段也必須注射胰島素，每次50單位，這意味著死者當天的砒霜注射量可能高達138單位以上。

針頭方面有兩個可能，一，李太太深諳死者注射胰島素後會丟棄針頭；二，為了節省針頭的費用，某些病人使用針頭三四次才丟棄，或許李太太計算到晚上的胰島素是針頭的第四次注射，李金財會依照習慣丟棄針頭——但，我是傾向第一個說法。

「總而言之，只要好好調整毒藥的份量，李金財會依照慣例丟棄用光的藥瓶和針頭，如此神不知鬼不覺地下毒，警方自然無法在剩餘藥瓶和針頭上找到毒藥蹤跡。」蘇店長做了小結。

早已不在狀況的伍鳳無奈舉起手，像落敗的士兵揚起白色旗子。

「我只明白李太太將充足的毒藥份量加進死者的藥瓶就完成毒殺行動，對嗎？只要在酒樓男廁找到含有毒藥的胰島素藥瓶和針頭，就能作為證據將李太太逮捕！」

「對，但事情已經過去兩個星期了，餐館不可能這麼久都沒處理垃圾袋吧……」阿琳嘆了一口氣。

伍鳳像發現什麼大事，躊躇了好一會兒，才支吾道：「既然整理出李太太的下毒過程，為什麼蘇隆毅還堅持李太太無罪？」

這一說連阿琳也糊塗了，店長早知道謎團真相，何必和她吵上一架，就算是腦殘粉此時此刻也不會盲目護航吧？阿琳猜測店長後期才得出謎團真相，正當兩女以為店長開口解釋，卻聽見難以置信的話。

「李太太是無罪的。」

他們三人相對無言，任由茶坊的輕柔音樂在空氣緩緩飄散，尷尬宛如化身傾巢而出的蜂群，密密麻麻在三人身邊找尋獵物，三人連呼吸都不敢太用力，每分每秒流逝的時間都變得立體刺人。

伍鳳正要發難，蘇店長搶先開口，「我明白妳們的疑惑，這也是為什麼我從李太太的下毒方式開始解釋，如果屬實，那她就不是毒殺李金財的兇手。」

這句話像拋向湖水的石頭，泛起陣陣漣漪，伍鳳沉不住氣，拍桌子大嚷，「什麼鬼話，這下不要說阿琳不服氣，我也聽不下去，你分明是偏袒李太太！」

「就是知道妳們會有這樣的反應，我才花時間解釋胰島素的注射過程。」蘇店長聳聳肩，「回到砒霜的藥物特質，妳們知道必須注射多少砒霜才能殺害成年人嗎？」

「你看扁我沒做功課是不是？經過這幾天的資料搜尋，本小姐說得上是砒霜達人。」伍鳳快速查找筆記本，找出砒霜中毒量的那頁，「三氧化二砷中毒量為5毫克至50毫克，致死量為100毫克至200毫克，你不是說李金財通過胰島素注射器注射了至少138單位以上的砒霜，不就足以致死嗎？」

「聽起來靠譜，但你的說法建立在1單位相等於1毫克的情況下。」

在旁沉默已久的阿琳聽到店長的提示後，在紙上簡單演算，得出答案。

「店長說得對，如果李金財按照平時的注射量，不可能會毒死……」

阿琳聲線顫抖，在旁的伍鳳「咦」了一聲，「以胰島素為例，相信菲尼斯記得每瓶筆芯有300單位，容量卻是3毫升，這意味1毫升有100單位的胰島素，更進一步的說法，0.01毫升就有著1單位的胰島素，說到這能跟上嗎？」

伍鳳應了一聲，像課堂上不懂裝懂的小學生。

「李太太把砒霜注入胰島素空瓶，算準138單位，也就是1.38毫升的砒霜，問題出現在這，1.38毫升砒霜是多少藥量的砒霜？」

「不就是138毫克的砒霜嗎？」伍鳳的眉毛依然深深地糾纏在一塊。

「不是這樣，警察在西藥房找到毒藥安瓿時，碎碎念說出10毫克什麼10毫升什麼，我一開始沒放在心上，聽了菲尼斯說的砒霜致死量，和胰島素的注射方式，才聯想到事情全貌。」

「能不能請你簡單明瞭地解釋，我沒什麼耐心了。」伍鳳眉頭皺得幾乎打成蝴蝶結了。

「好，好，好，警察找到的三氧化二砷安瓿的藥量是10毫升裡有10毫克，這意味著1.38毫升只有1.38毫克，遠遠不如100毫克的致死量，就連5毫克的中毒量也有一段距離。或許菲尼斯好奇有沒有濃縮藥物的做法，理論上可以辦到，只是必須擁有嚴密的器材設備，也必須有著至少十罐的安瓿，也就是致死量的100毫克，根據蘇店長剛剛的說法，該醫院不過失竊了三瓶安瓿，就算全數注射進去李金財的身體，也不會有任何中毒現象。」阿琳有條有理地解釋。

「這就是我堅持李太太無罪的原因。」蘇店長補充一句。

你來我往的唇槍舌戰宛如百年城牆淪為廢墟，伍鳳深深吸了一口氣，語氣無奈，「那，討論了這麼多，不過屁話一場？」

蘇店長眼神更為嚴肅，輕輕靠在椅子，語調平和地說，「不就說了，要講解李金財命案，必須從頭好好說起，現在總算進入正式的解答篇。」

——

「既然了解李太太不可能用三氧化二砷毒殺李金財，那麼死者如何死去？不要忘記，現場有三氧化二砷的蹤跡，以及在死者遺體中檢驗出微量毒藥，因此才會往砒霜毒殺案的方向調查，誰有能耐將李金財毒殺？」

兩女很有默契地搖頭。

「要知道李金財中毒的途徑，得從他的改變說起。

「一，一年前對太太冷淡和不再行房，三個月前更是變本加厲，李太太提到他的褲子略顯鬆弛；二，情婦紀小姐提到三個月前，不煙不酒的李金財開始煙酒不離手，順道一提，兩人沒有肌膚之親；三，盧廠長曾經和李金財大吵一架；四，李金財同事提及他這三個月性情大變；五，李金財無緣無故將股票轉讓給羅輝煌。好好想想這幾點，就能得到答案。」

兩女努力思考一會兒，還是搖頭。

「唉，妳們知道死者的工作是什麼嗎？」

「不就是陶瓷製作廠的生產線主任？」伍鳳迅速回答。

「那妳們知道砷在陶瓷製作廠是很常見的化學用品嗎？」

「什麼？」兩女異口同聲大嚷。

「砷除了醫藥用途，也有不少工業用途，是陶瓷的脫色劑，也能讓陶瓷產品變得閃亮，是陶瓷工作廠不可或缺的化學品。」蘇店長機械地說出一堆話。

「你的意思是有人利用工廠的化學用品犯罪？那兇手豈不是李金財的同事或上司？」伍鳳推了推額頭，像偵探大師在故作玄虛。

「零分。」蘇店長木然地說道。

「李金財是服毒自殺？」阿琳遲疑地說。

「零分。」蘇店長回應。

三人僵持了好一會兒，蘇店長才說出正解。

「妳們沒發現關鍵字眼是『三個月前』嗎？三個月前，李金財褲子變得寬鬆，不就意味著體重下降，藥單有胃痛藥物，加上和廠長的激烈爭吵，所有線索牽引出的結論只有一個——在前線工作的李金財，常年接觸化學用品，導致慢性砷中毒。」

阿琳愣了一會兒，舉手發問，「慢性砷中毒會死人嗎？」

「難說，人人對砒霜的耐毒能力不一樣，加上李金財身體毛病不少，絕對是一大威脅。這麼一來，就能解釋他一連串不自然的行為。他開始煙酒不離手，想趁死前享受煙酒的滋味；轉讓羅輝煌股票，是為了套現現金。」蘇店長看了她們一眼，「這是李金財身體檢驗出砷成分的真相。」

兩女同時吸了一口氣。

「沒想到是工作意外，看來這間工廠不是什麼正當人家，應該能寫出不錯的報道！」伍鳳得瑟地翹起腿來。

「還沒說完。」蘇店長挺直身子，調整坐姿，「妳們不好奇為什麼李金財偏偏在李太太決定下毒的那天死掉，間接讓她誤會是自己下的毒手，從而做出一連串的不自然舉動，讓警方懷疑到她的頭上？」

「只能是她不幸運……難不成有人可以操縱李金財什麼時候死去？」伍鳳眼睛發亮，像黑夜裡的綠色貓眼。

「根據警方的調查，醫院失竊了三瓶三氧化二砷安瓿，我們來算算李太太用了多少瓶。一瓶注射進胰島素藥瓶，另一瓶放在西藥房試圖嫁禍給我。」蘇店長感受到兩女投來的同情目光，停頓一會兒，皺著眉頭繼續說下去，「那麼剩下一瓶在哪？」

「蘇隆毅不說，我還沒發現，自然就在李太太手上囉。」伍鳳輕輕點了朱唇。

蘇店長搖頭，「任務既已完成，還存放身上，難保警察不會搜查屋子，不如乾脆放兩瓶在西藥房冷藏櫃不就更好？」

「不在李太太手裡，應該是醫院點錯數目！」阿琳激動地搖晃雙腳。

蘇店長依然搖頭，「還有第三個可能——第三者拿了第三瓶安瓿。」

兩女掉進沒有出口的迷宮，著急地團團轉，異口同聲問道：「這人是誰？」

「這人必須符合幾個條件：知道李太太的丈夫是誰、經常在私人醫院出入、知道三氧化二砷是怎樣的藥物、和死者有近距離接觸……妳們有想到合適人選嗎？」

電光火石之間，伍鳳腦海停擺已久的船隻，因再度揚起飛向大海的船帆呈現完美弧度的形狀，讓船身逆風飛馳。

「原來是她，正好符合蘇隆毅說的所有條件！」伍鳳興奮地指著筆記本上的嫌疑犯——紀芬恬。

沒錯，殺害李金財的人是紀芬恬，意圖嫁禍給李太太的人也是她。

「太可笑了，紀芬恬恰好是本案第一發現者，沒想到最先發現屍體的人就是真兇，這下要警方把面子放在哪裡？」

「這就是犯人設下的心理陷阱。紀芬恬在私人醫院工作，多次見到李太太出現在醫院探訪母親，隱約認出她是李金財的夫人，再從病患資料就能確認她的身分。她目睹李太太偷藥，心知肚明她要利用包裝成現代藥物的古代毒藥下毒，下手對象很大可能是在外金屋藏嬌的李金財。

「她一直等著李太太下手的時機，直到那天李金財從海鮮酒樓回來，身體狀況一團糟，根據她在醫院工作的經驗，很快確認李金財正處於血糖過高的危險情況，而李金財平時不曾忘記注射胰島素，血糖處在良好水平，懷疑李太太把胰島素換成三氧化二砷。只要李金財死於非命，其身上的毒藥瓶自然指向李太太，可惜李太太設計了讓李金財丟棄藥瓶的圈套，使她的奸計無法得逞。」蘇店長說完一大段話，喝下一口花茶。

伍鳳默默消化了好一會兒，皺起眉頭問道：「紀芬恬拿了三氧化二砷的用意是什麼？」

「當然是嫁禍給李太太，更準確的說法是，提醒警方李金財死於砷中毒。紀芬恬知道兩瓶藥量不足以毒死成年人，可是眼前有這大好良機，李太太誤以為自己毒死丈夫，一定會露出破綻，於是紀芬恬把心一橫，將李金財殺害。」

伍鳳雙手打叉，打斷蘇店長的話，「慢著，驗屍報告清楚寫著死者表面沒有可疑傷痕，身體也沒檢出其他毒藥成分，不可能是其他的謀殺方式。」

蘇店長搖頭，「現場不是有就算出現在死者體內，也不會遭人懷疑的毒藥嗎？」

伍鳳碎碎念哪有這樣的怪事，在旁的阿琳雙唇顫抖，以沙啞的嗓子說，「胰島素。」

蘇店長讚賞地點點頭，「這就是李金財命案的真相，看似砒霜毒殺案，實則胰島素過量致死。」

「不是糖尿病患者的兇手，怎麼可能隨時隨地帶著胰島素？」伍鳳提出疑問。

「兇手使用李金財的胰島素就行了。」

「胰島素為什麼可以拿來殺人？」伍鳳繼續追問。

蘇店長向阿琳使了個眼色，阿琳點頭，回答伍鳳的問題，「注射大量胰島素會導致血糖過低，有著一系列的連鎖反應，足以致命……」[27]

伍鳳一怔，又想到其他問題，「我明白注射大量胰島素的危險，但還是不對啊，這麼一來，李金財胰島素藥瓶裡的藥量會不夠，我記得黃色胰島素是288單位，青色胰島素剩下98單位，黃色胰島素經妳剛才的解說，毫無疑問沒人再動手腳，難不成是注射青色胰島素？但不是藥劑師的我，都知道青色胰島素是中效型胰島素，注射後要過兩小時才開始起作用，不可能有即時殺人的功效。」

蘇店長聳聳肩，攤手道，「以下是我的猜測。紀芬恬用了黃色胰島素，即是注射三十分鐘後起作用的短效型胰島素。假設她注射100單位的黃色胰島素，藥瓶自然而然便從288單位剩下188單位，大可放置不理，但她清楚這是李太太的詭計機關，平白少了大量藥物會引起李太太的疑心，注射完畢後，再用針筒注射自來水到胰島素藥瓶裡，填補至原有水平。」蘇店長在白紙上畫出胰島素藥瓶的構造。

這下連阿琳也明白，就算警方事後化驗死者身邊的胰島素藥瓶，也只會驗出藥瓶沒有可疑物質，如果沒發現胰島素變得稀化，就不會發現胰島素曾遭人動用。納悶的是，

[27] 低血糖（Hypoglycemic），指血液糖分低於正常水平，通常服用過量的治療糖尿病藥物，一些特定情況如內臟問題、長時間飢餓或服下大量酒精等等，也有血糖過低的情況，初期症狀包括飢餓、盜汗、顫抖、嘔吐或說話困難，情況若持續下去，將導致失去意識、癲癇，甚至死亡。

如果紀芬恬早早準備胰島素，就不必利用死者的藥物，平白增加自己的嫌疑，由此可見，這次的謀殺計畫是臨時起意，不想白費這得來不易的良機，短短時間就想出這麼可怕的殺人計謀，真不能小看婦女的怨恨啊。

蘇店長聳聳肩，清了清喉嚨，「讓我再次整理李金財的臨死情況吧！案發當天，他完全沒注射胰島素，身體處於高血糖狀態，但死者平時也服用利尿劑，誤以為高血糖的頻尿症狀是藥物影響。晚上喝下大量酒精飲料，引起嘔吐症狀，身體流失不少水分和鹽分，是常見的『電解質不平衡』[28]。在這情況下若注射大量胰島素，會導致激烈嘔吐，身體鹽分也會更快流失，心律失常，繼而心跳停止。紀芬恬把死者的頭塞進馬桶裡，讓嘔吐物堵塞呼吸管道，成了驗屍報告裡的複雜死因。」

如此複雜的死因，蘇店長竟然能道破玄機，伍鳳當下只想拍手讚好。

伍鳳歪頭思索，以尖銳的聲音提問，「你提及紀芬恬盜取第三瓶三氧化二砷，是為了嫁禍給李太太，我還是看不出她用在哪裡……」

「欸，這還不明顯嗎？紀芬恬把第三瓶三氧化二砷倒進馬桶裡，誤導警方往砒霜毒殺案的方向調查。或許紀芬恬盜取時也沒想到這一步，只是收在身邊備用，確認李太太利用三氧化二砷犯罪，才打出這麼一手好牌。」

「紀芬恬八九不離十是謀殺李金財的真兇，可是我記得李金財死在上鎖的廁所，犯人怎能將廁所從裡面反鎖？」

[28] 電解質不平衡（Electrolyte Imbalance），與心臟神經系統、體液平衡等身體機能息息相關。

蘇店長在白紙上畫出扣門門鎖的形狀，「伍警探展示給我的案發現場照片，清楚拍下廁所扣門式門鎖撞飛在地的狀況，塑料質地的門鎖，竟然一點折損痕跡也沒有。妳想想，激烈碰撞下，門鎖就算碎成兩半也不出奇。」

伍鳳從文件夾拿出廁所門鎖的照片，正如蘇店長所說，掉在地上的廁所門鎖遭撞飛後，仍然完美無缺。

「這一點說明塑料門鎖曾遭掉包，我推測過用繩索將門暫時綁緊而無法開啟，但風險太高了。警方的現場調查報告寫著，『工人房廢棄一段時間，連門鎖也壞了，依靠金屬扣門鎖從內側關門』，我隱約覺得這是紀芬恬犯案的關鍵道具——沒錯，紀芬恬將廁所的塑料扣門式門鎖和工人房的金屬扣門式門鎖對換。」

兩女雙眼圓睜，櫻唇微開，毫無接話的意思。

「妳們這下連腦子也懶惰動了？對換門鎖的意義何在？金屬比起塑料多了個特質，就是會受磁力影響。沒錯，紀芬恬使用磁鐵，從門外將金屬扣門往上推，完成上鎖過程，這手法能成立，因為廁所摺疊門是薄薄一層的廉價質料。順道一提，我相信紀芬恬使用的磁鐵是貼在冰箱門上的紀念金屬片。」

伍鳳點頭如搗蒜，快速記錄在筆記本上。

「隔天早上，紀芬恬找保安撞開廁所門，趁保安衝出房子撥打電話，將撞掉的金屬門鎖裝回工人房，並把拆下的塑料門鎖丟在廁所一角，在門口若無其事地等待警方到來。」

阿琳在旁點頭，心想這密室手法太簡單啦，推理迷看到還不丟書大罵胡鬧！以為毒殺扯不上密室詭計，卻忽略了簡易的障眼手法，叫人無法相信。

「好，我清楚明白紀芬恬殺害李金財的手法，但更重要的一點是，紀芬恬為什麼要殺害李金財？」伍鳳瞬間散發耀眼光芒，雙眼盡是熾烈燃燒的記者熱血魂。

蘇店長搖頭揮手，「剩下的就交給警方或記者去追蹤吧，我一丁點興趣都沒，我不過是普通的藥劑師，沒尋根究底的必要。」說到一半，蘇店長臉色變得嚴肅，像生人勿近的猛獸，「既然我把妳想知道的東西都說出來了，作為回報，妳就不要寫李太太涉嫌謀殺親夫，畢竟人不是她殺的。」

兩女這才明白蘇店長積極解謎的原因，意外發現他也會表露出情緒波動的一面。

伍鳳不假思索地點頭。三人不再討論案情，安靜喝完早已變冷的花茶，花瓣安靜地浮在茶面上，像斷翅的蜻蜓，失去翱翔天空的權利，泛黃了誰的笑靨。

——

三天後，《八卦雜誌》刊登轟動全城的報道，內容是李金財命案的真相，巨細靡遺地描繪兇手如何毒殺李金財的過程，也如伍鳳答應蘇店長般，隻字不提李太太牽涉其中，也揭曉紀芬恬謀殺李金財的原因。

紀芬恬前夫是旺來海鮮酒樓的前老闆，丈夫投資失利，找了老友李金財求救，但他一口拒絕，丈夫因此把酒樓低價出售，仍然無法還清債務，萬念俱灰下上吊自盡，一大筆債務落在紀芬恬肩上。李金財這時才伸出援手替寡婦解決債務，並提出要她成為情婦的交易。紀芬恬悲憤不已，怨恨李金財垂涎她的美色才為難死去的丈夫，毫不猶疑答應他的要求，實則暗地裡謀劃將這人面獸心的男人殺害。同一時間，紀芬恬也暗中報復趁火打劫的林旺，偽裝成客戶投訴旺來海鮮酒樓的食物不清潔——自丈夫過世，她的餘生都是為了復仇。

紀芬恬調查李金財的生活圈子，發現他的生活圈子平平無奇，煩惱著無法捉到他的把柄，直到在醫院撞見李太太偷藥一幕，才擬定殺人計畫。

阿琳深深吸了一口氣，沒想到正如蘇店長說的紫色菊花的花語——寡婦的悲哀，就是案件的真相。

閱畢雜誌，阿琳還是隱約覺得不對勁，一時又說不出什麼問題。

在後的阿凱大力拍了阿琳的肩膀，大聲呵斥，「阿琳，妳越來越放肆，現在還學會買雜誌在店混日子，好的不學學那莎拉！」

看著雜誌搖著小腿的莎拉，聽到阿凱的辱罵，氣沖沖地走到她面前，大嚷：「我又哪裡得罪妳了？明明沒顧客，而且讀著店長的醫藥雜誌，想學些醫藥知識，又有錯嗎？」

我們所見的未必是真相——他們的對話如雷貫耳，讓阿琳的腦海浮現問號，那就是李金財真有紀芬恬或李太太想像中那麼不堪嗎？李金財只要求紀芬恬在周末見面，並沒過火的要求，也在死前和同事冰釋前嫌，死後把遺產留給李太太，解決她的燃眉之急，足以證明他有擔當的一面。

阿琳滿腹疑惑，一時無法宣洩，本想找蘇店長問個明白，但他今天老早就下班。阿琳看了日曆一眼，原來今天是星期六啊。

——

黃昏民歌餐廳裡仍是一片昏暗，躲在角落就能輕易和牆壁融為一體，聽著慵懶的爵士鋼琴樂，緊繃的心慢慢放鬆，身體的芯也暖和起來。這樣的氛圍適合說些心事，越是隱祕，越是無所遁形。

「隆毅，你有沒有看到雜誌報道，提到我丈夫的情婦才是殺害丈夫的真兇，真可怕的女人！」張婉妮拿出八卦雜誌，語氣輕鬆地講述本該沉重的命案。

怎麼說得與自己毫不相關，蘇隆毅心裡最後一絲的仁慈也像紅酒裡的冰塊融化了。

蘇隆毅盯著她好一會兒，嘆了一口氣，「要不是妳失手了，現在進監牢的人是妳。」

張婉妮手中的雜誌掉到地上，像聽到遠方的槍聲，聲線顫抖地道，「我不明白隆毅的意思……我知道了，你一定聽信流言說我毒殺丈夫，這是誣告！如今警方緝拿那女子歸案，不就是最好的證明嗎？」

蘇隆毅原本神情木然，看到張婉妮美麗的臉龐瞬間變得如怪獸般猙獰，表情也隨之嚴肅，「這要從我們重逢那天說起。那天妳離席到廁所一趟，手提袋不小心掉下，裡面的書本也隨之跌落，我幫忙撿起時，看到是毒物研究的資料書，文學系出身的妳對理科知識不感興趣，不會買這類書籍。一開始我沒放在心上，以為是妳買給其他人。隨後妳說起張媽媽目前接受化療，提到三氧化二砷，並對這藥物的背景產生極大興趣，我有種不好的預感——妳對這藥動歪主意。」

「我沒有！」張婉妮一邊擦著眉毛，一邊反駁。

蘇隆毅的聲音低沉而有穿透力，迴繞在吵雜的餐廳裡，「或許妳不曉得，當妳煩躁不安時，就會擦擦眉毛，那時是，現在也是，任何情況都是。」

張婉妮震驚得像半截木頭愣愣不動，任由蘇隆毅繼續說下去，「那時我在想，要是妳使用三氧化二砷毒殺丈夫，一定會搜尋不同的藥理資料，包括致死藥量，我不能任由妳誤入歧途，引導妳往胰島素的方向前進，暗示可將三氧化二砷加在胰島素藥瓶裡，最後……故意告訴妳胰島素注射器一個注射單位是一毫克。

「我深諳婉妮妳不擅長數學計算，對藥物劑量也一無所知，才會使出這讓毒殺計畫失敗的手段。」

張婉妮面紅耳赤，像被踩到尾巴的野貓，用尖銳的聲音喊出：「原來是你破壞我的計畫！」

「妳現在還冥頑不靈，難道不知道自己是多麼愚蠢嗎？」

張婉妮翹起左腿，不滿地瞪著蘇隆毅，卸下過往的乖巧面具，滿臉戾氣，「哼，隆毅你不清楚就別自以為是，你根本不知道李金財對我多麼殘忍，這一年待我如同隱形人，不過也真要感謝你，要是警方查出是我下的毒，這輩子恐怕得在監牢度過了。」張婉妮狡詐一笑。

「李金財這一年對妳這麼冷淡是有原因的。」蘇隆毅搖頭，從口袋拿出一張紙，上面是一堆藥名，「這是李金財生前的藥單，看出什麼問題嗎？」

美托洛爾100毫克，一天兩次（飯後）
坦索羅辛0.4毫克，一天一次（晚）
呋塞米40毫克，一天一次（白天）
耐適恩錠40毫克，一天一次（飯前）
氫氯噻嗪50毫克，一天一次（白天）
萘普生550毫克，一天兩次（飯後）
阿托伐他汀40毫克，一天一次（晚）

因速來達胰島素50單位，一天一次（晚）
愛速基因人體胰島素50單位，一天三次（飯前）

張婉妮接下紙張後，狐疑地看著蘇隆毅。
「這藥單是李金財必須長期服用的藥物，卻有足以影響李金財私生活的副作用。」
張婉妮聽到「副作用」，驚奇得連嘴巴都合不上。
「說到這，妳大概也心裡有數，沒錯，好幾個藥物包括美托洛爾、坦索羅辛、呋塞米和氫氯噻嗪會導致性無能，加上李金財的三高問題，這情況更是變本加厲。現在妳該明白為什麼丈夫對妳冷淡，他為性無能感到自卑，不敢向枕邊人傾訴心事，才讓妳誤會他變心。」
張婉妮呼吸急促，臉色一霎時地刷白，還是強作鎮定地回應：「你不必替這臭男人找藉口，他在外頭有女人是不爭的事實！」
「不，根據紀芬恬的說法，李金財從沒對她做過逾矩的事情，就只是聊天打發時間，由此可見，李金財為自己害死紀芬恬的丈夫感到羞愧，就用比較婉轉的方法幫助他的遺孀度過難關，只是沒想到這舉動會害死自己。」
「我不信，我不信，為什麼他不早點和我說……」張婉妮說到後來已經泣不成聲，將臉埋進雙掌，激動得連桌子也隨之晃動。

蘇隆毅無法抗拒女生的眼淚，想起五年前分手的場景，陷入事業危機的他一蹶不振，說了很多傷害張婉妮的話，讓所愛的人終日以淚洗臉，蘇隆毅不忍再看見她的眼淚，就在下著滂沱大雨的街頭向她提出分手。

無法給她快樂，至少不要再給她傷心的回憶。

窗外下起了雨，雨水斜斜地傾落在街道上，風勢大得幾乎快吹倒緩慢行駛的自行車。很快地，蘇隆毅的視野裡，只剩下一條冷冷清清的橙色街道，模糊人影在積水上來回疾走。

像那天分離的雨天。

第三話：請保持社交的距離

常年如夏的氣候，就算躺在家什麼也沒幹，都會落個滿頭大汗，更別說是在外頭奔波的人。我們因何終日忙碌？這念頭無時無刻浮現在現代人的腦海。是為三餐溫飽，還是為了追逐夢想，或想儘可能地在這庸俗的世界，庸俗地活下去。身上穿著的制服，是社會監牢的囚服，我們戴著不同的面具說謊，也開始有人開始在口鼻前掛上藍色布塊，玲瓏剔透的表情迅速隱沒在黑暗之中。

——阿琳一開始以為路人戴上口罩，是最新的時尚搭配，直到越來越多人步入西藥房，口罩的需求量隨之提升，連便宜西藥房一蹶不振的生意也一併帶旺起來，她才後知後覺口罩也有熱銷的一天。

阿琳站在收銀臺前，盯著絡繹不絕的顧客人潮，忙碌得連坐下的時間也沒，人人幾乎都為口罩和消毒液而來，據說其他店家的口罩迅速完售，顧客沒有選擇下才來這間公認不便宜的便宜西藥房，一知道這裡口罩有庫存，消息迅速在社交網路群組流傳，隨之掀起搶購熱潮。

戴著藍色口罩的馬來男子，帶著藥物樣本，說著一口流利的英文，要相同藥物和一盒口罩，實習藥劑師阿琳快速從藥架領取相關藥物。阿琳拿著一包口罩，一面是青色，另一面是白色，熟悉的口罩卻是不一樣的包裝，心生疑惑，往養生產品架子駐站的莎拉喊話，「欸，莎拉，怎麼口罩現在這種包裝了？」

「哦！上星期店長說最近口罩貨源不夠，要我們把五十片裝的口罩分拆十片，阿琳那時剛好放假，真是忙死我了。」莎拉一臉不滿。

阿琳尷尬一笑，「這樣啊……商品代號呢？」

「店長說用回以前的就行啦。」在奶粉架子駐站的阿凱回話。

阿琳盯著螢幕的出售單位——「盒」，就果斷按下。

「先生，你好，一盒口罩，一個氣霧劑，一排藥粉膠囊，收你一百塊，謝謝。」

「比我聽說的還貴？」男顧客露出驚訝的表情，活像聽到什麼不得了的消息，在櫃檯前咳起嗽來，就算戴著口罩，阿琳仍然隱約嗅到臭煙味，他不好意思地低頭致歉。

「這一批的口罩是美國進口！」莎拉幫忙回答，向阿琳比了大拇指。

男顧客嘆了一口氣，收下收據就拂袖離去，阿琳盯著男子的背影，發現他手戴橡膠質料的藍色手套，心想正常人會戴手套出街嗎？不修邊幅的他看起來又不像潔癖患者。

「下一位顧客！我有什麼能幫上忙的嗎？」

「除了口罩，本店也推薦使用這產品……」

「維他命才是提高免疫力的神奇寶貝！」

三名店員奮戰了一整個早上，好不容易解決蜂擁而至的人潮，如鐵塊般的疲憊感壓在肩膀，雙腳一軟，三人有氣無力地靠在椅子上，一動不動，像剛跑完幾十公里的馬拉松賽事。

「店長真會選日子休假，今天太瘋狂啦，上次咳嗽藥水大賣，這次輪到口罩，難不成本店走運了？」莎拉摸著蓬鬆的長髮，無精打采地說。

「還不把倉庫的口罩拿出來？不然顧客看到沒貨就走人！我記得裡面還有幾箱，這下不知道來不來得及訂貨……」阿凱瞥了阿琳一眼。

阿凱點開電腦系統，查看今天的盈利記錄，反覆按了幾次，臉上一副困惑的表情，像點算財寶的大財主，喃喃地說：「是不是見鬼了，才過了半天就有兩千塊進賬，明明平時一天有一千塊就要求神拜佛……」

阿琳嘴角一歪，心裡呢喃，今天這麼賣力行銷，單單口罩就賣了十多盒，沒這樣的成績才有鬼！反之口罩暢銷讓她挺在意，口罩一般是醫護人員常用，用來阻擋外來雜質，或佩戴者的呼吸道分泌物，像日本花粉紛飛的季節，為了避免患上花粉症，不得不戴上口罩阻擋花粉，馬來西亞自然沒這必要——果然只能懷疑是傳染病。

「阿凱，為什麼最近口罩這麼熱銷，我沒在網上看到瘟疫新聞啊？」阿琳懸著心提問。

「妳每次只會問，不會自己找答案嗎？」阿凱盯著電腦螢幕，頭也不回地回答，開嘴就是點燃的鞭炮，轟轟烈烈的噪音填滿了便宜西藥房的縫隙，「一年有幾次流感很常見！」

阿琳自討沒趣，心想在馬來西亞少有聽聞流感猖獗的新聞，懷疑像上次咳嗽藥水失竊案，有心人濫用口罩，但口罩不是藥物，除了防護口鼻用途，就沒其他用處。

在旁的莎拉好奇地舉手，「我好奇很久了，其實什麼是流感？」

「流行感冒。」阿琳和阿凱異口同聲道。

「流感和普通感冒又有什麼區別？」莎拉依舊一臉懵懂。

阿凱推了阿琳的手肘，阿琳識相解釋：「提到感冒，大家都會想到頭疼、發燒、喉痛、傷風、咳嗽等問題，症狀來看兩者相似，但病源不同，流感病毒能通過唾液傳染給他人，有必要和流感患者保持距離，和戴上口罩。」

莎拉似懂非懂地點頭，把手機螢幕轉去面向她們，「那我明白為什麼口罩這麼好賣了。」

阿琳好奇接下一看，手機螢幕顯示某社交媒體的頁面，照片是某西藥房貼在門口的告示，寫著：「口罩和消毒液暫時沒貨！」內文是：「口罩供不應求！D市爆發突發傳染病，疑是海外流感！一旦有了感染症狀，請自行隔離十四天，記得保持住家空氣流通。」

阿琳和阿凱面面相覷，為圖文亂象感到吃驚，瞄了莎拉一眼，莎拉答道：「哦，這是當地的社區群組『X市交流站』，有什麼怪事就會在群組迅速流傳，平時多是美食分享或大減價，這星期最紅的就是傳染病恐慌。」

「傳染病？一定是假新聞，若是事實一定會登在報章或電視，像妳這種無知少女才會相信。」阿凱不屑地把手機還給莎拉。

莎拉忿忿不平，「妳嘴巴給我放乾淨一些，我不否認這些新聞有造假的可能，但報章上還不是也有假新聞？更何況要是給人知道在網上散布假消息，人肉搜索一下就會紅遍全國，這懲罰足以讓人身敗名裂。」

阿琳不理會兩女，拿出手機搜索相關新聞，滑到文字媒體的主頁，清楚寫著：社區爆發傳染疾病，衛生局建議出門佩戴口罩，減少戶外活動，請保持社交距離！

阿琳震驚得連話都說不出，躊躇了好一陣子，才向兩女招手，聲線顫抖地道：「莎拉剛才展示的消息成真了……」

阿凱聞言，臉色一變，馬上扭開收音機，在旁的莎拉咧嘴一笑，忙著滑手機，阿琳繼續跟進傳染病的新聞，發現距離幾百公里外，別名為「小堡壘」的P市區，上演萬人祈禱的宗教活動，這項活動牽涉國內外教徒，幾名外國教徒後來證實患上流行感冒，參與這項活動的人陸續出現發熱症狀，懷疑間接傳染他人，這是非常容易傳染的疾病，也就是說參與者都可能感染，無意識傳染給身邊人，成了一發不可收拾的社區災難。

隨著多名出席者確診，衛生局遲遲沒有動作，相信還無法確定病源，模棱兩可的聲明只會引發大眾恐慌，但小道消息早就傳遍社交群組，連通信群組也像重症糖尿病的一連串問題，從頭到尾都是密密麻麻的驚嘆號。

這就是掀起口罩和消毒液搶購熱潮的原因，阿琳越讀越是驚奇，這時門鈴響起，女顧客快步來到櫃檯前，表情像喪屍張開利齒般猙獰可怖，阿琳認出她是剛剛消費離開的顧客，手上的便宜西藥房袋子讓她大感不妙。

「這位顧客，我能幫上什麼嗎？」阿琳嘴角上揚，如往常般問候。

沒想到顧客迎面就是一記痛擊，「妳們這間是不是黑店？買一小盒口罩和消毒液都能要價五十塊？現在口罩這麼搶手，你們竟然趁火打劫，做生意也不是這樣沒良心吧？」

這句話狠狠掃了在場三女的臉頰，她們急忙地查看女顧客手上的收據，確認是本店的收據，寫著一盒口罩和一瓶消毒液——電光火石之間，阿凱明白這件烏龍事情是如何發生的。

阿凱當機立斷向顧客鞠躬，賠笑道，「這位顧客，非常抱歉，這店員是新人，不小心輸入錯誤，多算你一些錢了，我這就把多收的錢退還給你，希望你不要放在心上！」

阿凱從收銀臺拿出幾張十塊鈔票，拉著二女向顧客賠不是，顧客這才不發作，嘮叨幾句下次要小心，才轉身離去。

阿凱狠狠瞪了阿琳一眼，指著收據，「阿琳，妳又闖禍了，這次的禍不是說道歉就能解決，西藥房的臉都給妳丟光了！」

阿琳臉色蒼白，不知道自己犯了什麼錯，直愣愣地盯著收據，在旁的莎拉好奇拿下一看，不自覺「啊」了一聲，嘴巴大得可將拳頭塞進去，「阿琳，妳忘記調整口罩的出售數量啊！」

阿琳木然地搖頭，在莎拉的解釋下，才明白錯在哪裡，原來店長將五十片裝口罩分成十片裝，仍然維持原有的出售單位即「盒」，但是系統裡的「1盒」是「50片裝」，不是她以為的「10片裝」，正確來說，她必須輸入「0.2盒口罩」，才是十片裝口罩的價格，也就釀成這次的烏龍事件。

「我……沒聽妳們說過……」阿琳結結巴巴。

「沒聽過也該留意到不對勁吧！十片口罩要價五十塊，妳收錢難道沒察覺不對勁嗎？」阿凱眼角的皺紋不斷蠕動，像漣漪蔓延的湖泊。

「今天太忙了，我完全沒注意到，妳們還說是美國進口……對不起……」阿琳虛脫地癱坐在椅子上，隱約記得好幾位顧客都一臉愕然，掙扎了一會兒，還是乖乖付款，原來是太貴啦。

「事關西藥房名譽，必須在事情惡化前補救！」阿凱臉色嚴峻，像戰地上的落難兵士，肩負拯救國土的重責大任。

「事情已經惡化了。」莎拉臉色怪異，把手機遞給她們，按捺狂跳的心扉，映入眼簾的是「X市交流站」熱門帖子——無良西藥房坐地起價，賺取口罩暴利一〇〇〇％！

「完蛋了……」阿琳一邊讀內文，額頭上的汗不斷冒出，腎上激素飆增下，臉部血管收縮，臉色變得蒼白，看到不斷增加的謾罵留言，更讓她越讀越不安。

看著阿凱不以為然的表情，莎拉緊接解釋，「有人買貴後不服氣，拍照放上網罵我們，這年頭不懂多少個說錯話的人在網上被罵得連媽都不認得，平時我罵得多，沒想到這次輪到自己了。」

「年輕人的無謂事，我識條鐵[29]！無論如何，還是給店長撥電話吧。」阿凱無意了解網路罵戰的意義，提出最簡易的解決方法。

這通電話自然由阿琳負責，等到電話接通，她揉揉泛紅的眼睛，穩住情緒，才好好把整件事情解釋一遍，店長的反應都在她們意料之中。

「既然發生了，唯有想辦法補救。」

蘇店長的仁慈，只讓阿琳更難受。

「今天單單買口罩都有十五位顧客，我不記得賣過給誰……」阿琳的語氣沮喪得像失去靈魂，但店長接下去的話卻讓她重燃希望。

「上次G6PD事件後，不是要妳們儘可能將每位上門顧客的資料輸入電腦嗎？要

[29] 我識條鐵，粵語，意為我懂什麼。

是妳們有聽我的話，就能從電腦系統的買賣記錄找到買主資料，打電話給顧客要他們來一趟，把多算的錢還給他們，也送一些維他命樣本賠罪。」

阿琳蓋電話後，馬上打電話給顧客，不意外迎來不堪入耳的辱罵聲，他們先後來到西藥房一趟，但有幾位顧客沒留下資料或提供假資料，神機妙算如蘇店長這下也沒法子。阿琳默默禱告，希望事情趕快沉寂下來，然而口罩事件卻像失控的林火不斷延燒，西藥房籠罩在重重陰霾裡，揮之不散。

一星期後，城市某個角落發生命案，戴著口罩的獨居老人在住家客廳身亡，報社以「口罩殺人案」的聳動標題刊登，引起全城矚目，那時阿琳還不知道西藥房即將面臨下一波的考驗。

——

當海軍藍制服再度在便宜西藥房裡穿梭，阿琳心想這次又惹到什麼麻煩了，看到戴著黑框眼鏡和白色口罩的臉，覺得有些眼熟，他脫下口罩後，才知曉對方身分！阿琳心生疑惑，本區警察該不會專程來砸蘇店長的場，上次伍警探大駕光臨鬧出不小風波，她隱約感覺警察對店長的不客氣，卻不知道背後緣由。

阿琳來不及開口招呼，陳曹長驀地拋下震撼彈。

「妳是黃小姐對嗎？我是陳哈利曹長，隸屬刑事調查部，奉令調查一起命案。」

陳曹長輕輕一句，引來三女「咦」的一聲，同時看向來者，唯獨蘇店長還是一副愛理不理的樣子，在埋頭處理訂單。陳曹長悶哼一聲，清了清喉嚨，道：「有些事情想向西藥房員工請教。」

阿琳腦海第一時間浮現「毒殺案」字眼，猜測犯人使用驚人的下毒方法，讓不諳藥理的警方沒轍，逼不得已才找藥師偵探幫忙，嘿嘿搞不好這次無需驚動蘇店長，半桶水的實習藥劑師也能偵破謎團，這是阿琳期待已久的轉機嘛。

陳曹長盯著眉開眼笑的阿琳，碎碎念道有什麼好笑，「嗯……可能你們在報章看過，我是為『口罩殺人案』前來。」他從文件夾拿出一張照片，放在收銀櫃檯上，「這是死者的照片，勞煩你們看看有印象嗎？」

三女湊前一看，暗自點頭，她們曾在不同媒體讀到這則新聞，也在店裡熱烈討論。案發地點是在鄰鎮Y市的廉價排屋，獨居老人在家無故死去，有人到他家拜訪，撞見老人陳屍在屋裡，急忙撥電話給警方。詭異的是老人臨死前戴著口罩，口罩下毒的傳聞不脛而走，就算警方澄清是呼吸系統疾病致死，流言早就在網上一發不可收拾地散播。

三女認真地研究照片，卻對他一點印象都沒有。

「阿凱，妳閱人無數，如果這人來過，一定知道吧？」阿琳把照片遞給阿凱。

阿凱將照片轉了好幾圈，露出苦惱的表情，「我自問認人功夫不差，但對他一點印象都沒，要是警方確認這人曾到西藥房，可能我剛好不在店吧！妳們對自己的記憶這麼沒信心嗎？」

阿琳和莎拉很有默契地擺出「打叉」手勢，陳曹長乾咳一聲，她們馬上把照片還給他。

「既然不是本店的顧客，陳曹長這次前來，是不是懷疑藥物相互作用？」阿琳眼神散發期待的光芒，飽讀藥理的她有信心能回答大部分問題。

陳曹長木然地搖頭，伸手安撫她們不要吵鬧，「不，恐怕讓黃小姐失望。這次沒藥師偵探發揮的空間，法醫已查明死因，和藥物毒殺沒關聯，是常見的窒息案。」他微微停頓，看到三女大失所望的表情，猶豫一會兒，接著說下去，「只是死者戴著的口罩有幾個疑點。」

這就是「口罩殺人案」的核心謎團！阿琳熱切地注視陳曹長，後者不習慣被人注視，有些忸怩，「警方在死者戴著的口罩外側找到可疑指紋。」

阿琳隱約覺得不對勁，脫口說出，「那是誰的指紋？」陳曹長下一個舉動驚動了西藥房。

陳曹長指向藏在一角的女子，冷冷道：「指紋的主人就是妳，莎拉小姐。」

大夥驚訝得連嘴都合不上，比聽到藥廠倒閉的消息更為吃驚，連蘇隆毅也挑起眉頭。阿凱率先站出來說：「我早就懷疑莎拉不是什麼好人，沒想到這下連殺人這種壞事都幹！」

莎拉正要反駁之際，沒想到陳曹長冷哼一聲，「李女士不用說得這麼難聽，口罩包裝紙上還有兩人的指紋，分別是李秋蘭和黃凱琳。」

阿琳聞言後驚訝得說不出話，像注射腎上腺素進血液，呼吸急促、心跳加速、血管膨脹等一系列激動反應，軀體不像自己所有，在旁的阿凱（李秋蘭）則化身母夜叉，生氣到了頂點，捲起袖子正要跳出去和陳曹長理論，卻被清脆的敲打聲制止。

「妳們在激動什麼？死者所用的口罩是本店出售的話，自然會沾上妳們三人的指紋，又有什麼好吃驚？」蘇店長沒好氣地解釋道。

「咦？」三女異口同聲地應了一聲。

「只是我吩咐你們分拆包裝時，切記戴上手套，莎拉你這下不就露餡了嗎？」

「啊！」三女又異口同聲地應了一聲。

「確實如蘇先生所說。」陳曹長瞥了蘇店長一眼，似乎不甘心這麼輕易被看破，「科學鑑識組在口罩上找到可疑的指紋，指紋匹配後得知是這家西藥房的員工，懷疑死者從這入手，派我來這問話。」

這下連阿琳也明白，上次西藥房失竊，警方向他們採集指紋，存進警方的指紋資料庫，才那麼快找出指紋擁有人。

陳曹長看出三人臉色變得嚴峻，心裡覺得滑稽，緊繃的臉部肌肉頓時鬆弛下來，「說是問話，但並非懷疑妳們犯案，目前做意外案件處理，警方儘可能找相關人士詢問，看有什麼地方必須深究。」
三女總算卸下心頭上的大石，阿凱眼看既然事不關己，便往後退，莎拉也借故到廁所一趟，在角落的蘇店長老早閃人，留下阿琳和陳曹長在櫃檯呆站。阿琳搔搔臉頰，像做錯事罰站的小學生，硬著頭皮問道：「陳曹長，有什麼是我能幫上忙嗎？」
「說說妳對他的印象。」
阿琳盯著死者的照片，是戴著宋谷帽的馬來男子，皮膚深棕色，兩鬢斑白，穿著白色寬袖長袍，窮苦潦倒的苦悶模樣。阿琳努力思索他有否來過西藥房，努力想了好一陣子，始終一籌莫展，嘴角一抹淺淺的無奈，搖頭示意。
陳曹長不意外阿琳的反應，默默點頭，突然「哦」了一聲，從文件夾拿出一張撕剩半張的收據印本，「幫我看看，是貴店的收據嗎？」
阿琳看了一眼，就確認是自家的收據，「沒錯。」
「能確認就太好了，至少警方知道他房間的藥物來自貴店，收據的另一半給他撕掉不懂丟去哪，好端端怎會把收據撕一半，難不成和西藥房有什麼糾葛……」
陳曹長從文件夾拿出另一張照片，「這是在現場找到的藥物，黃小姐可以幫忙看看是什麼藥物嗎？」
阿琳恭恭敬敬接過照片，照片上是褐色氣霧劑、藍色氣霧劑、藥粉吸入器和三排藥丸，她認出是呼吸系統疾病藥物，其中一個藥物喚醒阿琳腦海深處的記憶。

「我想起來了……這位顧客來本店買了口罩、氣霧劑和藥粉膠囊，這膠囊很少人購買，應該是我第一次賣出，印象特別深刻。」阿琳語氣有些激動，手腳微微顫抖，模糊的記憶在腦海越來越清晰，「我不記得他的臉，但記得他戴著藍色口罩和藍色手套，一副生人勿近的模樣，他在櫃檯前大力咳嗽，我還隱約嗅到一股煙味，應該是煙民。」

「看來藥劑師相比認人，還是比較擅長認藥。」陳曹長眉頭微蹙，但語調比較開心，「收據上的藥物和妳印象相符嗎？」

阿琳臉紅得像血液裡運輸氧氣的血紅素，直愣愣地點頭。

陳曹長大喜，拿出筆記本，瞥了阿琳一眼，「黃小姐能提供什麼情報嗎？」

阿琳尷尬一笑，離開收銀臺到稍遠的玻璃櫃窗拿出藥物和口罩，展示在陳曹長面前，「這是這位顧客買的藥物，分別是緩解呼吸困難狀況的藍色氣霧劑【圖2】，和配合藥粉吸入器使用的藥粉膠囊【圖3】。」

陳曹長眼裡散發異樣光芒，阿琳緊張地連手都在發抖，「黃小姐，有件事讓我在意，這一小包口罩要價五十塊，這年頭口罩怎麼這麼貴？幸好警局分發免費口罩。」

阿凱在後咳了一下，似乎警告阿琳不要亂說話，她頭腦一片空白，聲線顫抖，如鋼毛的頭髮似乎在頸項上豎起，「可能馬幣貶值的緣故吧。」

陳曹長似乎不滿意阿琳的答案，也沒故意為難，從錢包掏出鈔票，買了收據上的藥物，說會拿去化驗，阿琳很快領會，警方懷疑有人在藥物裡添加額外物質，讓她內心的

氣霧劑的構造

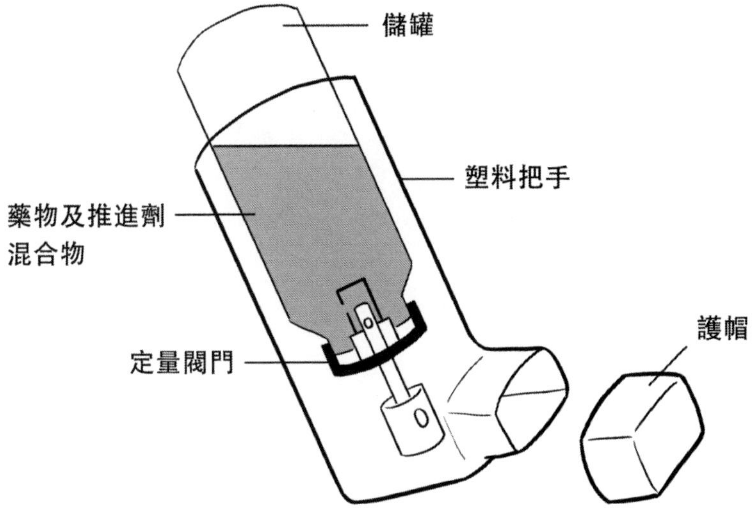

圖2：氣霧劑的構造。

藥粉吸入器的構造

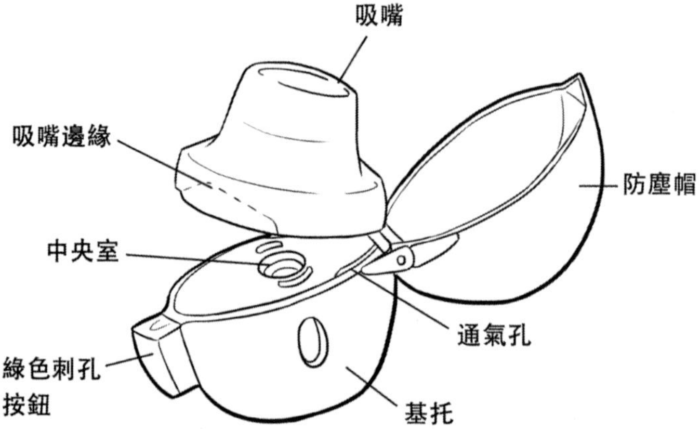

藥粉膠囊

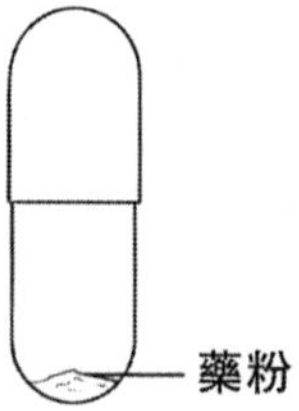

圖3：藥粉吸入器的構造。

疑惑像雪球越滾越大。

阿琳把找零遞給陳曹長，戰戰兢兢問道：「曹長說口罩上有幾個疑點，我可以知道是什麼嗎？」

陳曹長搔搔頭，暗嘆一聲，「怪我自己說漏嘴，跟黃小姐說也無妨，死因沒可疑，如我說的死者戴著口罩，但詭異的是掀開口罩後，嘴裡還塞著另一片口罩。」

阿琳長長地「哦」了一聲，這才明白「口罩殺人案」名字的來源，正想追問下去，陳曹長鞠躬致謝告辭，走出店門前也不忘戴上口罩。

阿凱慢吞吞地走到阿琳身旁，以調侃的語氣說：「這位長官不會對我們家的阿琳有興趣吧？」

莎拉像土撥鼠從後面竄出，興奮說道：「我也這麼認為，看他全程把眼神落在阿琳身上，活像是寶萊塢裡的浪漫戲碼！」

「誰叫你們全程躲在後面，都快急死我了……」阿琳露出無辜的眼神，不情願地揮手，「人家怎麼會看上我？再說我父母對警察的印象極差，社交媒體不是常有花邊新聞，說警察貪贓枉法，每天只會對付老百姓，從小到大告誡我絕對不能嫁給警察！」

「話不必說得這麼絕，世上有白貓黑貓，連黑白貓都有，有壞警察當然也有好警察，就我看這警察為人正直。」阿凱不懂哪根筋不對，竟然開始和莎拉一唱一和。

「仔細一看，這警察長得還算俊俏，不知道結了婚沒有，一天沒結婚都還有機會，就算結婚也可以等他離婚嘛！店長，你說這警察適合阿琳嗎？」莎拉無厘頭地把問題拋給蘇店長。

蘇店長面不改色地敲打鍵盤，瞥了莎拉一眼，「我不知道他是好人還是壞人，但我看到他左手的無名指沒戴戒指，手機螢幕是風景照不是情侶合照，對待女性的態度略嫌僵硬，理性大於感性的比例超乎正規，平時多半不擅長和女性溝通，感情狀況可想而知。」

三女聽到蘇店長批評他人對待女性的態度僵硬，心裡暗笑幾聲，阿琳沒想到蘇店長暗地裡觀察陳曹長，平時一副躲在山洞不問世事的高人模樣，沒想到觀察力竟能這麼細膩，好奇的是店長什麼時候看到陳曹長的手機螢幕。

「不提感情狀況，這長官戴口罩的方式我不多說，只是他進店後就把口罩拿掉，我錯愕他戴口罩的意義是啥。」蘇店長突然板起面孔，「你們這幾個也要開始戴口罩，天曉得上門顧客是不是潛在患者，聽聞這次的傳染病不是開玩笑，持續惡化下去，整個國家，不，整個世界都會淪陷。」

哪有你說的這麼可怕？三女差點脫口而出，但蘇店長平時沒和她們開過玩笑，於是忍住提問滿肚子的疑惑，僅點頭默默坐下，開始聊起「口罩殺人案」。

「看到『口罩殺人』的字眼，我以為口罩有毒，或用口罩繩勒殺，結果是死者戴著兩片口罩，不是普通的詭異，網上有人傳過這說法，但沒人當真。」莎拉展示社交群組流傳的小道消息。

阿琳撇起嘴，「警方給我感覺很淡定，聽起來八九不離十是意外身亡，我釋懷不了的是有必要佩戴兩片口罩嗎？就算患病，佩戴一片就有足夠的阻擋功效。」

阿凱笑出聲來，兩女看了她一眼，她擦了擦嘴角的唾液，「還要問嗎？這男子分明貪生怕死，電視新聞報道，前陣子疫情嚴重，有人戴著兩片口罩出門搭地鐵，裡面是普通的外科口罩，外面是N95口罩[30]，結果呼吸不順暢在車廂暈倒，幸好有人及時幫他拔掉口罩才沒釀成悲劇，我聽到這新聞笑到連牙都掉了幾顆！」

「妳這把年紀，也沒幾顆牙齒可以掉了。」莎拉在旁冷冷一句，阿凱狠狠瞪了莎拉一眼，又陷入無止境的糾紛。

阿琳靜靜思索口罩類型，沒錯，市面上有多種口罩，各有用途，但不可能佩戴兩片口罩，死者為什麼佩戴兩片口罩？不，死者口裡為什麼會塞著口罩，似乎有人蓄意把口罩塞進他的嘴裡，只是這舉動的意義何在？假設他殺，塞口罩又怎能殺人，兇手沒必要把口罩留在死者嘴裡，平白讓警方往他殺方向調查——果然只能看做意外案件。

蘇店長看著喋喋不休的三女，嘴唇微微打開，想想還是作罷。

——

隔天莎拉緊張兮兮地走進店裡，呼吸急促，全身溼透，彷彿剛在烈日下奔跑，阿琳

[30] N95 口罩，可阻擋 95% 直徑 0.3 微米以上的非油性顆粒的口罩，普遍用於預防飛沫傳染。

和阿凱好奇的視線落在她的身上，她左顧右盼，支吾了好一陣子，等到呼吸終於平順，才輕聲說道：「西藥房這次惹上大麻煩啦！」

阿琳腦裡閃過西藥房這些日子發生的不幸事件，從多宗失竊案、生意長期低迷、口罩賣錯價格，甚至醫藥失誤，有什麼大風大浪是阿琳沒見識過——莎拉的消息仍然在阿琳弱小的心靈瞬間引爆。

「妳們看手機就知道了。」

阿琳接過莎拉的手機，在旁的阿凱好奇湊近，映入眼簾的依然是社交群組「X市交流站」，稍微滑下螢幕，就看到便宜西藥房的招牌，文字內容可說是驚天動地。

「全城矚目的『口罩殺人案』，我在警局的朋友告訴我，死者生前曾到便宜西藥房買了一些口罩和幾種藥物，警方有理由相信和死因有關係，大家下次到這間西藥房消費時請三思！」

阿琳讀完內文，馬上瀏覽不斷湧現的留言，多是批評西藥房就是間不良商家，有者說看過警方出現在西藥房，有者說看到來歷不明的人到西藥房買咳嗽藥水，有者說西藥房出售害死人的毒藥，有者更扯到上次口罩賣貴的事件，到後來一群人呼籲杯葛便宜西藥房，密密麻麻的「+1」留言填滿莎拉的手機螢幕。

阿琳的臉漲得通紅，緊咬著嘴唇，要不是最後憤怒取代了委屈，老早就哭出來了。她不明白自己為何這麼憤怒，口罩賣貴事件給人罵是無妨，這次不是西藥房的錯，卻惹來不公平的議論，這比她無法拿到醫院的實習職位更無法忍受。

阿琳馬上輸入駁斥的留言，正準備發送之際，就給莎拉制止。

「阿琳，不要衝動！這時候跳出來說話只會死得更慘，像把油倒在火堆上，最好等到事情平息才處理。」莎拉罕有地說出有見地的建議，阿琳及時停下，「就算真的要留言，請妳用自己的帳號好嗎……」

阿琳不好意思地把手機還給莎拉，也恢復原有的理智，向店長請示如何化解這場公關災難。蘇店長了解情況後，稍微想了一會兒，說：「我之前應該和妳說過不願意協助調查案件，是不想讓西藥房名譽受損，也不想與罪案有所牽連，對嗎？」

阿琳一愣，默默點頭，她怎麼可能忘記店長苦口婆心的教誨，還以為他下一句就要阿琳不要再插手這宗案件，接下來的進展卻讓她傻眼，只聽店長語調平和地說：「既然西藥房名譽有所影響，我們什麼也不做的話，就等同坐以待斃，阿琳妳願意幫忙調查整件事情的始末嗎？事先說明，我不會出面調查，妳大可找『別人』幫忙。」

蘇店長沒預兆亮綠燈給她，她當然求之不得，輕聲而堅決地說：「沒問題，我一定會查出真相，為本店洗脫冤名！」

蘇店長瞥了她一眼，「不是要妳非查出真相不可，只要證明和本店無關就夠了。」

阿琳熱切地點點頭，腦袋早往謎團深陷下去。

稍後，目送阿琳出去午休時，阿凱忍不住向蘇店長道出內心的困惑，「店長，你這次主動叫阿琳調查，不像你平時怕麻煩的風格囉！」

蘇店長眉頭微蹙，「社交網站的討論一旦開始就沒完沒了，多少間店面因惡意中傷而倒閉，我們可以等待警方著手調查，前提是警方能夠證明死因和本西藥房沒關聯。既然外頭傳來這些風聲，恐怕警方手上有些不利我們的證據，不主動出擊搞清楚背後的誤會，就無法預判警方下一步舉動，也很難在網上撲滅這場大火。」

在旁的阿凱若有所思地點頭，似乎不理解網路罵戰的意義。

「再說，就算我不叫阿琳調查，妳覺得她不會調查嗎？與其上班分心做錯事給錯藥，不如專心調查算了。」蘇店長暗嘆一口氣。

阿凱發出爽朗的笑聲，「沒想到，我們家店長也挺關心小凱瑟琳嘛。」

蘇店長默默搖頭，沒說下去的意思。

阿琳坐在「牛奶很忙」牛奶專賣店裡，坐立不安，眼神遊移，觀察著走來走去的侍應生，緊張得像乘上全速前進的噴射機。

「凱瑟琳妳緊張個啥？」伍鳳好奇提問。

「菲尼斯怎會選在這裡碰面啊？」阿琳忍不住抓狂，無法直視穿著大膽的侍應生，頭戴牛角帽，酥胸半露，黑白斑點的迷你裙短到連安全褲都看得到，是不折不扣的乳牛裝，不少單身男子慕名而來，用色咪咪的眼睛，明目張膽地欣賞店裡的性感美女。

伍鳳不以為然地「哦」了一聲，「妳每次埋怨整間餐廳的男子只盯著我，讓妳怪不自在，本小姐才體貼地選了在這間飲料店碰面，現在又諸多埋怨，凱瑟琳妳真難搞……哦？難不成妳是在嫉妒這些女店員的好身材？」阿琳忍住幾乎要往前撲倒伍鳳的衝動，卻被對方回以一笑，「這裡牛奶很有名哦，妳就當做被騙，好好享受這裡的飲料，本小姐為妳買單！」

阿琳翻了個白眼，碎碎念自己才不是妒忌別人身材好，而是隔壁好幾桌的男子看起來非常猥瑣，毫不掩飾自己的色慾，平白給人意淫真的好受嗎……這話她沒勇氣對伍鳳說，拿起杯子咕嚕咕嚕喝了一大口，果然看起來普普通通的牛奶卻出乎意料的好喝，香醇回甘的大自然芬芳，是她不曾嘗試過的滋味。

「這牛奶太好喝了！」阿琳瞪大眼睛，以尖銳的聲音說出。

「很好喝是不是？」伍鳳露出不懷好意的笑容，把聲量放低，「小聲告訴妳，聽說這裡的牛奶是這邊擠出來的。」伍鳳指著剛剛經過的侍應生胸脯。

阿琳一陣昏眩，生硬吐出一句，「什麼……這是人奶？」聲量大得非比尋常，整間店的人都清楚聽到阿琳的話。

隔壁桌的人狐疑地看著阿琳，阿琳自知說錯話，尷尬一笑，急忙打圓場，「我說的是忍耐！正所謂忍一時風平浪靜，退一步海闊天空，哈哈哈……」

在旁的伍鳳趴在桌上，笑得整張桌子像遭遇地震，不停震動，阿琳生氣得幾乎快要原地爆炸。好不容易等到平復心情，伍鳳才雙手合十向阿琳致歉，「開玩笑而已，不要放在心上！」

阿琳深呼吸，用紙巾擦了擦嘴角，嚴肅地說：「菲尼斯，妳再不認真一些，我以後都不會找妳幫忙了。」

伍鳳的記者直覺告訴她不對勁，知道阿琳這次真的動氣了，馬上收起嘻皮笑臉的態度，儼如戴上職人面具，從手提袋拿出文件夾，用溫柔且認真的聲音道：「阿琳前天和我談起『口罩殺人案』，其實我正打算要到西藥房收集情報，沒想到妳會主動找上我，得知妳是在蘇隆毅的命令下行動，我一度懷疑今天是不是愚人節。不是開玩笑的話，自然是非同小可的事情，就儘可能收集文字媒體的情報，也試探警局線人的口風，累積一定的資料才約阿琳出來，資料來源則一如往常，不方便透露。」

阿琳盯著伍鳳手上厚得像筆記本的文件夾，暗地裡感謝她的盡心盡力，殊不知伍鳳的哥哥就是刑事調查部的警探。

伍鳳打開文件夾，笑容詭異，「阿琳一定以為這整堆都是資料，讓妳失望了，大部分都是其他案件的東西。」

阿琳尷尬一笑。

「簡單來說，警方懷疑是意外。」伍鳳開始念出文件內容，「死者名叫塞剎理，馬來男子，六十歲，頭髮稀少，皮膚深棕色，身高一百六十五公分，體重五十公斤，回教堂的清潔工人，教育程度不高，獨居在鄰鎮Y市的廉價排屋。太太五年前心臟病過世，育有女兒瑪絲，今年二十二歲，目前在Z市修讀大學課程。這宗案件是由塞剎理的朋友報案，他剛好在附近，上門拜訪塞剎理，敲門許久無人應答，從窗戶看進去，就看到塞剎理坐在沙發上一動不動，情急下呼叫鄰居幫忙，無奈大門上鎖，眾人束手無策，只好報警，等警方來開門時，才發現塞剎理已經死去。」

阿琳點頭稱是，聽起來像報章上常見的獨居老人事故，部分現代人抗拒和父母同住，也拒絕肩負養育父母的責任，「養兒防老」的舊時代觀念已趨近落伍。阿琳成年了仍然依賴父母，無法想像別人家的孩子可以狠心和家人切割關係，對她來說，家永遠是最好的避風港。

「如阿琳所知，死者耳上掛著一片口罩，嘴裡塞著另一片口罩，身體沒可疑傷痕，沒心血管疾病，血液樣本沒驗出其他可疑藥物或毒藥，彷彿就像在家突然斷氣。死亡時間是上個月二十八日，下午六點到晚上八點間。」

伍鳳停頓了一會兒，讓阿琳及時記下，「警方不是沒懷疑他殺，但屋子的前門後門都從內上鎖，啊，還有廚房木窗也從內側上鎖，說得上是密室。警方在死者口袋找到鑰匙，鑰匙上只有死者的指紋，也在現場發現好幾種藥物，懷疑死者有慢性疾病。通過死者錢包裡的醫院門診卡，警方到醫院索取病人的醫藥資料，也就是我手上的這張處方箋。」伍鳳把一張紙放在桌上。

阿琳接下一看，都是她熟悉的藥物，印象中陳曹長也帶過和處方箋一樣的藥物前來詢問，如下：

噻托溴銨[31]粉吸入劑，每揿18微克，一天一次，每次一揿
布地奈德氣霧劑，每揿200微克，一天兩次，每次兩揿
沙丁胺醇氣霧劑，每揿100微克，有需要才使用，每次兩揿
茶鹼藥丸，每粒125毫克，一天四次，每次一粒
尼古丁口香糖，每粒4毫克，有需要才使用，每次一粒

——

阿琳腦袋的齒輪快速運轉，藥物複雜冗長的化學結構充斥她的腦袋，六角形的苯環，日漸陌生的共價鍵，化學元素周期表的原子序從氫開始排列到第118個元素，物質分子內部各元素原子的秩序，如太陽系行星般有秩序地運行，圍繞恆星一圈又一圈的公轉——她努力挖掘記憶深處的講堂片段，努力回想講師講解這幾種藥物的獨特之處。

伍鳳看著讀得入神的阿琳，好心提醒，「阿琳看到處方箋一定又往藥理鑽研，恐怕這次沒有藥劑師發揮的空間，法醫檢驗死者的血液樣本，沒有可疑的地方，而且死者的疾病和死因有一定的關聯，即無法及時緩解氣管收縮導致窒息身亡，這一點法醫也認可

[31] 噻托溴銨（Tiotropium），長效抗膽鹼葯，治療慢性阻塞肺部疾病的藥物。布地奈德（Budesonide），腎上腺皮質激素類葯，治療哮喘和慢性阻塞肺部疾病的藥物。沙丁胺醇（Salbutamol），短效 B2 腎上腺素能受體激動劑，擴張呼吸氣管的藥物。茶鹼（Theophylline），磷酸二酯酶抑製劑，擴張支氣管的藥物。尼古丁（Nicotine），舒緩尼古丁戒斷症狀的藥物。

了。」

阿琳不好意思地抓抓頭，「根據醫院記錄，死者有什麼慢性疾病？」

「這本小姐就有些混淆了，上面寫著COPD和SCC，我看不明白。」伍鳳無奈攤手。

這是阿琳熟悉的字眼，她的嘴角微微上揚，「COPD是慢性阻塞肺病，簡單來說是支氣管和肺氣泡壁的功能衰退，繼而影響呼吸功能。SCC是戒煙診所，而COPD患者幾乎都是煙民哦。」[32]

「我還以為死者是哮喘患者？」伍鳳露出狐疑的眼神。

「這就是大眾的盲點了，不少人把哮喘和COPD的區別混淆了。沒錯，兩者都是關係到呼吸困難和反覆喘息的症狀，但還是有些差別。首先，哮喘發作時期是在兒童期，而COPD通常是四十歲以上。症狀方面，哮喘是呼吸通道發炎而變窄，導致呼吸變得困難，而COPD是氣道阻塞和肺氣泡壁受到破壞，影響了呼吸功能，兩者還是有一些差異。」阿琳認真解說，「但治療藥物方面倒是大同小異。」

「凱瑟琳能不能稍微講解這幾種藥物？」

阿琳心想，就算解釋，她也沒認真在聽啦，但依然以專業的口吻講解：「大眾可能對這幾種藥物較為陌生。這青色膠囊不是口服，裡面裝著噻托溴銨的粉末，需要搭配藥粉吸入器[33]使用，簡單來說，是把膠囊放進吸入器裡，大力按下按鈕，裡面會有粗針刺

[32] 慢性阻塞肺病（Chronic Obstructive Pulmonary Disease），簡稱COPD。戒煙診所（Smoking Cessation Clinic），簡稱SCC。

[33] 藥粉吸入器（Handihaler），為支氣管擴張劑。

破膠囊，藥粉就會漏出來，讓病患從容不迫地吸取藥粉，」阿琳從網路找出器材的照片給伍鳳瞧瞧。

「妳應該知道氣霧劑是用來舒緩呼吸困難吧？它分成兩種，通常以顏色分類，比較廣為人知的是藍色的沙丁胺醇和褐色的布地奈德，前者能即時舒緩哮喘問題，後者則預防呼吸困難症狀的發生。和噻托溴銨藥粉不同的是，這兩種藥物是氣體，使用方面也有些難度。」阿琳陸續展出兩種器材的照片。

「茶鹼藥丸是慢性阻塞肺部疾病的口服藥物，沒什麼值得注意的事情。至於尼古丁口香糖，顧名思義就是用來緩解尼古丁的戒斷症狀，我對這藥物也沒很在行，讓我上網搜索一下。」

阿琳打開尼古丁口香糖的介紹影片，說著一口流利英文的主持人，講解使用尼古丁口香糖的目的和簡單技巧，首先將口香糖放進嘴裡慢慢咀嚼，等到散發辣味就停止咀嚼，把糖停泊在牙齦和臉頰之間，辣味消失後，再重複咀嚼和停泊的步驟，直到咀嚼到不再有辣味為止——糖內的尼古丁含量也沒了。

伍鳳瞪大雙眼，英文不差的她對藥理卻一概聽不懂，只聽清楚影片的主持人重複說著「chew」和「park」，還是在筆記本上匆匆記下幾筆。阿琳則默默思索死者所擁有的藥物，從死者持有的口香糖來看，肺病病因是抽煙，身體情況不樂觀，在醫生的建議下才逼不得已戒煙，這也是大部分人士的戒煙理由——不見棺材不流淚。

伍鳳伸了伸懶腰，喝了一口牛奶，阿琳把握機會提問，「警方對死者戴著兩片口罩，有什麼看法？」

伍鳳忍俊不禁，彷彿被人點了笑穴，差點把牛奶噴出來。阿琳白了她一眼，印象中這一幕似曾相識，「請原諒我的失態！警方的說法太好笑了，假設這是他殺的話，有好幾個人竟然認為是死前留言！」

這下連阿琳也想發笑了。

「好笑的還在後頭！警方說，死者看到犯人的臉，急中生智塞了口罩進嘴巴，再帶上另一片口罩，不讓犯人發現，這片口罩的作用不容小看！」伍鳳摀住嘴巴，忍住大笑，繼續說下去，「於是圍繞在口罩的聯想就此瘋狂展開，警方陸續提出幾種想法，如兇手正好戴著口罩、兇手的工作與口罩有關、兇手是戴著面紗的女教徒、兇手是路邊割草的大叔，有人甚至還說死者肚子餓誤把口罩當飯吃不慎哽死……」

本來鬱鬱寡歡的阿琳也被伍鳳逗笑了，沒想到下一句話就澆熄了阿琳的興致。

「也有人說死者暗示犯人是賣口罩給他的西藥房。」

「警方這樣懷疑，就過於武斷了吧？」阿琳倒抽一口氣，肺部裡是冰冷的空氣，聲線顫抖地問：「我可以了解一下口罩的佩戴情況嗎？」

「看的比說的還容易明白。」伍鳳拿出照片，「事先說明，遺體的照片有些可怕，不是人人受得了，阿琳妳別嚇到。」

阿琳點頭，深吸了一口氣，才正視照片。第一張相片裡，死者戴著白色口罩，雙目緊閉。第二張照片則是掀開外層的口罩，死者含著青色口罩的恐怖畫面，清楚看到折成一半的口罩塞在左側口腔，看起來像燃燒在深淵裡的暗綠色火焰。

「怕就不要看……本小姐平時也不會要這些照片，但這次的主角是口罩，才硬著頭皮去討。」伍鳳看著面色蒼白的阿琳，關心地拍了拍她的肩膀，「黃凱琳，妳還好嗎？」

阿琳緩緩點頭，伸手拿起杯子，喝了一口。

「兩個口罩的謎團，該不會和『兩顆子彈事件』有什麼關係？」伍鳳喃喃自語。阿琳對這案件一無所知，細問下才知道是曾經發生在臺灣的槍擊事件，但考慮到死者背景和臺灣扯不上關係，就此作罷。

伍鳳嘗試從其他角度切入，「對了，聽說妳負責招待這名顧客，對他有什麼印象嗎？」

阿琳猶豫一會兒，老實搖頭，「我認人的功夫馬馬虎虎，如果他們有鬧事的話，倒還有些印象，但最近都沒人鬧事，加上當時這位顧客戴上口罩只露出眼睛，我說認得妳也不要相信，能依稀記得他買過什麼藥物，已經很厲害囉。」

「確認過眼神，還能認出對的人，除非那人是梁朝偉！」伍鳳被自己的話逗笑，過了好一會兒才拿出另一張文件，收起笑臉道：「現在要陳述科學鑑識組的報告。經過化驗，兩片口罩沒什麼問題，含在嘴裡的口罩沾上不少唾液，而外面的口罩幾乎沒有唾液的痕跡，指紋方面，就有些吊詭。」

阿琳聽出她話中有話，不由自主地挺直背脊，屏住氣息仔細聆聽。

「指紋方面，警方在口罩上發現兩組指紋，相信不用我說妳也知道是誰的指紋。」

阿琳勉強擠出笑容，就如陳曹長說的，口罩上有莎拉的指紋，自然也包括死者的指紋。

「看妳沒有很驚訝的樣子，很快就明白為什麼我說吊詭。」伍鳳睜大眼睛，一副靈媒鬼神上身的氣魄，眼神裡散發出異樣的光芒，「嘴裡的口罩有妳的同事和死者的指紋，但是掛在耳朵的口罩唯獨只有妳同事的指紋留在上面。」

阿琳一時間無法消化伍鳳的話，「有什麼大不了？」

「口罩上沒有死者的指紋，只有莎拉的指紋，如果她沒接觸過死者，難不成口罩會自己飛到臉上嗎？真遲鈍。」

這麼一說就讓阿琳好奇，「可能死者有戴手套？」

「警方查過現場沒有手套，死者也沒從西藥房添購手套，只能理解為有人在戴著手套的情況下幫他戴上。」伍鳳沉住氣，「而且，戴著手套出現在別人的住家，能有什麼光明正大的理由？」

光是想像一雙看不見的手在黑暗裡幫死者戴上口罩的畫面，阿琳頓時不寒而慄。

「那人是誰？他為什麼要這麼做？」阿琳聲線微微顫抖。

「天曉得，前後門都上鎖，窗戶也從裡面鎖上，根本沒進入的方法，考慮到死者的家境，警方一早排除劫殺的可能，只能懷疑是第一發現者將口罩套在死者臉上，目的是為了保全死者最後的尊嚴，但兩人都否認，並強調他們只從門口窺探內室。」伍鳳頓了一會兒，「最後得出『飛天口罩』的說法，無端端變成靈異故事。」

「聽起來有些古怪……」阿琳歪著頭附和。

「這是現場證物的照片，有藥物陳列圖、垃圾桶、現場排列情況等等，看妳要挑哪一張來看。」

阿琳順手拿了垃圾桶照片來看，垃圾袋內有飯盒、空藥片和折起的口罩，眯著眼睛一看，認出空藥片是噻托溴銨粉膠囊，藥片上有些白色粉末，讓她有些在意。在旁的伍鳳繼續閱讀報告，看到一行不得了的聲明，遲疑了一會兒，才老實說出。

「科學鑑識組調查了死者的藥物，沒什麼大問題，但某個氣霧劑似乎不夠劑量，即一次劑量無法舒緩呼吸困難症狀。」伍鳳表情抱歉地說下去，「這意味著警方懷疑西藥房出售不符合規格的藥物，才會釀成這場悲劇。」

阿琳這才明白為什麼網路會傳出撻伐便宜西藥房的風聲。

——

阿琳在西藥房門口不安地站著，看著對面西藥房不斷進出的人潮，反觀自己店鋪裡門可羅雀的慘況，內心的不踏實像雪球一樣越滾越大。

「阿琳，妳休假一天回來，怎麼還比沒休假的我們累？發生什麼事嗎？」阿凱大力拍了她的肩膀，她大嚷好痛，心想乾脆當面問前輩好了。

「沒發生什麼事，只是想著『口罩殺人案』，我有問題想請教阿凱，妳在不同的西藥房工作幾十年，說得上是『西藥界行走的字典』，一定很了解西藥房不為人知的操作，對不對？像上次的康寶靈事件，都逃不過妳的眼睛。」阿琳磨拳擦掌，一副殷切的樣子看著阿凱。

阿凱「啊」了一聲，擦了擦鼻子，慢條斯理地說：「阿琳一開始把我抬得那麼高，還以為妳要稱讚我，原來要問我西藥房的內幕？」她壓低嗓子，語氣嚴肅，「先跟妳說清楚，要是想做什麼傷天害理的事情，阿凱我是不會奉陪的！」

阿琳愣了一會兒，忍不住捧腹大笑，「看妳這麼認真的樣子，不會是以為我要問怎樣製毒吧？開什麼玩笑，我不過是想問一些西藥房的生存之道。」

「這妳就問對人了，有什麼不明白的地方嗎？」阿凱拍了胸口，紮起馬步，準備迎接阿琳的問題。

阿琳握拳提問，「聽說各行各業有些不為人知的陰暗面，喜歡某間餐廳千萬不要進入它的廚房，那麼西藥房有沒有一些齷齪手段，是大眾不知道的事？」

阿凱眼睛閃過一道光，像東洋武士拔刀出鞘的瞬間，「這問題不太好答！但，我恰好知道答案，和妳說是無妨，但妳千萬不要和其他人說，特別是那當記者的不正經小姐，不然全天下的西藥房都要和我們為敵。」

聽起來像天大的內幕消息，阿琳沒信心能不說給別人聽，自己每天放工就向媽媽傾訴工作近況，但眼下仍然大力點頭。

「我說的例子都是真實經歷，以我在西藥界打滾幾十年的經驗，最讓我難以釋懷的就是藥包。」阿琳皺起眉頭，阿凱繼續說下去，「阿琳妳有沒有看過一些西藥房出售的藥物是在藥包裡，而不是鋁紙藥片包裝？」阿凱從櫃檯拿出藥片。

「當然看過，我聽過某店家的說法，來貨是一大瓶的包裝，為了消費者的便利，才分裝成各小包，這是店家的貼心舉動。」阿琳回想起在其他西藥房買藥物的經歷。

「這是騙話。」阿凱的黑色瞳孔裡反映出阿琳驚訝的臉，「大概十多年前，藥廠開始出產鋁紙藥片包裝，逐步減少過往一大罐一千粒五百粒的包裝，不需要分裝。小包裝在各大小西藥房仍然常見，不良商家會將鋁紙藥片的藥物拿出來放進藥包，沒有包裝紙的情況下，消費者無法分辨藥物的品牌，只要辯稱是某知名品牌，商家就能以更貴的價格出售藥物。」

阿琳忍不住埋怨，「這些商家太過分啦！細想下來，傷風藥的形狀看起來都差不多，沒了包裝確實很難分辨。」

「更可惡的還在後頭，就算藥物過了保質期，消費者也不會知道，這才是商家將藥物從藥品取出的主要原因！我還聽過，藥包明明裝著的是維他命丸，商家卻謊稱是感冒特效藥，嚴格來說他們並沒說謊，只是玩弄文字遊戲，畢竟維他命能夠提升免疫力，身體就不會那麼容易生病──為了牟取暴利，商家什麼奸計都用上。還有從醫院偷藥來賣的，這例子妳應該不陌生吧？醫院常有過了保質期的藥物，據說也有外流到外面門市的說法，所以消費者必須慎選店家。」

阿琳聽得目瞪口呆，雖早聽聞「無奸不成商」，沒想到遠比她想像中可怕。

阿凱不知不覺提高聲量，「不做犯法的事情就是好店家嗎？我覺得未必，有些西藥房設下銷售目標，必須賣東西給上門的顧客，人家原本只是來買退燒藥，卻塞一大堆東西到他手上，讓對方進退兩難。有個著名的行內傳奇，到門來買傷風藥的顧客，走出店門卻消費了一千塊。」

「天啊，我不懂該替店家開心，還是替顧客傷心……」阿琳的嘴唇微張。

阿凱疾言厲色道：「我鼓勵妳們多賣東西給顧客，但沒必要做到這麼絕，看到顧客的裝扮落魄，就不要為難人家了。」

「平時又不見妳這麼說！」在後的莎拉從喊話道，阿凱轉身狠狠瞪了她一眼。

阿琳默默思索了好一會兒，鼓起勇氣發問：「阿凱，最後想請教妳，本店有沒有做過妳所說的那種勾當？」

阿凱的眼珠子轉了一圈，摸著肚子笑了好久，「笑慘我了！阿琳妳兜這麼大的圈，就是想問本店有沒有做壞事，妳這話不要給店長聽到，他不氣死才有鬼！」

此時一直在倉庫點貨的蘇店長，好奇探出頭，「找我有事嗎？」

阿琳急忙揮手說沒有，等到店長回頭繼續作業，阿凱才繼續說：「阿琳妳不會動下腦筋嗎？如果我們有做這種虧心事，本店生意怎麼可能還這麼差？不覺得哪裡不對勁嗎？」

「店長就是寧可餓死，也不想害人啊！」在後的莎拉補充。

阿琳嘟起嘴，不確定地道：「我不是懷疑店長，而是菲尼斯，我是指那個記者小姐，她說警方測出本店出售的氣霧劑不符合規格，才會在外頭傳出奇怪風聲，我想不通，就來問妳囉……」

「不符合規格？是指劑量不夠？」阿凱好奇地問，在旁的阿琳點頭如搗蒜，「首先必須確認幾點。該藥物真是本店出售的？藥盒的藥物有沒經過調換？顧客是否嚴格遵守保存守則？」

阿琳默默點頭，「這幾點我也質問過記者小姐，她提出收據證明是本店出售。氣霧劑由金屬藥罐和塑膠吸嘴組成，是可以輕易拆下和調換藥罐，但警方核對過藥盒和藥罐的出產編號，證實是一樣的。保存方面比較難查證，氣霧劑儘可能避免曝晒在陽光高溫下，死者的屋子背蔭，就算沒空調也算涼快囉。」

阿凱總算明白阿琳的顧慮，又大力地拍了她的肩膀，「相信本店無辜就對啦！如果哪裡都沒差錯，剩下的可能就是藥廠，一萬個才有一個瑕疵品，死者就這樣倒楣買下啦。」

「也就這麼倒楣遇上病發無法派上用場。」阿琳暗嘆一口氣，內心納悶，如果這是推理小說，讀者能接受「完美巧合」的說法嗎？

在旁沉靜已久的莎拉插話，「有件事讓我挺在意的，我記得前來問話的警察提及死者戴著兩片口罩，更準確的說法是，嘴裡塞著一片口罩，耳朵掛著一片。嘴裡塞著口罩的情況下怎能使用氣霧劑，就當他一時緊張才失誤，可是耳朵也掛著一片，不可能塞得進，按下氣霧劑也只會噴在口罩上。」

「這還不簡單，死者忘記自己戴著口罩，呼吸困難時，馬上把氣霧劑塞進嘴巴，卻被兩層口罩隔住，急忙按了好幾次，無法成功噴進口腔，這才窒息身亡。」阿凱滑稽地表演使用氣霧劑的過程，最後倒在椅上翻白眼。

「聽妳們這麼一說，我又恢復一些信心了。沒錯，就算氣霧劑良好無缺，沒使用的情況下又怎麼與藥物素質扯上關係？」阿琳露出躍躍欲試的表情，「如果能解開兩片口罩的謎團，就離真相不遠了。」

「妳下一步有什麼計畫？」莎拉好奇發問。

「這還要問嗎？」阿琳故作玄虛地摸著下巴，「當然去死者家裡一趟。」

莎拉和阿凱互望一眼，不安地看著阿琳，莎拉好心提醒：「阿琳非去一趟的話，記得戴上口罩和手套，啊，還有消毒液。」

「有這麼誇張嗎？」阿琳不以為然地揮手。

「當然需要這麼誇張，老人家在家裡戴著口罩死去，說不準早已感染什麼疾病，正常人哪會在家戴口罩？」阿凱拿了一包口罩放在收銀臺邊。

阿琳吐了舌頭，一直執著塞剎理為什麼戴著兩個口罩，反而忽略最基本的問題。如果他是因傳染病死去，案件也沒什麼好深究，或許警方就是將其歸納為傳染病的受害者，才沒展開更為澈底的調查行動。

「外頭疫情鬧得轟轟烈烈，聽說一些地方已經封鎖，如果情況不受控制，可能會實施行動管制令。」莎拉順手將一罐消毒液和一對手套放在收銀臺邊。

莎拉的話像一柄飛刀插在阿琳心上，阿琳心有餘悸，語調緩慢道：「既然妳們都這麼說了，那我就乖乖聽話囉。」

阿凱和莎拉擊掌歡呼，在旁的阿琳看得困惑，莎拉伸出右手說：「我們已經幫妳準備防護配套，一共是二十二塊，謝謝惠顧。」

阿琳目瞪口呆，但還是老實地從口袋摸出鈔票，遞給莎拉，「嗯……給我多一對手套。」

「收到！」

阿琳跟隨伍鳳驅車前往Y市，距離X市大概五十公里，不算太遠，但阿琳甚少外出，平日的生活作息就是工作和蹲在家，不像其他年輕人充滿朝氣，藥劑師算是適合阿琳的工作。踏入社會後，阿琳得以結識不同領域的人，才了解世界的遼闊，與伍鳳纏上，更是沒完沒了的精彩旅程……阿琳很想這麼稱讚，她忍不住看了開著車的伍鳳一眼，戴著墨鏡的她散發不可一世的霸氣，在高速公路上狂妄加速，耳朵不斷穿梭像火車穿過隧道的轟隆聲，她閉上眼睛默默祈禱趕快抵達目的地，要不然她一個忍不住吐在車裡，旅程就一點也不精彩啦！

伍鳳打開車門，帥氣地摘下墨鏡，「噹噹噹，比導航指南的預計時間早了五分鐘，認真起來連我自己都會害怕。」在旁的阿琳靠著車子，臉色蒼白得像剛坐上雲霄飛車。

「凱瑟琳妳又不是第一次坐我的車，怎麼還是一副爛泥樣？」伍鳳奸笑幾聲。

「沒事才有鬼！平時妳都是載我到市區溜達，一條街十多個紅綠燈，妳能飆多快？我這輩子才第一次知道什麼是危險駕駛……」阿琳說完，趕緊喝下一大口水，緩和嘔吐的衝動。

「不和妳廢話，今天我們可是有正經事在身。」

沒錯，兩女身在Y市的綠景住宅區，這住宅區集結不同種族的廉價排屋，房齡至少有二十年，大約兩百戶人家，也有一些基本設備如草場、遊樂園、雜貨店、路邊攤子等等，都是馬來西亞人民熟悉不過的風景。

阿琳在某間屋子的欄杆處不安張望，只看到斑駁陳舊的電單車和鐵門深鎖的寂寥，「菲尼斯，這間就是塞剎理的住家嗎？沒人在家要怎樣進去？」

「本小姐對過門牌號碼，是這間沒錯。」伍鳳翻開筆記本，「已經聯繫塞剎理的女兒，說我們是雜誌記者，接獲當地居民委託，調查死者是否因感染傳染病喪生，她同意接受訪問，並約好和我們會面，現在應該在家裡了。」

阿琳點頭稱是，父親去世，孩子自然得回家辦理喪事，伍鳳能捉住這檔期約她碰面這點非常了不起，因此忍不住好奇問道：「她竟然願意接受訪談？正常人聽到記者採訪，都會推辭不接受吧？」

「一開始她當然拒絕我了，還罵得很兇呢！」伍鳳吐出軟舌，「但本小姐豈會退縮，於是努力遊說她讓媒體公開這件事，就能讓塞剎理的死因水落石出。不過即便如此，她的態度仍舊強硬，最後我只好使出殺手鐧，說警方懷疑這宗案件是他殺，懷疑身邊人是犯人，她對這話題似乎很有興趣，才勉為其難答應碰面。我約她在案發地點碰面，順道可以看看現場。」

阿琳搔搔頭皮，明明警方認作自然死亡，伍鳳這不就是存心欺騙對方？

正當阿琳想得入神，房子的門扉緩緩被推開，「妳們……是與我聯繫的雜誌記者？」來者是頭上披著青色紗巾和口戴青色口罩的馬來女子，體型比一般女生壯大。她以流利的馬來語向兩人問話。

伍鳳大力揮手，「沒錯，就是我，我們可以進來嗎？」她指了指兩人面前的柵欄。

「柵欄沒上鎖，妳們直接進來吧！」女子指著她戴著的口罩，「進來前，妳們不要忘記消毒和戴上口罩。」

伍鳳微怔，沒事先帶上防護設備，阿琳頗為得意地從手提袋拿出口罩、手套和消毒液，順道給了伍鳳一人份的口罩和手套，伍鳳大讚阿琳不愧是專業的藥劑師，殊不知這是阿凱和莎拉的好心提醒。兩女用消毒液清洗雙手，戴上口罩和手套，就隨女子踏進案發現場。

「妳好，我是菲尼斯，雜誌記者，這位是我的助手——凱瑟琳，很開心妳願意接受本雜誌的訪問，妳是瑪絲小姐對嗎？」戴著口罩的伍鳳依然做到咬字清晰，談吐有禮，讓阿琳悄悄豎起拇指。

「我是瑪絲沒錯，我一向不和記者打交道，也無意多談爸爸的事情，只是聽妳在電話中提起警方懷疑這是他殺，才勉強答應妳接受采訪。那，我爸爸的案件有什麼內情嗎？」瑪絲把坐枕從地上撿起，熟練地放在背脊，安穩地坐在單人沙發上，在日光燈的照耀下，目光中的不滿一覽無遺。

伍鳳和阿琳坐在一旁的塑料椅子上。阿琳聽出對方語氣的不友善，有些擔心伍鳳無法招架，伍鳳卻若無其事地拿出筆記本，毫不含糊地道：「實不相瞞，警方一開始從意外身亡的方向調查這宗案件。」瑪絲眉頭微蹙，正要破口大罵，伍鳳伸手制止了她，「但是警方陸續發現死者遺體的疑點，仍然繼續調查著。」

瑪絲的眉頭皺得更深，「有什麼疑點？」

「那就是塞剎理先生臨死前戴著兩片口罩，更準確的說法是，死者嘴裡塞著一片口罩，耳朵掛著另一片。」伍鳳不自覺地提高聲量，「警方懷疑口罩背後隱藏著什麼玄機。」

「我有聽警方提起，很詭異沒錯，又和我爸爸的死因有什麼關係？」瑪絲態度依舊冷淡，似乎還沒卸下對眼前兩人的戒心。

「關聯多得很，別看口罩小小一片，多的是可以動手腳的地方，口鼻近距離接觸口罩，只要沾上一丁點的毒藥就能致命，也可以用口罩繩子勒住死者的頸項。」伍鳳留意到瑪絲不信任的眼神，慢慢加重語氣，「但警方推翻了這幾個推測！警方懷疑死因和死者的隨身藥物有關係，在呼吸困難的情況下，死者身為長期使用氣霧劑的肺病患者，但如今無故身亡，這麼一來就可以往兩個方向思考：死者還沒使用氣霧劑就死去，或使用了氣霧劑才死去。」

瑪絲瞳孔放大，像稻草人呆呆地杵著。

「為了找出關聯，我們今天才來到案發現場，觀看房子構造和環境狀況，順道和瑪絲小姐了解當事人的背景，看能不能從中整理出新方向。」伍鳳眼神篤定，鄭重地說：「努力了不一定會有成果，但不努力肯定不會有新發現。」

這番話似乎讓瑪絲有些動容，態度稍微放軟，「我明白了，我會儘力配合。」

伍鳳大喜，激昂的聲音響起，「首先，我想知道瑪絲小姐現在在工作還是念書？」

瑪絲的聲音乾巴巴的，毫無感情，像人工智能的電子發音，「我在Z市的大學修讀化學系，今年是第三學年，路途有些遙遠，近年沒什麼回家。現在正好是學校假期，我才能專心處理爸爸的身後事，他的至親只剩下我，我從此也就無依無靠。」

伍鳳同情地看著瑪絲，「瑪絲小姐，真是辛苦妳了……根據我手上的資料，塞剎理先生身體有些小毛病，妳知道嗎？」

「當然知道。自我懂事以來，我爸爸就煙不離手，一天至少抽一包煙。大概一年前，他長時間咳個不停，一開始以為是普通感冒，後來出現呼吸困難的症狀，緊急送醫後被診斷出患上肺病，而這種肺病與抽煙惡習有關，為了保命，他才願意戒煙。」瑪絲眼神吐露不屑。

伍鳳留意到瑪絲眼裡的敵意，將語調放緩，「藥物是他自行處理，還是妳幫忙？」

瑪絲停頓一會兒，聲調有些不自然，「我不確定記者小姐知否我爸只念到小學，連手機也不會使用，宗教條例倒是背得滾瓜爛熟。他聽不懂醫生的話，一些醫藥用詞連我都會混淆，加上緩解呼吸困難的藥物都需要親手操作，我沒和他同住，他必須學會自理。我花了很長一段時間才教會他使用氣霧劑和藥粉吸入劑，藥物方面一開始是我每個月幫他到醫院領取，後來學業逐漸忙碌了，才叫他自己去辦。」

「我這麼問，可能會引起瑪絲小姐的不悅，不知道妳和塞剎理先生的關係如何？」

瑪絲停頓了一會兒，不客氣地回答：「我對老頭子一點留戀都沒有，自從他害死媽媽，我們就沒說上話。不該說的我也說出來吧！就因為他煙不離手，媽媽才會鼻咽癌逝世，他卻沒有一絲悔意，仍然一支一支地抽，好在隨後我入讀宿舍學校，才不會步上媽媽的後塵。」

阿琳越聽越心酸，為瑪絲的處境感到同情。

「謝謝妳願意說出來，妳最後一次見到塞剎理先生是什麼時候？」

「嗯……大約是上個月的月中。」

伍鳳看了月曆一眼，「塞剎理先生死前的兩個星期對嗎？」瑪絲點頭稱是，伍鳳繼續問下去，「那時妳覺得他有什麼不對勁？」

「簡直糟透了！」瑪絲的聲量突然提高，像木椿大力敲向大鐘的瞬間，讓兩女嚇了一跳，「我斥責他不要亂花錢，但他每個月都定時捐一大筆錢給回教堂，說這是他的天職。他還說一星期後要搭巴士去參加宗教活動，我說他身體這麼差，不要以身犯險，而且近日外頭有傳染病的流言，他斥責我不要管制他的人生，他的生命就是要奉獻給真主，更讓我生氣的是，因為宗教活動，他甚至沒能見媽媽最後一面，他現在死去，我也不會為他掉淚……」

「沒想到……就一語成讖了。」瑪絲說完就紅了眼眶，拿出紙巾默默擦淚。可見瑪絲說得決絕，但始終對父親還有情感，忍不住落淚。

伍鳳和阿琳在旁尷尬得不敢打擾瑪絲，等她情緒平復後，才戰戰兢兢地開口：「嗯……相信這些日子瑪絲小姐過得不容易，未來的路還很漫長，妳要堅強面對。好奇問問，妳現在有伴侶了嗎？啊，不方便說也沒關係！」

阿琳暗呼不怕對方生氣嗎，沒想到瑪絲眼帶笑意，「我在大學認識到不錯的對象，這段時間有她默默扶持我，我很感激。」

「塞剎理先生泉下有知，肯定會喜歡這位未來女婿。」伍鳳留意到瑪絲眼裡的遲疑，「最後的問題，妳知道他有什麼朋友嗎？」

瑪絲聞言後苦笑，懊惱道：「這妳就問倒我了，我爸為人莽撞，對待身旁人態度惡劣，和隔壁的周伯伯、瓦妮太太等鄰居相處也不愉快，別人說的話都聽不進去，雖一生奉獻給宗教活動，卻也沒結交到幾個教友。唯一知道的是卡利叔叔，也不算非常熟絡，只偶爾來我家通知回教堂的活動，我爸對他的語氣也不好，我對他的印象是不錯啦。」

「卡利不就是……」伍鳳發現這名字大有來頭，旁聽的阿琳也覺得這名字有些耳熟。

瑪絲把話接下去，「沒錯，卡利叔叔就是發現爸爸死去的第一發現者。」

伍鳳望了阿琳一眼，兩女想著一樣的事情，卡利一定和這宗案件脫離不了關係。

「沒其他問題了！如果瑪絲小姐不介意，我想在妳的屋子四處看看，並拍照用作調查用途。」伍鳳誠懇地提出要求，瑪絲露出為難的表情，「我知道妳對記者有所顧慮，我答應妳沒得到妳的同意下，絕對不會濫用照片，妳也想讓案件水落石出，對嗎？」

思考片刻後，瑪絲勉強點頭。

阿琳和伍鳳分頭在屋裡四處看看。阿琳到前門查看木門和防盜門的狀況，門框染上歲月無情的痕跡，像是一把年紀的老人家，搖搖欲墜。阿琳無法轉動木門的圓鎖，問了瑪絲才知道門鎖已壞，平時用鎖匙鎖上防盜門而已，睡前用椅子擋住木門，非常簡陋的防護設備。阿琳向瑪絲借了鑰匙，將防盜門上鎖與解鎖，確認這道最後的防護線仍有效。防盜門上的鐵條縫隙大概10釐米，小貓小狗竄進也沒問題。

門口旁有紙巾盒大小的通風窗口，阿琳從窗口窺探屋內，勉強看到沙發的四分之一，而門口迎面就是沙發，阿琳忍不住碎碎念，這間屋子小得不像話，卻也不禁感慨自己身在福中不知福。

沙發面向電視機，後方就是廚房和後門，伍鳳耐心在現場仔細搜索，屋子雖然年久失修，打理得還算整齊，像外婆家熟悉的味道，讓人神馳。垃圾桶空無一物，瑪絲似乎已打掃過屋子。伍鳳向瑪絲打聽塞剎理平時的起居飲食，瑪絲說他平時會下廚，甚少外食，食量不大，一天只吃早餐和晚餐。伍鳳打開冰箱，裡頭只有寥寥幾罐醬料，冰箱頂

塞剎理的住家

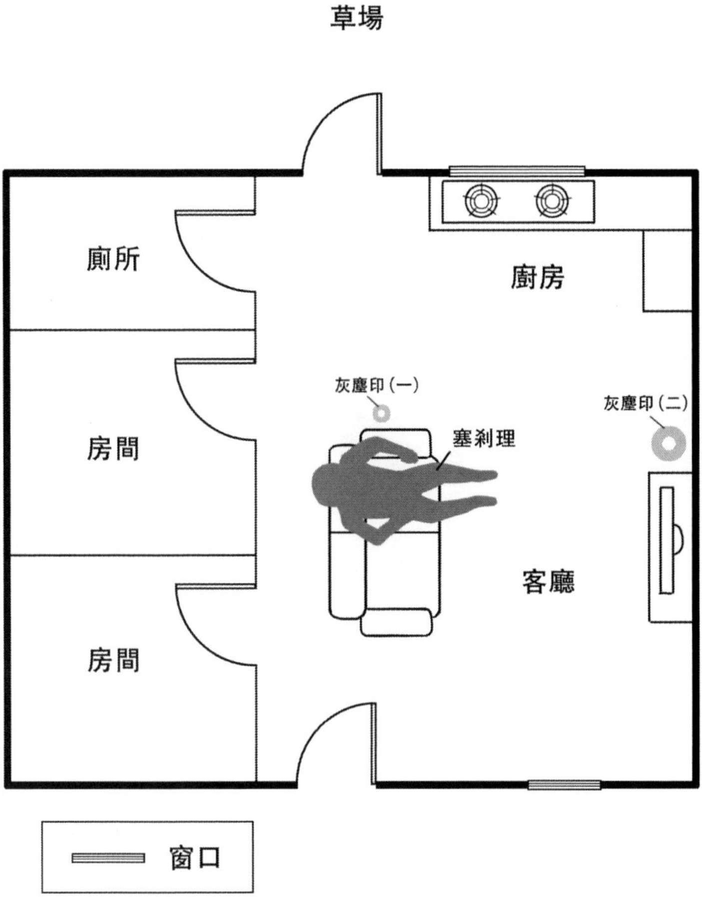

圖4：塞剎理的住家平面圖

上有不同牌子的茶包，除此以外，就沒其他食材。

廚房煤氣爐處有一扇木窗，伍鳳拉起窗栓，嘗試向外推開，卻紋風不動，花了一些時間研究，才發現是向上拉的設計，緩緩將木窗向上拉動後，整個廚房瞬間明亮起來。伍鳳靠在窗戶，視野是一整排的樹木，後方則是草場，隱約看到小孩在嬉鬧。伍鳳仔細揣摩後門構造，是陳舊而堅硬的木門，上鎖方式是鄉村最常見的推板，也就是在牆壁上釘著一塊木板，能頂著門口就足矣。她推開木門，慢慢走到屋後小路，不少鄰居均將車子停泊在後巷，她走進路旁的草地，無意間發現一張皺成一團的白色紙條，打開一看是半張收據，上面寫著便宜西藥房。

阿琳隨口問了瑪絲：「這邊似乎沒有電話哦。」瑪絲點頭稱是。

這時伍鳳打了響指，想起重要的事情，「瑪絲小姐，忘記問妳，妳回來後有沒有發現屋子不對勁？好比有沒有東西遺失，我想到獨居老人在家挺危險的，強盜可能盯上他一段時間，籌謀打劫行兇的計畫。」

瑪絲雙眼無神，兩頰肌肉垂下，「不大可能吧……附近治安向來不錯，不過是有幾個東西不見了，好比廁所旁掛著的掃帚，還有電視機旁的花瓶也打碎了。我猜測是爸爸病發時不小心推倒，要不然就是無端端發神經拿東西亂丟，警方說不是什麼貴重東西，不可能有人要偷，我也接受這說法了。」

伍鳳正奇怪怎麼電視機旁的地板有西瓜大小的圓形灰塵印，沙發旁的地板也有小一些的圓形灰塵印，卻不得而知。

伍鳳拍了地板的照片，回頭詢問，「除了塞剎理先生，還有誰擁有房子鑰匙？」這是伍鳳最後的問題。

瑪絲默默指著自己。

——

離開塞剎理的住家，伍鳳徑直往隔壁家前進，尾隨在後的阿琳明白她的打算，不動聲色地來到欄杆前，正好有人在澆花，伍鳳向華裔婦女微笑示意，她也直愣愣地點頭。

「妳好，我是隔壁家瑪絲的朋友，能不能和妳聊幾句？」伍鳳禮貌鞠躬，道明來意。

「噢，妳來慰問她啊？有心了，我先生姓周，妳可以稱呼我周太太。」婦女露出惋惜的表情，「瑪絲太可憐啦，雙親相繼離世，孤孤單單的日子要怎麼過下去？」

「我也這麼擔心，瑪絲情緒有些低落，能不能請周太太多抽空去看她？我擔心她會想不開……」伍鳳故作傷心狀，以低沉的聲音哀求。「當然別告訴她是我拜託妳的，妳知道她這人就是倔強。」

「包在我身上！我不喜歡她的爸爸，但瑪絲向來乖巧，和我的大女兒是好朋友，我們關係可好！塞剎理和瑪絲長得一點也不像，他身型瘦小，女兒還比他高，都不懂背後是不是有什麼內情，總之沒遺傳到他討人厭的性格就好了！」一談起塞剎理，周太太勃然大怒，像點燃的乾草堆，熾烈地燃燒。

「瑪絲爸爸和鄰居相處不來嗎？」伍鳳故作疑惑問道。

「哼，她爸簡直是混帳！在回教堂工作，理應更該體會宗教裡提倡的關愛理念，但他平時說話尖酸刻薄，見面都不打招呼，還經常偷偷把家裡的垃圾丟進我家門口的垃圾桶，害垃圾車責備我沒有把垃圾分類好，我不懂為此和他吵了多少次。」周太太的額頭慢慢浮現青筋，呼吸也變得急促。

「前些日子我家柏仔和附近的孩子走過他家門口，他正好在澆水，竟然故意噴水到他們身上，這幾個孩子是血氣方剛的中學生，一動怒就直接跨上欄杆，準備揍他一頓，他嚇得轉身躲進屋子，還為此報警！警察到門把孩子整治一頓，好一陣子，這住宅區的年輕人都對他恨之入骨。」

兩女在旁聽得汗顏，沒想到塞剎理和鄰居的關係差到這種地步。

「真可惡，我可以理解你的不滿！你反而成為死者遺體的第一發現人，心情一定很怪吧？」伍鳳有技巧地引導去命案的討論。

周太太臉色一沉，語氣放緩，「這裡的人包括我都不喜歡他，聽到有人死去還是難免感到哀傷，就連與他有過節的柏仔，聽到他的死訊後有些低落……如果我偶爾去探望塞剎理，就不會發生這樣的事……哈啾！」這時周太太打了噴嚏，向伍鳳不好意思地道歉。

「失態了，我最近有些發熱和喉嚨痛……」伍鳳眼神閃過一絲恐懼，周太太看在眼裡，趕緊說：「不可能是新型流感啦！我平時在家打理，鮮少出門和別人碰面，頂多去菜市場買菜，況且患者多是馬來人，華人感染的病例少之又少！」

阿琳在心裡冷笑，病毒才不會理你是什麼國籍、種族、宗教，甚至性別。

周太太把話題帶回塞剎理，「那天傍晚我和丈夫在家裡看電視，家裡沒鎖門，有個陌生人直接闖進我家，嚇了我們一大跳。他說隔壁的塞剎理不對勁，我們以為他在開玩笑，看他賴著不走，才陪他去一趟。塞剎理的防盜門上了鎖，我們只好推開木門看有沒有人在裡面，結果看到塞剎理在沙發上躺著，大聲呼喚他也沒有回應，最後決定向警察求助。半小時後警方撞開後門進入屋內，沒想到塞剎理已經死去多時。」

伍鳳好奇追問：「咦，你認識這男子嗎？」

「不認識。」周太太停頓一會兒，遲疑道：「不該說的也說出來吧，這男子給我的感覺有些古怪！我知道外頭有疫情的流言，但他不僅戴著口罩，連手套都穿上，當時出現在我家門口，我還以為是衛生局官員，沒想到開口就說隔壁有人死了，平時拜訪塞剎理的搞不好就是他。」

陌生人自然是卡利，阿琳對他的懷疑有增無減。

「我和塞剎理沒話聊，對他的朋友更不認識，印象中沒幾個人會探望他，案發前幾天倒是有神祕人到訪，至於是誰就不清楚……」周太太努力回想。

她們謝過周太太，再三叮嚀她不要和瑪絲提起她們後，便走出周太太的家去領車，路上和三個中學生年齡的男生擦肩而過，恰好是三種不同的種族，戴著白色口罩的華裔男生緊張兮兮問道：「妳們來我家有什麼事，不會是警察吧？」

阿琳和伍鳳互望一眼，有股衝動想冒充警察，但還是婉轉地回答：「我們是隔壁瑪絲的朋友，和周太太打聲招呼而已。」

戴著白色口罩的印度男生不以為然道：「還以為妳們是警察，是的話，可以爆料給妳們……」

這一提就引起伍鳳的興致，「小弟弟，你知道什麼內幕，可以告訴大姐姐嗎？」伍鳳彎腰懇求的姿勢，不經意地露出事業線，讓三人驚奇地連嘴巴都合不攏。

「當然沒問題，要不然妳請我們吃冰淇淋，我們就告訴妳！」戴著白色口罩的馬來男生興奮地指著街尾的雜貨店，「前面就有一間！」

人小鬼大的中學生，伍鳳都請他們的眼睛大吃冰淇淋，還敢要真的冰淇淋，阿琳碎碎念，看三人長得虎背熊腰，也不敢出言羞辱他們，反而好奇塞剎理生前竟敢招惹他們，是吃了豹子膽不成？

五人在雜貨店門口咬著冰淇淋，一瞬間有愛情電影唯美海報的既視感。

「好，你們就一邊咬冰淇淋，一邊和我說你們知道的勁爆消息吧！」伍鳳咬著冰棍，含糊不清地說，三個男生似乎對伍鳳咬冰棍的方式很有興趣，阿琳內心不斷咒罵這幾個色胚子。

「薩西我先開始吧！老頭子死去前一天傍晚，天氣不是很好，但我們和附近的朋友還是如往常般在草場上踢球。賽況激烈，正當哈山靠近龍門，大力把足球一踢，沒想到偏離龍門射到天際去，守門員的周柏沒等到球落地已經趕去追球。等了大概五分鐘，就下起毛毛雨了，我們沒等周柏回來就自行散會了。」印度男生鼻子紅腫，說話帶著鼻音，「隔天就傳出老頭子死去的消息，我們好奇問了周柏那天撿球時有沒有撞見什麼怪事，結果真的有！」

伍鳳滿懷興趣地盯著華裔男生，他無意多談，在朋友的催促下才勉強開口，「也沒什麼好說的……那球不偏不倚地掉在老頭子屋子後巷的水溝，我正好住在他的隔壁，經常給他欺負，如果給他看到我的足球，一定會把球拿走，我急忙從水溝撿起球，這時聽到屋內傳出聲音，是馬來語對話，內容大概是他把東西放在門口要老頭子自己來拿，老頭子說沒問題。之後我就離開了。」

「聽起來沒問題啊！」阿琳狐疑地提問。

馬來男生興奮地接下去，「問題在於，哈山我從草場回去避雨的路上經過老頭子的家，匆忙下和一陌生男子相撞，那男子的口罩還掉下來了，我清楚記得他的臉，也奇怪他怎麼戴著手套，沒在意就趕緊回家。」他睜大眼睛表情激動，嗓音略帶沙啞，「隔天傳出老頭子死去的消息，我也到現場湊熱鬧，警方向鄰居錄取口供的時候，我在現場看到昨天和我碰撞的男子，再加上和周柏的口供，不就證明是他帶東西給老頭子？」

伍鳳吞了口水，不安地看了他們一眼，「你們的意思是？」

「沒錯，我們懷疑這名男子趁老頭子獨自在家時，把毒氣彈丟進屋裡，讓老頭子窒息身亡，我們看過不少間諜片都是用這招執行任務！」薩西語氣興奮地像完成絕地任務的特工精英。

伍鳳和阿琳相望一眼，為這班中學生的豐富想像力哭笑不得。揮別三位小男生後，兩女就駕車離開綠景住宅區。

「阿琳，妳有什麼想法？」伍鳳一手扶著駕駛盤，一手拍了阿琳的肩膀。

阿琳慢吞吞地說：「欸……今天沒有太大收穫，口供都指著同樣的人。」

伍鳳同意地點頭，「沒錯，接下來的訪問對象就非同小可了。」

「什麼？我還以為今天的出訪結束了！」阿琳震驚得像給人打了一棍。

「好戲在後頭，難得今天到Y市一趟，不好好利用怎麼行？況且這案件的核心人物，我們還沒碰上呢。」伍鳳看了手錶一眼，「多十五分鐘就是和他約好的時間。」

伍鳳把車子停泊在斜坡旁的停車場，阿琳尾隨她來到馬來人經營的茶餐室，等待當兒，阿琳有些侷促不安，一想到要和嫌疑犯正面對峙，萬一惱羞成怒攻擊她們的話就完蛋了，手腳頓時抖得更為激烈。

沒多久，阿琳看到一輛紅色車子停泊在茶餐室旁，車上下來的馬來男子徑直走進茶餐室，阿琳遠遠看到他，覺得這人有些面善。他頭髮稀疏，皮膚深棕色，和1.7米高的伍鳳差不多一樣高，戴著藍色口罩，一身白色長袍，儼然宗教司的裝扮，環顧茶餐室一周，發現只有伍鳳這桌有人，也就醒目地坐下來了。

「我叫卡利，妳們是約我的記者吧？」男子禮貌地開口，「妳說為了調查塞剎理的事情才聯繫我，我很願意配合，但是恐怕不能談太久……最近疫情傳播的速度有些可怕，我聽說最好要注意社交距離。」卡利特別以英文念出「社交距離」，聲線隱約吐露出不自然。

阿琳聞言後有些生氣，這些宗教人士嘴裡說要注意健康，那邊廂仍然舉辦大型聚會，才讓疫情一發不可收拾，現在疫情逐漸蔓延，有人建議暫停宗教活動，卻惹來大批教徒的反對，說得上是罔顧自己和他人的人身安全，一句「朝拜比抗疫重要」更讓人無奈。

「卡利先生你好，我是記者菲尼斯，她是我的助手凱瑟琳。放心，我們只有幾個問題。」伍鳳心裡對卡利的印象大打折扣，還是不動聲色地問道：「可以說說你和塞剎理的關係嗎？」

「嗯……妳們找上我，多半知道我和他一向有來往，但其實沒妳們想像中那麼熟絡。塞剎理是回教堂的清潔工人，我是回教堂的管理員，彼此在回教堂見面，難免聊上幾句。塞剎理這人不是那麼好相處，經常刁難教徒，為此惹來不少投訴，所幸他清潔的功夫毫不馬虎，才不至於丟了工作，我不得已為他解決了不少糾紛，久而久之就成了他的代言人。」卡利嘆了一口氣。

「你最後一次見到死者是什麼時候？」

卡利想了一會兒，「應該是上個月的回教堂活動，我負責安排交通，塞剎理也是。」

伍鳳示意要阿琳插嘴，阿琳吞了吞口水，戰戰兢兢地說：「打岔一下，你說上一次見面是在回教堂，但根據可靠情報來源，你曾經在塞剎理的預計死亡時間，即下午六點到八點出現在現場，不知道有沒有這回事？」

卡利像給人掌摑一樣，一時處於半痴半呆，臉上戴著的理智面具也盡數剝落，「我……是有出現啦，但不過是受他委託買晚餐給他，他有些不舒服，認識一場知道他無依無靠，就不推辭了。我不是有意隱瞞，只是擔心自己受到懷疑。」

伍鳳讀出他眼眸裡的謊言，對他的說法有所保留，繼續提問：「你可以詳細說說當時的情況嗎？」

卡利的眼神遊移不定，手腳微微顫抖，「我……收到塞剎理的電話，要我外帶食物給他，我說沒問題，抵達他的住宿時是大概傍晚六點半，發現屋子的門關著，我推開欄杆，從通風窗口窺探，傍晚天色有些昏暗，在沒開燈的情況下，只勉強看到沙發一角，就只看到他的腳，看起來應該是在睡覺，我大聲呼喊卻沒得到回應，於是去前門檢查是否有上鎖，結果沒有，便推開一看，發現他好端端地坐在沙發上，穿著整齊，戴著口罩，向我揮手示意。」

「我問他東西要放哪裡？他說放在門口就可以了，還用英文講『社交距離』。我一聽就明白，把東西放在門口，揮手道別。」卡利的呼吸變得急促，「隔天傍晚我再度出現在塞剎理的住宿，因為有點擔心他的健康狀況，便帶食物上門探望，沒想到昨天的晚餐還放在門口，心知不妙，屋子裡也一片漆黑，我馬上大喊他的名字，卻沒回應，逼不得已下到鄰居家尋求幫忙，等到警方抵達，才知道他已死去多時。」

聽起來有什麼不對勁，伍鳳心裡碎碎念。

「最後，我想請問你對塞剎理有什麼看法？」伍鳳問道。

卡利想了一會兒才回答，「他對外人可能沒那麼友善，但對家人，可說得上是關懷備至吧。」

對家人關懷備至？阿琳和伍鳳頓時懷疑卡利是披著宗教司外皮的大話精。兩女向卡利告別，走出茶餐室，卡利卻沒有離開的意思。伍鳳上車後，回頭看了茶餐室一眼，發現卡利在餐廳角落吞雲吐霧，這番舉動不符合他的裝扮。

回程路上，伍鳳依舊肆無忌憚地在高速公路上奔馳，阿琳的表情一陣青一陣白，還以為第二次領教會比較適應，沒想到還是一樣的恐怖。

「天啊啊啊，不要這麼快，我受不了，我要升天了！」阿琳握著席位旁的扶柄，不斷哀求，活像是砧板上拚命掙扎的非洲魚。

伍鳳斜眼看了阿琳一眼，嘴角邪魅一笑地說：「想不到阿琳也會說出這麼色情的話。」

好不容易車子在交通燈前停下，阿琳這才有力氣詢問：「什麼色情話？我不明白。」在旁的伍鳳笑得東歪西倒。

阿琳雲裡霧裡，決定無視伍鳳，道：「不和妳廢話了，犯人是誰，妳心裡有數了嗎？」

「嘿嘿，從剛才的訪談裡我掌握了不少情報，以我記者的直覺，很快就鎖定嫌犯啦。」

「我也有人選，要不要現在說出來？」阿琳躍躍欲試想作答。

伍鳳搖頭拒絕，「沒經過調查的懷疑要不得！要不回去好好整理情報，呈現給蘇隆毅聽，看誰才是真正的福爾摩斯？」

「正合我心意，贏的人有什麼獎勵？」阿琳托著下巴發問。

伍鳳靠在駕駛盤上，沒好氣地說：「妳總是這麼計較，這樣好了，輸的人請贏的人吃韓國烤肉如何？」

阿琳露齒微笑，「一言為定！」

——

伍鳳驅車回到住宿，已是傍晚七點。她拿著一堆文件夾回到房間，媽媽見她穿著手套和口罩，與平時的裝扮大不相同，好奇提問：「鳳鳳，妳這身打扮是怎麼一回事？不會染上什麼怪病了吧？」

伍鳳摘下口罩，無奈申訴：「才沒這回事！最近外頭疫情嚴重，剛好跟進神祕死亡事件，就做些防範措施，妳沒什麼事也不要出門。」

「誰還敢出門？這場疫情一發不可收拾，到處都是口罩蹤跡，在菜市場買菜都心慌慌，大部分娛樂場所也已經關閉，連航班也直接取消，我和妳爸爸訂好的廉價機票這下凍過水[34]，都不懂能不能取回退款。」媽媽眼神有些落寞。

伍鳳默默點頭，疫情影響下，世界各地的航班大都取消，航空公司面臨前所未有的挑戰，收入大幅減少的情況下，仍面對龐大的財務開銷，包括機票退款、燃料供應商、租賃代理商等等，航空業的未來岌岌可危。

伍媽媽盯著想得入神的女兒，在她面前揮了揮手，「好長一段時間沒看見龍仔，鳳鳳妳知道什麼嗎？」

伍鳳吐了吐舌頭，「我怎麼會知道？哥哥他平時都很少在家，不是在警局，就是去

[34] 凍過水，粵語，意指「將要失敗」或「沒有希望」。

撩女生，我在街上都不敢認是他妹妹！」伍鳳意識到媽媽冷酷的眼神，改口說道：「最近疫情這麼嚴重，他一定是去幫忙維持市區的治安吧。」

「我的龍仔可是這國家的大英雄，妳身為妹妹的非但不感到自豪，反而愛說他的壞話，給別人聽到的話還得了？桌上有飯菜，妳幫忙解決吧，龍仔應該在外面吃飯了。」伍媽媽為女兒的口無遮攔感到無奈，伍鳳深知哥哥成名背後的笑話，也不和媽媽爭辯。

伍鳳吃飽喝足，看著發亮的電視螢幕，心情像浪潮般顛簸。電視新聞每天圍繞在疫情危機上，讓人越看越心慌，隨著確診案例有增無減，衛生局採取的措施也全面升級，如果情況依然不受控，就會像其他疫情國採取封鎖措施，那時候她便無法隨性出門追新聞，這也意味著塞剎理案件必須儘快解決。此外警方也加入抗疫行列，懸案的人手分配更是捉襟見肘，疑點不大的案件暫時擱著，何況警方已將塞剎理案件列為意外案。

伍鳳始終相信自己記者的直覺，塞剎理是死於他殺，兇手就是那人。

她的懷疑不是毫無根據，親自到案發現場一趟，對案件輪廓也有更深一層的了解，也從不同人口中聽到不少情報，對比下誰的言辭有矛盾就顯而易見。

伍鳳打開錄音筆，她習慣悄悄錄下受訪者的聲音，避免遺漏任何線索，也方便她在晚上組織內容，她隱約記得周太太短短几句話提到幾個點：

一，周太太提及塞剎理沒什麼朋友，然而案發前幾天卻有人到訪，沒多久即死於非命，是巧合還是人為？

二，卡利是案件第一發現者，戴著口罩手套出現在周太太家門前，在鄰居陪同下查證塞剎理的生死。如周太太所懷疑，就算疫情猖獗，民眾能自覺戴上口罩已經很棒，非必要的話根本不會穿上手套，除非卡利有潔癖，否則就太不尋常。

三，周太太推開塞剎理家門後，清楚看到沙發上躺著的塞剎理，大聲呼喊卻沒得到回應，才決定報警。問題在於，有人這麼關懷塞剎理的安危嗎？受訪者不約而同指出沒人喜歡塞剎理，且儘可能不想和他扯上關係，連自己的女兒也不例外，卡利的關懷顯得異常可疑。

伍鳳在電腦鍵盤上輸入幾段文字，然後停下來繼續思索周太太話裡的線索。

太可疑了，卡利的出現就是最大疑點，他可能就是案發前幾天到訪的神祕人，如此頻密出現在案發現場，不就證明他有著特定目的？卡利說案發當天死者通過電話委託他買晚餐，如果質問他是否連續幾天出現在死者家，他多半以同樣理由回應，詭異在於，瑪絲說死者的教育程度不高，連手機也不會使用，家裡也沒有線電話，又何來撥電話委託晚餐之說？

塞剎理甚少外食，卡利連續幾天幫他買晚餐的說法也有古怪。就當作塞剎理不抗拒別人的幫忙，卡利又為何這麼有耐心充當好幾天的送餐員？以身分階級來分的話，管理員怎麼會放下身段服侍清潔工人？伍鳳迅速找出現場垃圾桶的照片，垃圾桶裡有飯盒，但不一定是卡利帶來的。如果連續造訪的人是卡利，目的也是帶盒飯給他吃，那麼垃圾桶裡的飯盒不應該只有一個。

還是，卡利有著非幫忙不可的理由？好比有把柄在塞剎理手上，才逼不得已送飯給他？這念頭在伍鳳的腦海一閃而過，把她給逗笑了。

周太太對卡利的裝扮有些意見，伍鳳認同，手套不是人人都會戴，想起卡利出現在茶餐室的裝扮，並沒戴上手套，意味著他沒有潔癖，那手套乃視場合而戴，什麼場合又非穿上手套不可？

最大可能——為了避免留下指紋。

伍鳳想得頭快爆炸，起身伸個懶腰，突然想到有件事忘了辦，到窗戶看了一眼，確認哥哥的車輛還沒回到家，便躡手躡腳地到哥哥的房間。

伍鳳的哥哥是刑事調查部的伍龍警探，平時辦事糊塗，破案率卻奇高，人稱「烏龍警探」，烏龍成性卻經常遇到敵方誤射烏龍球——幸運也是實力的一部分。她打開哥哥的電腦，映入眼簾的是輸入密碼頁面，她咧嘴一笑，毫不猶豫地敲下哥哥的生日日期，順利進入系統主頁，心想「這跟用1234當密碼有什麼不一樣」。她曾經看過伍龍進入雲盤瀏覽案件照片，而他疏於管理，因此都讓系統記住密碼，結果妹妹輕易瀏覽他保存在雲盤的寶貴資料，這就是伍鳳得以掌握警方最新情報的原因。當然，這是不能說的祕密。

偶爾伍龍向她透露一些奇案，伍鳳就會把案件轉述給蘇隆毅，再把蘇隆毅推理出的結果告知伍龍，讓哥哥神不知鬼不覺地平步青雲，成為風頭一時無兩的破案王。有時伍龍不願意透露機密文件，她就會靜悄悄地搜索雲盤資料，獨家新聞的素材不曾斷絕，報道價值水漲船高。

伍鳳偶爾會到警局探望哥哥，而伍龍刻意不讓警局的人知道她的職業，儘可能斷絕不必要的流言揣測，她慢慢地和伍龍的同事混熟，除了哥哥一大堆的糊塗賬，偶爾還聽說他和一位不入流的偵探糾纏不清。伍鳳和員警笑言，本區還有不為人知的藥師偵探，這就讓藥師偵探的傳聞不脛而走。

伍鳳默默瀏覽雲盤資料，沒發現有用的線索，暗嘆一聲，關上電腦。正準備離開房間時，書架上成堆的小說吸引了她，這都是不成器的哥哥嗜讀的推理小說，因崇拜虛構世界裡咬著煙斗的名偵探才立志成為警察，如今經常碎碎念真實世界根本沒有所謂的不可能犯罪——就算有，伍鳳也不覺得他有偵破的能耐。伍鳳摸著書背細讀書名，停在艾勒里昆恩《羅馬帽子的祕密》[35]這本小說上。

她一直執著於兩個口罩之謎，看到以帽子為書名的小說，即感好奇，如果沿用這本書的命名方式，那案件圍繞產自美國的口罩不就該命名為《美國口罩的祕密》？伍鳳按捺住好奇心，把書從架上抽出來，閱讀封底簡介：「這頂不翼而飛的帽子到底隱藏了什麼祕密，誰想得到這竟然會是警方的破案關鍵。」——越讀越覺得這本書和「口罩殺人案」有一些異曲同工之處。

[35] 《羅馬帽子的祕密》（The Roman Hat Mystery），艾勒里昆恩（Ellery Queen）一鳴驚人的首部作品。

正當她讀得入迷，房門應聲打開，伍鳳錯愕地把書掉在地上，來者身穿海軍藍制服，兩邊衣袋分別繡著「WU」和「Police」的字眼，正是這房間的主人——伍龍。兩人對望，伍龍冷峻的眼神讓伍鳳好不自在，她尷尬地笑說：「哥，你回來了。」

「我聽說通常在戰爭後就會換來和平，為什麼看到我的妹妹出現在我房裡。」伍龍即興來段說唱，平穩的語氣暗藏不可敷衍的威嚴，正當伍鳳努力想著如何圓場，他指著地板大聲呵斥，「拿書來看是沒問題，但請溫柔對待書好嗎？」

伍鳳這才想起哥哥是笨蛋，放心地說：「哎喲，你嚇壞我啦！我工作得有些悶，就想和你借本書來看，怎樣？親妹妹向你借書，又惹到你了？」

「妳還有時間看書，太羨慕啦！本警探從早忙到晚，堂堂刑事調查部警探竟然淪落到設路障突擊檢查來往車輛，那個『小堡壘大聚會』的後續跟進沒完沒了，手頭上的未破案件直接成了懸案，我都不懂這樣的日子還要持續到什麼時候。」伍龍似乎沒起疑心，接下去說。

伍鳳把握機會發問，「警探哥哥，社交網路鬧得轟轟烈烈的『口罩殺人案』沒有進展嗎？」

伍龍打了個呵欠，「都說是意外案件了，哪還有什麼進展？老早就關檔案了。不懂是哪個無聊人在網上亂說話。」伍龍意味深長地看了妹妹一眼，「聽說某間西藥房因此惹上麻煩。」

伍鳳假意吹了聲口哨，若無其事地拿起書本，想要離開房間，沒想到伍龍伸手捉著書本不放，伍鳳還以為他要大聲呵斥，沒想到他一副遇到同好的興奮表情，「艾勒里昆恩的作品真的很精彩，看完了我還有一堆可以借妳。」

伍鳳暗呼一口氣，做出沒問題的手勢，快步回到自己的房間，翻閱小說至大半夜，看到兇手是誰的頁數，才安心睡去。那邊廂，伍龍留意到有人碰過滑鼠的跡象，特查看雲盤的瀏覽記錄，無奈搖頭，暗地嘆了一口氣。

——

「媽，我回來了。」阿琳拖著沉重的身體回到家門，卻發現門口掛著塑料門帘，明明早上出門都沒看到，怎麼就突然裝上了，也沒提早通知。正要拉開門帘，沒想到琳媽媽跳出來，手裡拿著消毒液，有著滅鬼隊來勢洶洶的氣勢。

「凱琳，站住！」琳媽媽表情嚴肅，讓阿琳嚇得不敢動彈，懷疑自己是不是搞砸了什麼事情，「非常時期，請務必保持清潔，進出門都必須確保清潔衛生，讓病毒無所遁形！」

阿琳傻了眼，脫下口罩，無力地說：「瞧我不是好好戴著口罩嗎？剛剛還戴著手套啊。」

「不要和媽媽囉嗦，馬上去洗手，妳健康就全家健康，妳富貴就全家富貴。」琳媽媽指著洗手間。

阿琳也不反抗，筆直走向洗手間，沾了一些肥皂，就隨便搓搓，最後用清水洗掉泡沫，沒想到琳媽媽又從後面跳出來。

「凱琳，重洗！」琳媽媽拿著報紙，報章內容是正確的洗手步驟，「根據衛生局通告，必需要遵守洗手七大步驟，正確的洗手時間和唱兩遍《生日快樂》的時間差不多一樣，才能達到消毒的最佳效果，請妳認真再洗一遍，專業的藥劑師。」

阿琳嘟起嘴，老大不願意地又洗了一遍，曾經在大學課堂上學過洗手步驟，也沒想過會從媽媽口中聽到這樣的洗手方式，不得不感慨，病毒能夠改變整個世界。

「這才是我的乖女兒，今天工作怎樣？看妳要死不活的，該不會和店員吵架吧？」琳媽媽洞悉女兒的心事，關心提問。

「怎麼總是瞞不過妳……倒不是和店員，是菲尼斯囉。」阿琳想了一會兒，還是老實說出。

「今天怎麼會和她碰面？妳該不會是曠工吧……天啊，妳求學時期半堂課都沒逃過，現在竟然為了這女人如此瘋狂，妳們不會是一對吧？我不是不能接受，不過要給我一些時間！」琳媽媽像聽到什麼驚人祕密，緊張得語無倫次。

阿琳大力拍了額頭，「媽，妳說什麼！我嚴重懷疑妳是不是躲在房間偷看百合小說。」

「什麼是百合小說？好看嗎？」琳媽媽好奇反問。

「當我沒說……」阿琳沒勇氣和媽媽解釋這小說類型的定義。

「不和妳說這麼多，我出去買一些東西，我的口罩用完了，凱琳妳還有嗎？」琳媽媽拿起車匙，向阿琳伸手。

阿琳從手提袋拿出剩下的口罩，給了一片給媽媽，口罩是一層青色和一層白色，只見媽媽戴口罩的方式是白層朝外青層朝內，和阿琳認知的佩戴方式有些不一樣。

「媽，妳戴口罩的方式好像錯了？」阿琳好奇發問，精明能幹的媽媽不可能會犯下如此低級的錯誤。

「哦，這是我在朋友圈群組看到的佩戴方式，有兩種佩戴方式。當佩戴者不舒服，有顏色的那層就在內側，白色向外；如果戴口罩的目的是為了阻擋外來的病毒，有顏色的那層就在外側，白色向內。」琳媽媽瞪大眼睛，不滿地說：「妳在西藥房工作，不該比我更了解嗎？」

阿琳尷尬笑笑，直到琳媽媽走出家門，仍然不服氣，媽媽分明諷刺她在西藥房不學無術，可是她根本沒聽過這樣的佩戴方式！

吃過晚飯，阿琳不像往常般在客廳觀賞電視節目，而是直接衝到房間整理資料，她在搜索欄上輸入「口罩」字眼，靜下心閱讀口罩背後的故事。

「一般常見的口罩有N95口罩、活性碳口罩、醫用口罩和棉布口罩。視情況選擇正確的口罩，就以N95口罩為例子，雖然過濾效率達到95%，但是長時間使用會導致肺部損傷，建議佩戴時間不超過四個小時。

「醫用口罩一般上有三層，最外層是防水層，功能是阻隔飛沫；中間是過濾層，功能是過濾細菌；內層是親膚層，功能是吸收水氣。這三層結構能有效避免患上傳染病，衛生局都會建議民眾在疫季佩戴口罩……」

阿琳拿著口罩不斷研究，沒想過小小一片口罩也有這麼精巧的設計，口罩商家這下還不賺大錢？但是賺災難錢始終不符道德觀念。

阿琳繼續研究口罩的佩戴方式，「佩戴時白色層向內，有顏色的向外，金屬片的一邊緊貼鼻子，確保口罩和臉部沒有縫隙……對啊，我記得沒錯，口罩都沒其他的佩戴方式，親肌層顧名思義就是親近肌膚，再說哪裡會有吸收水氣的一層在外面，總不能是為了吸收霧水，怎麼會出現另類戴法的流言？」阿琳喃喃自語了好一會兒，「搞不好是假新聞吧！」

阿琳嘆了一口氣，老年人開始接觸網路是好事，但盲目相信未經證實的流言，最後反而成了擴散流言的一份子，都不懂這錯誤訊息誤導了多少人。

「塞剎理佩戴口罩的方式正確嗎？」阿琳的腦袋突然閃過這念頭，努力思索伍鳳提供的照片，依稀記得他戴著白色口罩。

「應該沒記錯，他戴口罩的方式是錯誤的。如果是他親自佩戴，代表說他學習錯誤的佩戴方式；如果犯人為他戴上那更勁爆，代表犯人是錯誤佩戴口罩的人。」

阿琳抓了抓蓬鬆的頭髮，細細回憶至今會面的人中有誰用錯的方式戴口罩，她竟然第一時間想到陳曹長，清楚記得陳曹長戴著口罩出現在西藥房，白色口罩和深藍色制服像藍天白雲般，才明白為什麼蘇店長對陳曹長戴的口罩有些微言。啊，偶遇的三個中學生戴口罩的方式也是錯誤的……提及西藥房，她隱約記得塞剎理出現在西藥房時戴著藍色口罩，怎麼死的時候卻戴反，難道真的有人為他戴上嗎？

阿琳想起蘇店長眼神裡數十年如一日的沉靜，若是他知道阿琳繞著口罩轉圈圈的話，一定會這麼說，「謎團像疾病一樣，必須對症下藥」，口罩之謎到最後若是一場誤會，就白費心機了。想到這，阿琳默默翻到處方箋那頁。

「現場封鎖的情況，很大可能是意外或自殺。菲尼斯沒提到現場有遺書，死因也不像自殺，大可去掉這猜測，難怪警方最後以意外來處理。」阿琳叉著腰沉思，「如果犯人故意布局成意外，也不是不可能，能夠做到這一點的，只有那人。」

「這是精心策劃的殺人事件。」

說出這句話後，阿琳就心虛了，根本對案件毫無概念，只隱約察覺誰比較可疑。既然塞剎理死於窒息，若以不出現在案發現場的前提下，要在屋裡布下殺人機關，最簡單的方法是在藥物動手腳。

塞剎理的藥物主要以輔助呼吸為主的吸入器，一共有三種，口服藥物有兩種。塞剎理曾經在西藥房購買藍色氣霧劑、藥粉膠囊和口罩，這代表前者已經趨近耗盡，如果在舊有的吸入器添加手腳，之後順手丟棄，不就是最好的隱藏方式？她很快摒棄這不成熟的點子，法醫的報告清楚證明死者的血液沒可疑藥物，普通人也沒能耐在高壓處理的氣霧劑裡添加毒藥——一不小心就會毀壞，甚至引起小爆炸。

噻托溴銨粉膠囊，搭配藥粉吸入器使用，是獨特的藥物設備，比起一般的藥物噴霧，藥粉能讓病患更從容地吸取，也無需擔憂年老遲鈍的問題，阿琳依稀記得課堂上特別提過這藥物，立刻翻查這藥物的儲存說明。

「鋁紙必須小心撕開，不能越線，膠囊一旦與空氣接觸，必須在五天內使用……或許兇手看上這藥的特性，擬定了這起殺人計畫，可是這樣就想殺人始終略嫌牽強囉。」阿琳喃喃自語，思緒像陀螺般轉個不停，「剩下的兩個藥物有著什麼聯繫？」

阿琳開始搜索茶鹼和尼古丁口香糖的藥物資訊，意外得知茶鹼挺具爭議，治療指數[36]偏窄，服用過少就不會達到醫療作用，服用過度又會出現藥物過量的情況，也就是茶鹼中毒，引起一系列的中樞神經系統反應，在醫院會有血藥濃度監測部門，確保病人服下的茶鹼適中。

讀到這一行，她腦海裡的破碎圖形完美拼湊，安心點頭，揉揉眼睛，握拳低聲說：「總算可以去睡覺了。」

她臨睡前習慣躺著滑手機，突發奇想下，搜索了社交網站對「口罩謀殺案」的討

[36] 治療指數（Therapeutic Index），為藥物的安全性指標。

論，看到案件關係人出現在帖子討論留言區，而用戶頭像讓她有些吃驚，關掉手機，久久仍無法入眠。

——

街道上來往的車子寥寥無幾，市民也漸漸減少出門，流感已經在社區逐步擴散。一如衛生局建議，全面禁止所有超過五十人的集會，引起軒然大波和激烈爭議，但隨著病患人數節節攀升，大眾也開始接受這項指示，而口罩和消毒液的需求更是抵達頂點，這下連大小西藥房都完售，便宜西藥房的連日盛況也到了尾聲。

便宜西藥房裡坐著五人，除了原有的四位店員，今天多了美女記者。為了避免交叉傳染，五人不約而同戴上口罩，阿凱和莎拉對她的到來毫不知情，才明白阿琳一整天神不守舍的原因，原來是她約了記者小姐前來說三道四，不過店裡樂得清閒，也沒多說什麼。

「看伍鳳出現在這裡，一定沒什麼好事，難道妳已有口罩命案的答案？」蘇店長興趣缺缺地盯著她。

「當然有答案了，本小姐對答案有一定的自信，可惜你家店員不同意，才會鬧上西藥房，不然我早在家裡敲打明天要出街的文稿。」伍鳳聳聳肩，像打遍天下無敵手的武林盟主般驕傲自滿，在旁的阿琳撇過頭，似乎很多不滿。

「菲尼斯的解答是子虛烏有的指控，沒考慮藥物聯繫的角度，是無法真正地解決案件。」阿琳嘟嘴不服氣。

「妳們討論得這麼激烈，萬一警方早就找到兇手，不就白費心機？」在旁的阿凱看不過眼插嘴。

「沒這回事！他們老早草草結案，近期正忙著捉拿流感患者，花了整個月都還沒找完『小堡壘大集會』的出席者，人手不足的情況下，案件無法有更進一步的突破。」伍鳳無奈攤手，阿凱一副「你又知道？」的困惑表情。

「這麼一說，現在是作姦犯科的最好時機。」莎拉不經意地說出可怕的事實，讓在場的人愣了好一會兒。她自知失言，笑笑帶過。

「伍鳳，你說說目前為止的調查經過，我對這案件是一無所知。」蘇店長說道。

伍鳳清了清喉嚨，把警方情報和調查關係人的過程，花了一小時才解釋清楚，在旁的莎拉和阿凱聽得昏昏欲睡，阿琳緊張得連呼吸都不敢太大聲，店長還是一貫的漫不經心，偶爾才會提問幾句或要求重複。

蘇店長看過案發現場的照片，閉上眼睛沉思，在旁的阿琳和伍鳳有些難熬，待他睜開眼睛的瞬間，似乎已經看破真相。

「大致上我都明白了，伍鳳，說出妳的見解吧。」蘇店長不囉嗦，直接切入正題。

「首先，本小姐要感謝我的爸爸媽媽，生了我這麼聰明的腦袋。」伍鳳一貫的誇張用詞，這一次更是語無倫次到極點，阿琳、阿凱和莎拉很有默契地鄙視她。

「事實擺在眼前，『口罩殺人案』是精心策劃的謀殺案，犯人就在我們之中。」伍鳳的話像在西藥房裡開了一槍，嚇壞在旁的三女，她這才驚覺語誤，馬上改口，「說錯了！我是說犯人就在我們調查的人之中。」大夥的眼神更為冷峻。

伍鳳自我感覺良好地繼續說下去，「先說結論，犯人是塞剎理的朋友——卡利。」

三女似乎不太意外，熱門嫌疑犯在小說裡多半碰壁，但現實裡直接就是犯人了。莎拉插嘴道，「我也覺得這人很可疑，但如何犯案，就不知道囉。」

伍鳳伸手要莎拉閉嘴，「嘿嘿，這要從卡利的裝扮說起。本小姐想了很久，在這動蕩時刻戴口罩是免不了，但卡利不是從事如醫生護士那樣的高風險工作，有必要出門都戴手套嗎？我開始思索口罩和手套的意義，很快聯想到只有做壞事的人才會有這樣的裝扮，好比電視劇裡的雨夜屠夫，口罩下的淫賤樣，手套下的『鹹豬手』[37]，一旦脫下就無所遁形。」

伍鳳表情變得猥瑣，活像她形容的那種變態，大夥默默點頭。

「周太太的口供讓我有些在意，她提及案發前幾天好像有神祕人到訪，而平時到訪的人只有卡利，天曉得他為什麼連續到訪塞剎理家，考慮到死者平時的待人方式，如此頻密有些不尋常。卡利一開始否認案發當天去過死者家，我當面揭穿謊言，他只好承認自己收到塞剎理的電話才過去一趟，目的是幫他外帶晚餐，我有理由相信他是周太太提

[37] 鹹豬手，粵語，意為非禮或猥褻動作。

及的神祕人。」

「妳的理由有什麼憑據？妳根本沒問他案發前幾天有沒有出現在死者的住家。」阿琳不給面子地打岔。

伍鳳也不是省油的燈，回以犀利的眼神，「就憑我記者的直覺。」伍鳳意識到其他人冷漠的眼神，趕緊說下去，「我還沒來得及質問他啦，之後我再補問！啊，我想起來了，昨晚我靈機一動，記得瑪絲說過塞剎理沒有手機，住家沒裝電話，所以卡利不可能會收到那通電話！假設他真的就是那個神祕人，連續幾天到訪塞剎理的住宿，卻沒留下痕跡，不就說明他正進行見不得光的事情……」

「不會是殺人吧？」阿凱下意識地撫摸下巴邊的乾枯皮膚。

伍鳳向阿凱比了拇指，「正是。我對比兩位案發發現者的說法，有一點讓我頗為在意，那就是卡利提及屋子一片漆黑看不清楚，但是周太太卻說推開木門便看到塞剎理躺在沙發上，短短時間內竟然有兩種不同的說法，這未免太奇怪了，從這一刻起，我就知道卡利是犯人。」

伍鳳拿出塞剎理住家的展示圖，「首先大家必須了解現場的環境構造，在沒開燈的情況下，屋子僅能依靠從後門、廚房的木窗和前門透視進去微弱照明，請記住警方證實現場處於密室狀態，代表說這三個入口在關閉的情況下，屋內是一片漆黑，但周太太的說法卻不一樣，到底發生什麼事？」

目前還算頭頭是道，蘇店長暗自嘀咕，伍鳳嘴裡也能說出像樣的推理。

「卡利藉故到塞剎理家，見屋內並無第三者，二話不說襲擊了他，再從他身上找出屋子鑰匙，之後開始執行殺人計畫。第一步便是把他綁在沙發上，口罩的用途呼之欲出。」伍鳳伸出勝利手勢。

兩個口罩之謎終於要解開了？莎拉屏住氣息等待解答。

「我一直對死者嘴裡的口罩很有意見，又不是戴胸罩，為什麼需要戴上兩個口罩？」伍鳳滿不在乎地說，旁人卻聽得尷尬，「我從家裡找出書名叫《羅馬帽子的祕密》的推理小說，這標題讓我有些在意，好端端的帽子能有什麼祕密？原來這故事是關於劇場有人中毒身亡，案發現場卻找不到他戴的禮帽，沒想到背後隱藏犯人的線索。」

蘇店長一怔，似乎為伍鳳提及的書有些吃驚。

「這本書帶給我最大的啟發是，口罩不一定是我們表面所認知的用途，撇開阻擋空氣雜質、隱藏身分、保暖用途，現在我才明白，犯人反其道而行，將本該是醫護用品的口罩變成殺人工具，那就是塞在塞剎理的嘴裡讓他窒息。」

伍鳳表情嚴肅地說，「這詭計厲害在於大家以為只有兩個口罩，其實還有第三片、第四片甚至第五片，密密麻麻塞在塞剎理嘴裡，卡利深知塞剎理有肺病，比平常人更容易呼吸困難，等同是半個腳踩進棺材。」

「有人拚命塞東西進妳的嘴巴，不會用力抵抗嗎？」莎拉不解問道。

伍鳳打了響指，「好問題！只要將塞剎理綁在沙發上，限制他的行動，就能加劇呼吸困難的危機，就算沒當場斃命，也會因無法定時使用哮喘藥物而肺病爆發。」

伍鳳的說法符合邏輯，阿琳也無法輕易反駁。

莎拉想了一會兒，好奇提問：「這方法聽起來可行，只是塞剎理的死亡時間非常接近卡利的到訪時間，就當那時他親手謀殺死者，妳不是還提到中學生的口供？當中學生去撿球時，聽到卡利和塞剎理聊天，這不就間接證明卡利的清白？」

伍鳳露出自信的笑容，「詭計厲害的地方就在這，卡利布置現場時，發現有人出現在後門，很快便躲起來，偽裝兩人對話的假象——其實是他一人分飾兩角，藉此打發誤闖的中學生。就算他日有人懷疑，這男生反而能證明塞剎理在他到訪時仍然存活。

「隔天他再悄悄造訪，用前一天帶走的鑰匙打開前門，屋裡一片漆黑，這才打開日光燈，查看塞剎理的生死，一旦確認了，就將屋子稍作整理，並把塞在嘴裡的一堆口罩拿走，倉促下遺漏了一個口罩在嘴裡，把另一個口罩戴上，製造成肺病發作窒息身亡的現場。準備充足後，才跑到隔壁大嚷救命，沒想到匆忙下忘記把電燈關上——這就是口供不一的原因。」伍鳳漂亮地把案件解釋一遍。

莎拉和阿凱聽得入迷，嘴巴微張，像是金魚嘟嘴的模樣。

「那卡利殺害塞剎理的動機是什麼？」莎拉似乎已經信服伍鳳的說法。

伍鳳眼裡閃過犀利的光芒，「嘿嘿，結合情報網和記者直覺，塞剎理應該是無意中撞見回教堂的非法勾當，好比濫用教徒的捐款，他得知血汗錢成了權貴人士的零用錢，大怒下和回教堂鬧翻。卡利為了說服塞剎理保密，多次來到住宿遊說，碰壁後萌發殺意，謊稱外帶晚餐給他，實則藏著殺人工具……」

三女不懂該不該相信伍鳳的話，沒有根據的推測就是胡說八道，而這時零碎的掌聲響起，三女望向蘇店長，蘇店長語帶讚賞道：「沒想到伍鳳也能說出像樣的推理。」

伍鳳聽到蘇店長難得說好話，有些飄飄然，但沒多久這股興奮就熄滅了。

蘇店長無視伍鳳臉上的雀躍，不留情地點評，「我有幾點疑惑，第一是死者嘴裡的口罩。把口罩強硬塞進一個人的嘴裡，對方肯定反抗，除非對方處於昏迷或給人下藥，但警方報告說明死者體內沒有安眠藥的成分，代表死者很有可能處於清醒的狀態。這麼一來，毫無疑問就得把他牢牢綁住，但妳剛剛說的驗屍報告提到，屍體沒留下什麼傷痕，難道不會有矛盾嗎？」

「可能他……使用不會留下痕跡的方法，好比性虐待，用絲巾鎖住四肢？」伍鳳舉出的例子讓三女大開眼界，好奇她從哪裡聽聞。

「這勉強說得過去，我更在乎的是犯人的犯罪心理，妳要殺人的話會選在什麼時候？」

「嗷嗚，當然是月黑風高的晚上！」伍鳳話剛說出，就臉色一變。

蘇店長冷哼一聲，「妳自己也這麼說了。要下手害人，除非是不可抗力的衝動殺人，稍微有點腦子的人都不會選在熱鬧的傍晚，不要說會惹起鄰居疑心，假設送貨員突然上門，或路過的小孩目睹命案，不就還要多殺幾個人嗎？一點也不符合犯罪的經濟學。」

他繼續說下去，「卡利頻密出現在死者住宿，連毫無交情的鄰居都說有印象，而他發現命案後衝去鄰居家，一身防護裝備，讓鄰居對他的印象更為深刻，作為兇手也未免太高調。更重要的是，這殺人方法根本無法為卡利製造任何優勢，塞剎理的死亡時間不就正好讓卡利成為頭號嫌疑犯嗎？」

蘇店長的話像縣官拋下的令牌，狠狠落在伍鳳的心眼上，「妳說犯人將現場布置成自動殺人裝置，結果死亡時間和卡利離開的時間近乎一樣，隔天他還來查看現場，這破綻多到讓人噴飯。如果真如妳說的，我想建議犯人乾脆拿棒子敲人，不必花時間塞口罩浪費時間。」

伍鳳無法招架，想反駁也詞窮了，再次在推理競賽中落敗，在旁的阿琳露出雪白的牙齒，竊喜自己的勝算高出不少。

蘇店長好奇阿琳臉上的異樣，「阿琳，伍鳳推理失敗，妳為什麼這麼開心？難不成妳們之間有什麼賭注？」

一切都逃不過店長的法眼啊，阿琳不好意思地承認，臉頰一陣緋紅，「不過是說好誰輸了就要請贏的人吃韓國烤肉。」

蘇店長一副沒好氣地揮手，「真是敗給妳們，那現在就是阿琳的表演時段。」

阿琳拿出文件夾，抿嘴一笑。

——

阿琳在便宜西藥房熬了不少的苦頭，見證不少風風雨雨，如今覺得過去經歷的磨難都是為了今天的成果，經過無數夜晚的推敲，得出「口罩殺人案」的唯一解答，成果讓她懷疑了好一陣子，但根據福爾摩斯的說法，「排除一切不可能，剩下的即使再不可能，那也是唯一的真相」——阿琳篤信自己的解答。

阿琳深呼吸，向大家鞠躬，像上臺演講的新生，「首先我要大家留意一下死者的處方箋。」阿琳拿出伍鳳提供的紙張，阿凱和莎拉好奇湊近一看。

噻托溴銨粉吸入劑，每揿18微克，一天一次，每次一揿

布地奈德氣霧劑，每揿200微克，一天兩次，每次兩揿

沙丁胺醇氣霧劑，每揿100微克，有需要才使用，每次兩揿

茶鹼藥丸，每粒125毫克，一天四次，每次一粒

尼古丁口香糖，每粒4毫克，有需要才使用，每次一粒

「這些藥物有什麼問題嗎？」阿凱好奇問道。

「我的調查方向和菲尼斯不一樣，我是藥劑師，也只能從藥理下手。當我看到這張處方箋，隱約覺得不對勁，肺病和一般疾病不一樣，甚少口服藥物，多是局部治療的藥物設備，也就是吸入器，就這病患而言，就有三種吸入器。我在想，或許有人看準設備的漏洞，改成遠距離殺人的裝置。

「很快的我發現這假設行不通，血液樣本沒可疑，添加毒藥的手法在這不管用，我從藥物的相互作用下手，在房間翻閱參考書好幾天，瀏覽醫學網站，好不容易找到尚算冷門的藥物相互作用，那就是茶鹼藥丸和尼古丁的聯繫。」

阿琳表情羞怯，拿出醫學論文念出來，「茶鹼類藥物是治療呼吸系統疾病的藥物，鮮為人知的是，茶鹼其實是治療指數狹窄的藥物，服用這藥物必須遵守不少規矩，除了藥物相互作用，最特別的是病人必須禁止抽煙。根據研究顯示，抽煙能加速茶鹼的代謝，讓茶鹼在身體快速清除，無法達到應有的醫療效果，也就是說呼吸困難的問題無法及時舒緩。」[38]

伍鳳噘起嘴，為阿琳每次都搬出長篇大論的藥理感到沉悶。

阿琳尷尬一笑，「老實說，我不記得塞剎理的臉，但清楚記得他戴著口罩，在我面前咳嗽，整間店頓時瀰漫臭煙味。我懷疑他是煙民，如果屬實，會大大減低茶鹼在身體裡的含量，他也有服用尼古丁口香糖，而尼古丁正是香煙成分，不難推測對茶鹼也有影

[38] 源自 Pubmed：Effect of Smoking on Theophylline Disposition。

響，兩者兼施的情況下，塞剎理身體的茶鹼含量分分鐘所剩無幾。

「我重複一次，茶鹼的醫療用途是放鬆支氣管平滑肌，舒緩呼吸困難的問題，在茶鹼不足以達到醫療效果的情況下，病患很可能舊病複發。我大膽猜測，有人故意和他說抽煙不會影響藥效，目的就是讓塞剎理死於藥物疏忽的意外。」

大夥一陣愕然，清楚明白阿琳暗示的嫌犯。

「不是意外身亡，那就是他殺案，就有所謂的兇手。我開始思考兩個口罩的謎團，心裡有底後加以聯想就突然想通，原來死者臨死前利用口罩留下隱藏的死亡信息。」

伍鳳一臉不屑，「上次是藥盒，這次是請聆聽口罩的遺言嗎？」

莎拉難以接受阿琳異想天開的說法，沒好氣道：「這太奇怪啦！」

「口罩背後的意義實則簡單直接，你們試想想，死者在生死關頭徘徊，那瞬間知道有人布下圈套加害自己，無法留下文字留言的情況下，急中生智把口罩塞進嘴裡。一個口罩作為信息載體就夠了，但犯人有可能隨時來到現場，只好戴上另一個口罩遮掩，避免其他人發現這死前留言。」阿琳比手劃腳，語氣有些急促，「也釀成詭異的兩個口罩之謎。」

阿凱忍不住打岔，「阿琳，妳說得這麼明白，我們都知道妳懷疑死者的女兒就是犯人，傳達錯誤的藥物資訊還可以接受，但是口罩又怎樣扯去犯人的身分？」阿凱指著戴著的口罩，打趣說：「不會是暗示口罩的形狀和胸罩很像吧！」

伍鳳聽了哈哈大笑，沒想到剛剛的話阿凱會當真。

阿琳不理會旁人打擾，繼續說下去，「你們知道口罩還有其他名稱嗎？」

「胸罩？」伍鳳不假思索地回答。

「算我拜託你們，不要再提這字眼……」阿琳鼓起臉頰。

伍鳳用手機搜索了一會兒，認真回答，「呼吸面罩？」

「下一個。」

「呼吸胸罩？」伍鳳陰惻惻地笑了。

阿琳正要回話的時候，莎拉遲疑地說出英文單詞，「Mask？」

「終於等到你……」阿琳如釋重負地呼了一口氣，「沒錯，口罩的英文名稱就是『Mask』，也是塞剎理留下的死前留言。」

莎拉和阿凱眉頭一皺，不明白這留言意義何在，還是對案情比較了解的伍鳳靈光一閃，趕緊從文件夾找出死者女兒的資料，驚奇喊道：「死者女兒的名字正是瑪絲，不就和『Mask』諧音？」

阿琳滿意點點頭，阿凱和莎拉仍是一副無法接受的樣子。

阿凱滿腹疑惑，好奇地問：「我不理這荒謬的死前留言，我在乎的是瑪絲如何行兇。她沒和死者同住，也無法遠距離殺害死者，就算如阿琳所說的誤導死者對茶鹼的認知，讓他在不知情下繼續吸煙和使用尼古丁口香糖，致命的成功率也是很小吧？」

阿琳點點頭，打出最後一張王牌，「所以，瑪絲準備了第二個計謀。

「我看過幾張現場的照片，垃圾桶裡有噻托溴銨粉膠囊的空藥片，藥片有白色粉末，看起來像噻托溴銨粉，讓我在意一段時間。大家對這藥物可能不熟悉，我稍微解釋這藥的使用方式。」

阿琳拿出藥粉吸入器和鋁紙藥片，是西藥房的樣本，她打開吸入器的開蓋，「就如大家所知，藥粉吸入器必須搭配藥粉膠囊使用，和一般噴出氣體的氣霧劑不同，吸入器裡有一根尖刺，將膠囊放進去，大力按下就會刺穿膠囊，藥粉隨之釋放，病患從吸嘴處吸取藥粉……」

「阿琳不會指『口罩小姐』在吸入器下毒吧？」莎拉脫口而出，打斷了阿琳的解釋。

阿琳愣了一會兒，才意識到「口罩小姐」是指瑪絲，忍不住笑了幾聲，「依賴外來毒藥的話，驗屍結果出來就糟糕了，身為病患唯一的家屬自然是頭號嫌疑犯。剛剛提到垃圾桶裡的藥粉有可能是噻托溴銨，但膠囊在吸入器裡被刺破，藥粉會在裡面釋放，病患儘可能將藥粉吸得一乾二淨，就算遺留也會留在吸入器內，而不是藥片。」

阿琳的著眼點還不賴，蘇店長默默點頭。

「於是我開始思索，藥粉或許不小心掉在藥片上，可是藥粉近乎不可能會從密封膠囊掉出，除非是人為……」阿琳表情變得嚴肅，吞了一口唾液，「避免被人發現動手腳，最簡單的方法就是用針刺穿藥片裡的膠囊，如此一來，藥粉就會外洩在藥片。塞剎理如往常把膠囊放進器材，沒注意膠囊裡的藥粉已經掉在藥片上的話，就算吸上一百次也是白吸。」

伍鳳聽到這裡，馬上翻開垃圾桶的照片，如阿琳說的一樣，藥片上有白色粉末，針刺痕跡倒不明顯。

「這計謀厲害在於，噻托溴銨粉膠囊有特別的收藏規矩，就是不能事先將藥片打開，在藥片鋁紙上清楚寫著撕開時不能超越界限，膠囊一旦與空氣接觸，必須在五天內使用。」阿琳指著藥片背面，「光是膠囊接觸空氣後就必須馬上使用，那麼膠囊裡的藥粉直接漏出來的話，等同加速變質過程。掉落在外的粉末很可能已經不能使用，就算留意到藥片上有藥粉，不願意浪費的塞剎理照樣吸進身體，因此無法達到醫療效果，但塞剎理當然沒意識到這一點。」

阿琳說得頭頭是道，在旁浮躁的聽眾漸漸聽得入神，似乎認同阿琳的觀點。

「確實不可能會發現藥片上的小洞……」莎拉附和阿琳的說法。

阿琳向莎拉微笑示意，「綜合以上說明，我相信瑪絲小姐，設下了兩個，不，至少兩個殺人圈套，可能還有我們沒發現的圈套，殺害自己的生父——塞剎理先生。我的報告就到此為止。」阿琳禮貌向大家一鞠躬。

「殺人動機呢？」伍鳳冷冷提問，她知道瑪絲沒殺害生父的原因，就算關係再怎麼惡劣，也不可能走上殺人這條路。

阿琳嘴角上揚，露出雪白的牙齒，「就等你們發問。沒錯，不會有人無緣無故殺害自己的生父，就算瑪絲說不原諒爸爸冷落媽媽，大可離家出走讓他孤獨終老。我心血來潮搜索『口罩殺人案』在網上的討論，無意中看見瑪絲在留言裡呵斥網民不要拿爸爸的逝去當玩笑，我無意間瞄到她的用戶照片，是兩人合照呢。」

阿琳從口袋拿出電話，打開瑪絲的社交帳號，頭像是她和男人的合照，伍鳳湊近看了一眼，就知道是怎麼一回事，其他人震驚得連嘴巴都合不攏。

「沒錯，瑪絲的伴侶是中性打扮的女生。」阿琳小心翼翼地說，把嗓音壓低，「我再三查證她們兩者的社交帳號，兩人確實談著戀愛，甚至在社交網頁公開認愛。保守的穆斯林對她們大肆批評，兩人的帳號不乏辱罵聲，但她們都視若無睹。塞剎理從他人口中得知女兒的性取向，和她起了爭執，沒錯，瑪絲不是生氣爸爸把大部分薪水捐贈給回教堂，而是爸爸要女兒和伴侶斷絕來往，一氣之下才對爸爸下手。」

店內一片沉寂，沒人反駁阿琳的話，阿琳沾沾自喜之際，蘇店長開口了。

「整體而言，阿琳的推理還行……」阿琳聽到蘇店長這麼一說，開心得快要跳起來，沒想到蘇店長緊接著的話，澆熄了她的雀躍，「只是時間線不連貫。」

四女睜大眼睛，頭往前伸了一寸，狐疑地盯著蘇店長。

「要做到藥物輔導的誤導，必須在初次服藥的時候，從塞剎理到西藥房添購藥物來看，不難看出他使用藥物已有段時間，藍色氣霧劑通常用上幾個月，假設藥物是死者和女兒吵架前一個月開始使用，就有了以下猜測。」

蘇店長在白紙匆匆寫下幾行字。

1. 塞剎理和瑪絲到醫院拿藥
2. 兩人吵架，瑪絲在藥粉膠囊動手腳
3. 塞剎理參加宗教集會
4. 塞剎理到西藥房
5. 塞剎理被發現死在屋子裡

「請注意第二項，突如其來的吵架，瑪絲才動念在塞剎理的膠囊動手腳，但你剛剛提及錯誤指導服用藥物的計畫就行不通，既沒有衝突，又哪來怨恨？瑪絲不可能在藥物輔導上刻意和爸爸開玩笑，妳們都知道，藥不能亂用。或許阿琳想說，瑪絲借這機會報復爸爸對媽媽的冷落，但看在她願意陪伴爸爸去政府醫院看醫生這點，足以證明瑪絲對塞剎理不至於無情無義。」

莎拉聽後默默點頭，前往政府醫院求醫過程非常煎熬，排隊登記、等候醫生、在藥劑部拿藥，至少花上一整個早上的時間，是自己的藥物還不打緊，如果是別人的藥物，還不算有情有義嗎？

阿琳正面迎來痛擊，但屢戰屢敗多次，已懂得迅速調整心態，「我承認我的推測缺乏考量，就當做塞剎理不服從服藥指南繼而釀致悲劇，但不能否定瑪絲在膠囊上動手腳的事實。」

蘇店長微微點頭，「阿琳仍然堅持的話，我就逐一解釋。妳推測死因是由膠囊損壞和藥物的相互作用所引發。但僅憑照片便斷言藥片上的粉末是藥粉就過火了，白色粉末隨便舉例都有——小麥粉、薯粉、指紋粉、白粉等等，我不否認是藥粉的說法，但這證據始終站不住。意外案件通常不再深究，警方不可能仍然保留垃圾桶的證據，就算告上法庭，辯護律師也能利用這點為事主洗脫嫌疑。」

阿琳一怔，清楚記得死者家裡的垃圾桶空無一物，看來瑪絲回到住家，馬上清除罪證，將真相埋葬在口罩背後。

「就算瑪絲在膠囊動手腳，我不覺得塞剎理會因藥效不足而死。」蘇店長停頓了一會兒，「阿琳提及抽煙會影響茶鹼的藥效，這說法正確，至於尼古丁口香糖會不會影響茶鹼的藥效，答案是不會。」

這說法讓阿琳皺眉了。

蘇店長繼續解說：「國外有人做過類似的臨床試驗。科學家讓自願者服下茶鹼藥物，再分成兩批服下尼古丁口香糖或安慰劑口香糖，發現兩組自願者體內的茶鹼藥量相近，這也代表尼古丁口香糖不會影響茶鹼藥效。[39]

「我不確定妳們知不知道茶鹼的由來，從名字應該不難猜出這藥和茶葉有些關係。從茶葉提煉茶鹼的方法也沒想像中的難，將茶葉溶在乙醇裡，幾次萃取加工後，就能獲得粗茶鹼了。這也說明，飲用茶水也等同吸取微量茶鹼。伍鳳在現場拍的照片，有一張是冰箱的照片，上面放著不同牌子的茶包，不難看出塞剎理定期飲用茶水，茶鹼也隨之吸收。」

阿琳不安地舉手，「店長說的我都同意，可是就算證明尼古丁口香糖和茶鹼的代謝無關，以及塞剎理有定期服用微量茶鹼的茶水的習慣，也不能就此忽視抽煙對茶鹼的影響，讓茶鹼無法發揮藥效，死者才會失救而死。」

「阿琳現在主張意外身亡？這不就和警方的推測一模一樣嘛。」伍鳳露出不懷好意的笑容。

阿琳苦惱地搔搔臉頰，「我也不願意相信這是事實，無法證明瑪絲蓄意謀害塞剎理，就只能是藥物相互作用引起的意外。」

蘇店長小小咳了一聲，四女將目光移到他身上，「抽煙的確會影響體內茶鹼的含量，影響呼吸管道的通暢。」蘇店長漸漸提高聲量，「只是阿琳肯定塞剎理有抽煙的習慣嗎？就算他之前是煙民，也不代表現在仍繼續抽煙。」

阿琳臉上一陣猶豫，但還是篤定道：「我清楚記得他來西藥房時，在櫃檯大聲咳

[39] 源自 Pubmed：Nicotine Gum and Theophylline Metabolism。

嗽，我就嗅到難聞的煙味，如果不是煙民的話，總不可能是燒香吧？」

蘇店長搖頭，「我相信阿琳的判斷，前來買藥的男人是煙民，只是妳肯定那人就是塞剎理嗎？」

阿琳臉上一熱，她一點也不記得顧客的臉，只記得他購買的藥物。

「阿琳是以『演繹法』來推理吧？」蘇店長提及陌生的字眼，四女聽了一臉懵懂。

伍鳳拍了桌子，興奮地說：「這不就是福爾摩斯的思考方式嗎？但是……詳情我是不知道啦。」

蘇店長嘆了一口氣，「簡單來說，演繹法是根據定下的『規則』和出現的『案例』，從中推斷出『結果』。舉個例子，疫情會導致醫療系統癱瘓，這是『規則』。假設疫情確診人數上升，這是『案例』；醫院病床不夠，這是『結果』。」

四女大力點頭，似乎能理解蘇店長給的例子。

「阿琳應該是這樣推斷出結果。有人在西藥房買藥，這是『規則』。塞剎理手上有收據和藥物，這是『案例』，『結果』自然就是塞剎理在西藥房買藥。」蘇店長沉著說道。

「我不懂什麼是演繹法，『結果』還是和我說的一樣？」阿琳狐疑問道。

蘇店長搖頭，「我說得簡單一些，塞剎理擁有藥物，不一定親自去西藥房一趟，也有可能是別人幫他買。我這麼說可能阿琳會不服氣，妳們哪會認不出顧客？大家別忘了現在疫情猖獗，人人出門都戴口罩，而口罩又有隱藏身分的作用，這也是阿琳無法認出塞剎理的原因。

「那天向阿琳購買口罩和藥物的人不是塞剎理，是另有其人。」

——

阿琳驚訝得連話都說不出，支吾了好一陣子，才把話說完整，「這……是不可能的……藥物真的在塞剎理的家，連收據也收著，他根本沒幾個朋友，沒人會願意幫助他。」

伍鳳靈光一閃，迅速找出文件夾的照片，揣摩片刻，興奮地拿著照片大嚷，「我知道了，幫塞剎理到西藥房一趟的人是卡利！」

伍鳳把塞剎理和卡利的照片並列在桌上，語帶興奮，「你們看，這兩人年齡差不多，都是頭髮稀少，兩鬢斑白，皮膚深棕色，就連高度也差不多，細看五官雖沒太相似，但戴上口罩後，就認不出了。」

阿琳眯著眼睛一看，認同卡利和塞剎理的髮型相近，身材高度也差不多，是有認錯的可能，這也難怪在馬來茶餐室看到卡利時會覺得面熟。

蘇店長點頭，「我發現幾個疑點。第一點，塞剎理死時戴著口罩，一人在家自行隔離，有需要戴口罩嗎？答案是不，獨居的話無需口罩，只要保持屋內空氣流通就行了。

現今市面口罩短缺，能省則省，只能聯想他約了某人在家碰面，接近見面的時間就識相地戴上口罩——或許也是對方的要求。」

阿琳和伍鳳互望一眼，內心大嚷看走眼。

「接下來，阿琳妳記得這位顧客前來西藥房說什麼語言嗎？」

「嗯……是一口流利的英文。」阿琳的語氣有些懊惱。

「這就是第二個疑點了，只念到小學的塞剎理能說流利的英文嗎？」蘇店長瞥了阿琳一眼，繼續說下去，「第三點，阿琳提及顧客身上傳來煙味，我想問的是卡利有抽煙的習慣嗎？」

伍鳳急切地舉手發言，「我看到卡利在茶餐室裡抽煙！」

蘇店長默默點頭，「那麼回到我剛剛的提問，塞剎理真的有抽煙嗎？這一點我很懷疑，現場缺少關鍵物證，那就是煙灰缸。現場沒香煙的蹤跡，大可抽完就沒了，但煙灰缸不會無緣無故消失，除非塞剎理打算不再抽煙。」

伍鳳努力翻查案發現場的照片，最後目光停留在一張照片上，「蘇隆毅，沙發旁的地板有一片特別乾淨、沒有灰塵的圓形印，我拍下的時候有些在意，現在我終於明白那之前放著煙灰缸，沙發和煙灰缸果然是煙民的絕配啊。」伍鳳摸著下巴，說得津津有味。

「還有一點值得注意，那就是收據。」蘇店長說出令人錯愕的線索。

「收據……又有什麼關係？」莎拉好奇插嘴。

「當我聽到警方在塞剎理家裡只找到半張收據，就覺得很奇怪。當事人把收據撕成兩半的態度趨向負面，但情緒爆發的地點不大對勁，既然是對本店的商品不滿，那麼當場發難再正常不過，或回去的路上順手把收據扔掉，總之沒必要留在家。」蘇店長停頓一會兒，「我理解的是，有人幫忙他購買藥物，但和塞剎理心中的價格相差甚遠，才不滿地把收據撕成兩半。」

阿琳努力回想男顧客到門的情景，依稀記得他說過「好像比我聽說的還貴」，原來男顧客是從塞剎理口中聽說藥物的價錢，而這位男顧客自然就是卡利。

「既然男顧客是卡利，那麼殺害塞剎理的人是他？本小姐就說嘛，我的推理果然沒錯到太離譜。」伍鳳翹起二郎腿，一副得瑟的快活樣。

「卡利不是兇手，但要解釋整宗案件，必須從他幫忙買藥的事件說起。」蘇店長無情地瓦解伍鳳的美夢，繼續說下去，「我這樣問好了，妳們會委託別人幫忙到西藥房買藥嗎？」

四女面面相覷，交換眼神幾十回，最終是資深店員開口，「我不會麻煩別人，也怕別人買錯東西，除非我走不動啦！」

蘇店長點頭，「我們了解一下塞剎理的經濟狀況和求醫習慣，他是回教堂的清潔工人，大部分薪水都捐給回教堂，可想而知是沒能力到私人醫院求醫，一定是在政府醫院求醫和領取藥物。」

阿琳點頭贊成，在馬來西亞只需要支付一令吉的登記費，就能享有一流的政府醫療服務，就連藥物也免費，可惜民眾對輕易到手的藥物不怎麼珍惜，浪費藥物的新聞屢見不鮮。

「我猜測塞剎理無法到醫院領取藥物，便要求卡利為他跑一趟，妳們都知道在政府醫院排隊非常煎熬，卡利看到藥包資料，發現價格不貴，動念幫他到西藥房買應急藥物，沒想到門市藥物和醫院價格不一，才會表現出驚訝。事後和塞剎理收取費用時，塞剎理看到收據後大發脾氣，還將收據撕成兩半，丟棄一旁。」

蘇店長說得這麼深入，阿琳懷疑自家店長是不是在地球上每個角落都裝了監視器。

蘇店長若有所思，道：「那天阿琳和阿凱不是問起本店出售的氣霧劑是否不符標準？」蘇店長看著一臉震驚的阿琳，沒好氣地說，「妳們說得這麼大聲，我哪會聽不到？我對這件怪事挺在意的，但想到是卡利幫忙購買的話，就不出奇了。」

阿琳尷尬一笑，沒想到這些胡說八道都傳到店長耳裡。

「卡利是清潔工人，經濟能力可想而知，我猜測多是以公共交通或摩托車代步。卡利身為回教堂管理員，則多半以汽車代步。」伍鳳向蘇店長比了大拇指，蘇店長繼續說下去，「妳們知道藥物的儲存方式吧？大部分藥物必須儘可能存放在陰涼的地方，且避免陽光直接曝晒，藥物從西藥房帶走的那刻起，等同從儲存箱甲走到儲存箱乙，而卡利和塞剎理恰好以不同的交通工具代步，也就代表著不同的儲存狀態，說到這，阿琳應該明白我要說什麼吧？」

阿琳微微點頭，以乾澀的嗓音回答，「摩托車是開放空間，而汽車是封閉空間，一旦在陽光下曝晒，車裡的溫度可以變得很高，對藥物非常不利。」

蘇店長滿意地點點頭，「妳知道就太好了，我補充幾句，在高溫情況下，吸入器的藥物有可能氣化損壞，間接影響藥效，這就是科學鑑識組發現氣霧劑不夠劑量的原因。」

伍鳳眉頭微蹙，舉手發問：「我理解溫度對藥物的影響，但你是不是忘了車裡有空調，正常人怎能忍受高溫？」

蘇店長微微點頭，「不開空調的情況，自然就是泊車的時候，而汽車在烈日下只要曝晒一小時以上，車裡溫度就會迅速上升至猶如桑拿房。卡利從西藥房離開後，並沒馬上前往塞剎理的家，反而讓藥物待在車裡一段時間，說明他還有其他事情要處理，或不急於找塞剎理，與卡利代替塞剎理到西藥房的『某個理由』聯想，就會有答案。」

四女呆滯地看著蘇店長，露出怎麼也想不通的表情。

蘇店長暗嘆一聲，「妳們試想想，塞剎理與別人交惡，連上司也不給面子，這樣的人寧可去死也不會找人幫忙，為什麼卡利三番四次出現在他的住宿，甚至幫他買藥物和盒飯？換個角度思考，或許塞剎理根本不想讓卡利照顧他，這麼一想的話，就是卡利強制塞剎理留在屋子裡，不能踏出屋子半步。」

「什麼？店長是說……卡利軟禁塞剎理，而且還是關在自己的家？」莎拉驚訝地喊出聲來。

阿凱聞言，大笑幾聲，「哈哈，這哪裡是軟禁，這是在家隔離十四天吧！」

阿凱的話剛說出，阿琳和伍鳳瞪大眼睛，錯愕地連話都說不出。

「沒錯，塞剎理可能是流感病患。」蘇店長篤定地說。

伍鳳倒吸一口氣，迴繞在口腔裡的是冰冷的空氣，「這下我明白了，塞剎理就是『小堡壘大聚會』宗教活動的參與者！卡利曾經提及他是安排回教堂活動的負責人，塞剎理就在他安排的群組。自從爆發疫情後，警方致力追蹤出席者做檢驗，而不少宗教狂熱分子卻主張宗教力量能勝過病毒威脅，引起四面八方的關注與謾罵，古板的塞剎理多半也是這樣的宗教狂熱分子。」

「網上的確很多人在罵這群出席聚會的人，不斷催促警方加快檢驗速度。」莎拉插嘴。

「身為負責人的卡利，承受各方的壓力，若無法確保出席者都到警局或衛生局檢驗，只會讓疫情持續延燒，回教堂名望也蕩然無存，逼不得已下才逐一拜訪活動出席者，勸告他們去做檢驗，不聽勸的就建議居家隔離十四天，直至確認身體沒症狀。」伍鳳微微停頓，「奇怪的是，固執成性的塞剎理怎會乖乖待在家裡？」

蘇店長點頭，「伍鳳大致上說得沒錯。我想卡利也深諳塞剎理的脾性，可能以工作要挾他不要出門，塞剎理提出抗議，說藥物已經耗盡，需要到醫院領藥，卡利折中答應到西藥房一趟，順道探訪其他固執的教徒，和外帶食物給隔離者，一再重複相同的流程，吸入器在車裡反覆曝晒，才會失靈。」

「也對，一般上了年紀的人哪會乖乖待在家裡？」阿凱不假思索地說。

「卡利的手段更為強硬，那就是把鑰匙給拿走。」蘇店長停頓了一會兒，繼續說下去，「卡利的供詞恰好提示了這一點。發現塞剎理的遺體時，他說屋子裡一片黑暗，看不清楚裡頭如何，但之後來到的周太太卻清楚看見塞剎理躺在沙發上，只能理解為卡利利用鑰匙進入屋裡開燈查看，確認塞剎理身亡後才找鄰居幫忙，企圖洗脫自己的嫌疑。這正是伍鳳剛剛提及的疑點，不同的只是塞剎理不是被搶走鑰匙，而是自願交出鑰匙。」

伍鳳興奮地向阿琳伸出大拇指，阿琳回以鬼臉。

「現在讓我們探討，案發當天到底發生什麼事情？塞剎理同意交出鑰匙，在家自我隔離，卡利則負責照顧他這幾天的起居飲食——還有其他教徒。他必須每天外帶午餐和晚餐給隔離者，所幸塞剎理沒吃午餐的習慣，這省了他的功夫，傍晚時分他出現在塞剎理家，經過通風窗口往內看了一眼，以為塞剎理睡覺，於是大聲呼喊，卻沒想到塞剎理已經死去。」

阿琳不好意思地舉手打斷店長的話，「店長，你是不是搞錯什麼，卡利明明提起塞剎理有回話啊！」

蘇店長搖頭，「有人回話沒錯，只是回話的人是兇手，兇手當時仍逗留在屋內。」

四女震驚得像被人狠狠摑了一巴掌。

「我的根據是死亡時間和卡利的到訪時間，而且卡利提到塞剎理以英文念出『社交距離』，不諳英文的塞剎理不可能這麼回答。當時情況應該是這樣，犯人殺害塞剎理後，正煩惱如何處理屍體，沒想到卡利突然造訪，犯人情急下為死者戴上口罩，等到卡利推開木門，就會看見斜面向門口的沙發，哪裡知道坐著揮手的塞剎理已經死去，犯人還模仿塞剎理的聲音和卡利對話，製造仍然在生的假象，避免卡利走進屋裡。」

「發現者不至於笨到認不出死者的聲音吧？」阿凱狐疑地問。

「伍鳳剛剛提到《羅馬帽子的祕密》，我也讀過，故事裡的帽子出乎意料地有不少趣事和用途，在這案件，口罩也意外扮演吃重的角色，除了阻擋外來的雜質，更能隱藏樣貌，就連聲音也一樣。」蘇店長摀住嘴巴，「妳們應該明白了，在口罩掩蔽下，不可能正常發音，除非過於特殊的嗓音，不然足以弄假成真。」

伍鳳緊張追問：「那麼犯人到底是誰？」

「兩個口罩之謎正好提示了犯人的身分。」

阿琳腦裡的思考機器磨損得銹跡斑斑，無法轉動下去，只想快快聽解答。

「妳們記得死者佩戴口罩的方式嗎？」

伍鳳拿出兩張照片，第一張是死者戴著白色口罩，第二張是死者含著青色口罩，清楚看到折成一半的口罩塞在左側口腔，沉默已久的阿琳開口，「如果死者不是意外身亡，自然是兇手為死者戴上額外的口罩，既然白層向外的戴法是錯誤的，代表兇手是不諳戴口罩的人，會不會是陳曹長……」

阿琳的話在店裡掀起一陣騷動，伍鳳歪著頭反駁，「也可能是犯人故意誤導警方。」

蘇店長及時為阿琳解圍，「不大可能。既然有這心思誤導警方，把嘴裡的口罩拿走不是更好嗎？綜合卡利的供詞，只能理解犯人情急下用口罩遮掩塞剎理的死相，待卡利離開後，沒來得及收拾現場就匆匆離去，連門口的飯盒也沒領。」

伍鳳無奈點頭。

蘇店長繼續解說，「這兩張照片的口罩佩戴方式不一樣，死者嘴裡塞著的口罩，仔細一看是青層向外，與耳朵掛著相反，說明兩個口罩並非由同一人戴上，如果耳朵掛著的口罩是兇手所為，那麼嘴裡塞著的口罩自然是死者原先佩戴。那麼口罩為什麼塞進死者的嘴裡？」蘇店長指向伍鳳說，「其實伍鳳的答案已經很接近真相。」

「難不成真的有第三片、第四片的口罩？」伍鳳眼裡重燃鬥志。

「不，大家必須了解為什麼好端端戴著的口罩，會塞進嘴裡，不是刻意為之，就是發生了無法迴避的『意外』。驗屍報告清楚說明死因是窒息，但身上沒可疑痕跡，一聽到這段話我就想起『機械性窒息』。」

蘇店長看著四女呆滯的眼神，補充幾句，「機械性窒息，簡單來說是外力影響下導致胸腔無法擴張，繼而演變的窒息事件。舉例來說，困在倒塌建築物的災民、車禍意外卡在后座的乘客、半夜父母轉身不小心壓到嬰孩，甚至是蟒蛇纏住獵物的方式，都是例子。

「蘇格蘭曾發生一宗轟動的案件，講述一對朋友販賣屍體的惡行。他們動手綁架非親非故的居民，一人坐在受害者的臉上摀住口鼻，將對方活生生悶死，優勢是不會在屍體上留下痕跡，這樣的殺人方式叫『柏克式窒息法』，即機械窒息。」

伍鳳戰戰兢兢地開口，「蘇隆毅的意思是，有人把屁股壓在塞剎理臉上，活生生悶死他？」

蘇店長搖頭，「有可能，但戴著口罩的情況下，情況有些吊詭。妳們試想一下，妳戴著口罩，然後有人坐在妳的口鼻處，口罩應該不會變動位置，反而會成為令妳窒息的幫凶。一開始我想不通，但看了現場照片的沙發坐枕，就明白這是殺害塞剎理的武器。」

這句話像劃過天際的閃電，圍繞在阿琳耳邊的是轟隆隆的雷聲，阿琳支吾地說：

「枕頭……也能用來殺人？」

伍鳳拍了阿琳的肩膀，壓低嗓音道：「阿琳，妳真笨啊！當然是用枕頭蓋住死者的口鼻，讓他無法呼吸啊！」

這下連阿琳也明白，犯人把塞剎理推倒在沙發上，順手撿起地上的坐枕，壓在他的口罩上，連番掙扎下，口罩與坐枕不斷摩擦，讓簡單掛在耳朵的口罩滑落下來，硬生生吸進嘴裡。

「塞剎理與犯人激烈纏鬥，被坐枕封住口鼻時，不斷張口為了呼吸新鮮空氣，才把鬆脫的口罩塞進嘴裡，他自知命不久矣，失去意識前急中生智，利用嘴裡的口罩，留下提示犯人的線索。」

四女沉默片刻，然後很有默契地笑出聲來，阿凱擦了嘴角的口水，「店長，你真會開玩笑，嘴裡咬著東西哪能留下線索？別告訴我齒痕能劃下兇手的英文名簡寫。」

「我聽過能用舌頭幫櫻桃梗打結代表接吻很厲害，但不可能厲害到用舌頭把口罩折成犯人的名字吧？」伍鳳又說出什麼不得了的東西，讓在旁的阿琳面紅耳赤，「況且在這麼短的時間，死者無法做出太複雜的動作囉！」

「這動作一點也不複雜，也不難理解，妳們注意看照片裡的口罩。」蘇店長把手指指向死者含著口罩的死狀，折成一半的口罩塞在口腔左側，「乍看下沒什麼特別之處，但如果妳將死者的藥物和這舉動對比，就會知道死者的用意。」

阿琳歪著頭想了一會兒，突然在原地跳了起來，像剛從夢裡驚醒似的，「是尼古丁口香糖嗎？」

伍鳳眼看蘇店長點頭，煩躁地抓抓頭，好奇問道：「阿琳，尼古丁口香糖和口罩有什麼關聯？」

阿琳吞了吞口水，慢條斯理地說：「菲尼斯，還記得我給妳看的影片嗎？」伍鳳想起那條英文影片，正確使用尼古丁口香糖的技巧，愣愣地點頭，「使用尼古丁口香糖有兩個基本步驟，首先在口裡小心咀嚼，然後將口香停泊在牙齦和臉頰之間。對比口罩的位置是相似，看來塞剎理將口罩當作口香糖來咀嚼……」

伍鳳意味深長地「哦」了一聲，「口罩的提示原來是口香糖，但和犯人的身分有什麼關聯？」

這一點連阿琳也想不透，蘇店長眼神一陣猶豫，無奈解釋，「通常第一次領取新藥的時候，藥劑師會一對一輔導，連尼古丁口香糖也不例外，而指示只有兩個，那就是『chew』和『park』，藥劑師輔導時一定會說這兩個詞，不諳英文的塞剎理，也將這兩個口訣記在心裡。當犯人下手試圖殺害塞剎理，意識到自己即將死去，電光火石之間將犯人的名字與尼古丁口香糖聯繫起來，就將口罩推去口腔一角，留下這詭異的死前留言。」

伍鳳快速在人物資料上掃過一遍，得知真相的瞬間，臉色剎時變成灰色，

「『Chew』……『Park』……『周』……『柏』……」

莎拉好奇問道：「誰是周柏？」

「周柏就是到死者後巷撿球的中學生，也是隔壁周太太的孩子。」

——

現場像按下張開結界的安靜鍵，連呼吸聲都聽得一清二楚，四女眼睛有多大就睜得多大，嘴巴微張，彷彿看到密密麻麻的問號從口裡飛出，真相的殘酷遠超他們的想像。

「店長，你真會開玩笑，中學生怎麼可能無緣無故殺害老人家？一定是哪裡搞錯！」阿凱斜著眼睛，強作鎮定回應。

「這次我讚同阿凱，現場是密室的情況下該如何進入？不是意外就只能是卡利幹的好事。」莎拉摸著下巴，一副苦惱的樣子。

阿琳和伍鳳點頭稱是，她們曾經接觸周柏，只是短短几句交談，也能聽出他只是入世未深的中學生，不會幹出什麼壞事。

蘇店長暗嘆一口氣，「我知道妳們不相信，但這就是事實。沒錯，中學生不可能無緣無故殺害他人，這分明是突發殺人事件。周柏怎麼進入死者的家裡，就要從卡利的口供說起。他提到與塞剎理最後一次談話時，傍晚天色昏暗，在沒開燈的情況下看到塞剎理坐在沙發上。隔天他再度出現在塞剎理住宿，時間一樣是傍晚，屋裡卻一片漆黑，而且飯盒還在門口，才會用鑰匙進入屋子，這才發現塞剎理已經死去。妳們注意到什麼分別嗎？」

伍鳳像開啟神通力，馬上舉手回答，「木窗關閉了！」

蘇店長點頭讚許，「沒錯，那木窗難道是塞剎理關上的？稍微想想就知道不可能，住家自行隔離必須確保空氣流通，前後門上鎖的情況下，只能打開木窗，然而發現屍體時木窗確實關上，那肯定另有玄機。」

「周柏的口供提到，撿球當兒聽到屋內傳出聲音，要能分辨出對話的內容，唯有在木窗打開的情況下，這也和卡利說的情況相符，證明當時木窗是打開的。卡利提到塞剎理一反常態，要他把食物放在門口，還以英文念出『社交距離』，但塞剎理會念出這字眼的機率不高，我懷疑是不是闖入者模仿塞剎理說話，戴口罩說話恰好含糊不清，難以分辨對方的嗓音，卡利就不疑有詐。

「綜合各方面證據，闖入者就是周柏，他進入屋子的動機，應該是他出現在塞剎理後巷的原因。沒錯，足球不是落在後巷的水溝，而是通過打開的木窗，掉進塞剎理屋裡。追著球的周柏目睹足球掉進屋子，知道這是塞剎理的屋子，平時塞剎理對他們一點也不客氣，他也不指望對方把球還給他，便悄悄從木窗爬進屋裡。

「周柏進屋後，發現足球不偏不倚砸中電視機旁的花瓶，打算悄悄離去，沒想到塞剎理拿著掃帚大力打在他的背脊，把他當賊，塞剎理認清是隔壁的周柏，知曉他此行的目的還打破花瓶，掃帚揮得更帶勁。周柏連番熬打，拿起沙發旁的坐枕充當盾牌，連番拉扯下把塞剎理推到沙發上，怒火攻心下動了殺意，把坐枕狠狠壓在塞剎理臉上，殊不知就此鑄成大錯。」

四女呆呆聆聽蘇店長的推理，沒想到把現場不起眼的線索串起，形成無懈可擊的推理邏輯，讓她們無法輕易反駁。伍鳳這時想起周太太提及周柏聽到塞剎理的死訊有些低落，還有他無意多談當天發生的事情，別於兩位朋友的蠢蠢欲動——原來是不願重提犯下的過失。

「如果店長說的都是真的，那麼周柏如何將現場布置成密室？」莎拉搔著頭提問。

「嗯，周柏多半不是故意布置成密室，木窗是向上拉的設計，而鄉村屋子多是使用較為沉重的木料，只是依賴窗栓輕輕勾住窗框而已。」蘇店長指著木窗照片，「向上拉和往外推有著根本的差異，那就是前者會受到地心引力的影響，要是從高處重重落下，窗栓會自動滑下，將木窗從內側上鎖形成密室。」

阿琳安靜思索店長的推理，這才明白為什麼廁所掛著的掃帚不見了，原來犯人知曉打過他的掃帚隨時會留下他的皮膚組織，情急下從屋子帶走。

伍鳳搖頭，「還是有不合理的地方，警方沒在現場找到第三者的線索，連死者耳朵掛著的口罩也沒兇手的指紋，如果突發殺人，該做不到這麼完美的偽裝吧？」

蘇店長冰冷的聲音響起，「做得到。只要戴著手套就能解決這問題，除了避免交叉感染的卡利，唯一有戴手套的就是踢球時充當守門員的周柏。」

現場再度一片寂靜，四女信服蘇店長的邏輯推理，仍然難相信中學生犯下惡行，更無法想像這孩子會有怎樣的未來，明明他正值人生的青蔥年華啊！

阿琳黯然點頭，她是記得周柏和兩位朋友戴口罩的方式是錯誤的，但她根本不敢多想。

伍鳳遲疑一會兒才說，「我應把調查報告寫成獨家新聞，還是先報警處理？」伍鳳吞了一口唾液，「還是乾脆不當一回事……」

「非報警不可。」蘇店長語氣篤定，「涉案者很有可能患上流感。」

「什麼？」四女異口同聲尖叫，特別是阿琳和伍鳳一想到曾和嫌疑犯近距離接觸，就背脊一冷，努力回想見面細節。

「伍鳳提到大部分訪問對象如周太太和三個中學生，都呈現感冒症狀如咳嗽、嗓音乾澀，人無緣無故不會集體感冒，多半是曾近距離接觸流感患者的緣故。雖然塞剎理住在隔壁，但和鄰居平時半句話也沒，只要不上門拜訪就不會有問題。塞剎理與周柏生死纏鬥後死去，期間口罩也掙脫，唾液自然噴得滿地都是，恐怕也直接噴在周柏臉上，而唾液正是病毒傳播的主要方式。周柏不自覺地把病毒傳播給家人朋友，病毒在身體潛伏了好幾天，現在他們也漸漸出現症狀，如果不馬上求醫，恐怕會危及性命，不強制隔離他們的話，就會讓病毒無止境散播，成為繼『小堡壘大聚會』的疫情爆發區。」

阿琳和伍鳳互相瞪著對方，在原地緊張得直跺腳，「我們也要去檢驗啊！」伍鳳收拾文件馬上衝出西藥房，阿琳得到蘇店長的首肯也尾隨在後。

伍鳳打電話給伍龍警探講述「口罩殺人案」的真相。他一開始以為伍鳳在瞎扯，但伍鳳說有藥師偵探的驗證，信不信由他，他滿腹疑惑一邊監督來往車輛，一邊核對伍鳳整理的案情，最後決定到周太太家裡一趟。沒想到周柏一經盤問下就承認，一五一十地把所作所為說出來，在旁的父母聽得心慌意亂，不斷呵斥他不要亂說話，最後抱著孩子一把眼淚一把鼻涕，淒厲的哭聲在綠景住宅區迴盪不散。

伍警探眼看真相大白，清楚知道他們可能感染流感，也出現初步症狀，親自帶領他們到檢疫中心檢驗，結果三人的結果都呈陽性。衛生局建議將綠景住宅區全面封鎖，住宅區居民必須強制隔離十四天，會有工作人員運輸物資給當地居民，最終確診人數多達百餘人，成為轟動全國的疫情重區。

警方以「誤殺」罪名正式逮捕周柏，卡利知情不報，警方也以「妨礙司法公正」的罪名起訴，轟動一時的「口罩殺人案」再度成為社交媒體的熱點新聞，便宜西藥房的污名總算洗清，從網民的視線中漸漸遺忘。疫情一再猖獗，疾病在多個國家同時出現人傳人的狀況，世界衛生組織已經將這次的流感定性為「全球大流行」，情況令人擔憂。

全球大流行疾病會如何結束？沒人有答案，可能等到流感疫苗成功研發，或人類感染病毒後產生抗體，這場疫情危機才會宣告落幕。

阿琳和伍鳳通過檢驗，沒患上流感，也分別回到工作崗位安然度過抗疫期。阿琳踏進店門，就看到緊張兮兮的店員，直接跳出往她身上噴射消毒霧，讓阿琳百感無奈。

「我都沒確診，妳們不要這麼誇張好不好！」阿琳一臉不滿，像踩到狗糞般無奈。

「誰知道妳是不是病毒攜帶者，就算沒症狀，也不排除病毒在身體睡覺！」阿凱緊張兮兮地回答。

阿琳沒好氣地拍拍額頭，「妳們不會連測驗都不懂吧！現在已能有效篩查潛伏患者，通過檢驗的人大多沒問題囉。」

阿凱嘴角一歪，搖頭說：「新聞說檢驗也會出現假陽性率和假陰性率，再說從病毒感染到抗體產生是有所謂的窗口期，別以為我老就好騙！」

阿琳一怔，無法招架阿凱的質疑，忍不住想，疑似感染病毒的人都遭受這麼大的質疑，確診病人自然受到更激烈的批評，難怪一些痊癒患者就算回到日常生活也不快樂，可她也不是無法理解他人的憂心，內心鬱鬱寡歡，像下雨吹來的潮溼氣味，久久無法散去。

蘇店長似乎洞悉阿琳的心事，低聲說了一句，「保持心境開朗，才是提高免疫力的最佳維生素。」

阿琳微微點頭，露出安心的笑容，烏雲密布的天空也放晴了。

疫情爆發已經三個月，目前毫無平息下來的跡象，如今政府也實施行動管制令，暫停大部分的經濟活動，只有特定領域如飲食業、菜市場、超級市場、醫護人員、特定公務員等才允許如常上班，白領上班族則居家工作，學生不必上學，人民生活遭受巨大變化，連當天的晚餐都沒著落，大夥生活不再平靜，這場噩夢般的黑夜不知道什麼時候才會破曉。

但，越是黑暗的時刻，即便僅有微光閃爍，越是能映射人性的光輝，每個醫護人員都拼著全力與疾病拉扯，其他行業也在後推進一把，只為看見更美好的明天。就算阿琳不是前線人員，但站在西藥房櫃檯，都能從上門買藥的顧客眼眸中，其憂慮一覽無遺，口罩後滿是硬邦邦的沮喪表情。阿琳這時候明白了，只要竭盡心力為顧客服務，讓顧客感受到賓至如歸的服務態度，就能讓他們鬱悶的心情在這一刻稍微舒緩下來。

「歡迎光臨，我是便宜西藥房的值班藥劑師——阿琳，請問我能如何幫您呢？」

但願疾病苦痛遠離人世間，這場戰役我們非勝不可，也是大家的心聲吧。

「阿琳，有一封給妳的信。」蘇店長把信遞給阿琳。

阿琳「咦」了一聲，好奇店長怎麼會有她的信件，看了一眼是藥劑局的信函，好奇打開一看，是實習下一階段的通知書，文末寫著**繁忙醫院**。

阿琳轉身看了店長一眼，兩人恰好四目交接，彷彿洞察到她內心的騷動，他聳肩攤手，如往常般若無其事的樣子，阿琳嘴角上揚，心知這是店長的溫柔，閉上雙眼，原本混沌的心情變得晴朗，黃凱琳的實習故事很快會進入新的章節，不知道有什麼難題等待著她呢？

她相信自己這些日子的付出不是徒勞無功的，管它什麼難題，對症下藥就是藥劑師的不二法門呢。

後記

距離上一本《請聆聽藥盒的遺言》已有三年的時間，沒想到這麼久才完成這部新作，就算工作與藥為伍，從中構思謎團也不容易，圍繞在藥物的謎團仍然玄之又玄。這幾年我陸續收到不少點評，是好是壞我都虛心學習，將這些日子的所思所得全數投注在這部新作。

最快完成的作品是第二篇〈請慎防安瓿的殺意〉，本來要寫成長篇推理，後來覺得謎團無法撐起整個故事，就大刀闊斧修成現在的樣貌。這麼一來也和另外兩篇的風格有所差異，對蘇店長也有更深一層的描寫，我覺得成品還行。我希望蘇店長像東野圭吾筆下的湯川學慢慢釋放人情味，日後也不只應對藥理謎團，在其他類型的謎團仍然有所作為。

另外兩篇是二〇二〇年腳踝骨折，在家養傷就順勢完成，可謂一氣呵成，可能故事早就在我心裡醞釀，等待著適合的時機寫出來而已。寫作那段時間，大流行疫情一發不可收拾，馬來西亞舉國封鎖，疫情相關的新聞不曾斷絕，有感寫下了以疫情為題材的〈請保持社交的距離〉，那時在想應該沒多久疫情就會沉寂，沒想到確診案例與日俱增，不少國家仍然處於水深火熱，無不讓人感慨世事無常。至於文中提及的兩個口罩之謎，近期各國衛生組織開始建議佩戴兩個口罩出門，能更有效防止病毒吸入有效率，在此註明避免讀者混淆。

有感西藥房的故事寫得所剩無幾，是時候把故事轉向其他舞臺，所以才在尾聲留下續集動向，給實習藥劑師更多的挑戰，還請各位讀者多多指教。

最後，讓我們祈禱明天會更好，得以回歸平靜的日子，這也是每個人急切的心聲吧。一起戴口罩勤洗手，保持社交的距離，保護自己保護大家。

參考文獻

1. 道格拉斯萊爾（DouglasP. Lyle），《犯罪手法系列——法醫科學研究室：鑑證搜查最前線，解剖八百萬種死法》（Howdunit Forensics: A Guide for Writers），祁怡瑋、周沛郁、林毓瑜譯，麥田，二〇一七年。

2. 席瑞塔・史蒂文斯（Serita Stevens）、安妮・班農（Anne Louise Bannon），《犯罪手法系列2——毒物研究室：250種具有致命效果的經典毒物、植物、藥物和毒品》（HowDunit - The Book of Poisons），葉品岑譯，麥田，二〇一八年。

3. 道格拉斯萊爾（Douglas P. Lyle），《法醫・屍體・解剖室：犯罪搜查216問—專業醫生解開神祕病態又稀奇古怪的醫學和鑑識問題》（More Forensics and Fiction: Crime Writers' Morbidly Curious Questions Expertly Answered），蔡承志譯，麥田，二〇一三年。

4. 唐諾・克希（Donald R. Kirsch），《藥物獵人：不是毒的毒X不是藥的藥，從巫師、植物學家、化學家到藥廠，一段不可思議的新藥發現史》（THE DRUG HUNTERS：The Improbable Quest to Discover New Medicines），呂奕欣譯，臉譜，二〇一八年。

要推理87　PG2585

要有光 FIAT LUX

藥師偵探事件簿：
請保持社交的距離

作　　者	牛小流
校　　對	毛偉俊、馬保靖
插　　圖	萱　悦
責任編輯	石書豪
圖文排版	陳彥妏
封面設計	劉肇昇

出版策劃	要有光
發 行 人	宋政坤
法律顧問	毛國樑　律師
印製發行	秀威資訊科技股份有限公司 114台北市內湖區瑞光路76巷65號1樓 電話：+886-2-2796-3638　傳真：+886-2-2796-1377 http://www.showwe.com.tw
劃撥帳號	19563868　戶名：秀威資訊科技股份有限公司 讀者服務信箱：service@showwe.com.tw
展售門市	國家書店（松江門市） 104台北市中山區松江路209號1樓 電話：+886-2-2518-0207　傳真：+886-2-2518-0778
網路訂購	秀威網路書店：https://store.showwe.tw 國家網路書店：https://www.govbooks.com.tw
總 經 銷	聯合發行股份有限公司 231新北市新店區寶橋路235巷6弄6號4F 電話：+886-2-2917-8022　傳真：+886-2-2915-6275

出版日期	2021年9月　BOD一版
定　　價	330元

讀者回函卡

Printed in Taiwan

國家圖書館出版品預行編目

藥師偵探事件簿：請保持社交的距離 / 牛小流
作. -- 一版. -- 臺北市：要有光, 2021.09
面；　公分. -- (要推理；87)
BOD版
ISBN 978-986-6992-86-5(平裝)

868.757　　　　110011179